光文社文庫

雛《ひな》口《ぐち》依《より》子《こ》の最低な落下とやけくそキャノンボール

呉　勝浩

光　文　社

目次

雛口依子の最低な落下とやけくそキャノンボール　5

解説　円堂都司昭《えんどうとしあき》　495

雛口依子の最低な落下とやけくそキャノンボール

猟銃乱射か 3人死亡、2人重軽傷

千葉県印西市の住宅で

26日午後6時40分頃、千葉県印西市の住宅で複数の人が倒れているとの通報があった。県警印西署によると猟銃乱射があったものと見られ、被害者は未成年者を含む男女5名にのぼり、3名が顔や胸を撃たれ死亡、2名が重軽傷を負った。犯人と思われる男はその場で自殺したと見られており、警察は犯人と被害者の身元確認を急いでいる。

はじまりの記憶

お嬢ちゃん、かわいいねえ。

そう話しかけられたとき、雛口依子《ひなぐちよりこ》は団地の裏庭にうずくまっていた。土曜か日曜の昼下がりだ。なんのためにうずくまっていたのかは憶《おぼ》えていない。

かわいいから、お人形さんをあげようねえ。

声をかけてきたのは、たまにこのへんで見かける、まん丸い身体にまん丸い顔をした、太い指のオジサンだった。夏なのに長袖だった。柔らかそうな生地だった。近所の子たちは、彼を「ドラさん」と呼んでいた。

おいでおいで、かわいい子にはお人形さんをあげるから。

自分がかわいいだなんていっぺんも信じたことがなかった依子は、きっとドラさんの勘違いだろうと思い、ツルちゃんのほうがかわいいよ、と教えてあげた。

へえ、ツルちゃんはどこの子なんだい。

近くのお屋敷の子だよ。

へえ、ツルちゃんはどこにいるんだい？

公園にいるよ。

どこの公園だい？

あのね、えっとね――。

みんなが集まる公園はすぐそこにあった。きゃっきゃと弾《はじ》ける声が、ここまで聞こえるくらいの距離だ。

おませなツルちゃんはだらしないオママゴトなんか卒業し、シンデレラやオズの魔法使いのキャラクターを取り巻きの子に当てがって、自分は必ず主人公で、即席の演劇を仕立てる遊びにはまっていた。ロミジュリなんかも知っていた。一度だけ仲間に入れてもらえた依子は白雪姫の眠るベッドの役を命じられ、横たわるツルちゃんに圧殺されそうになって以来、声がかからなくなっていた。寝心地が悪い――それが解雇の理由だった。

ツルちゃんは何が好きなの？　とドラさんが、丸い顔を寄せてきた。

お菓子は好きだよ、カプリコの苺《いちご》味。

君は好きじゃないの？

わかんない。

食べたくない？

依子は答えなかった。知らない人から物をもらってはいけないと教えられていたし、ツルちゃんを差し置いてお菓子をもらったら、あとから何をいわれるかわからないと思ったからだ。

ふうん――。ドラさんが、がっかりしたように鼻を鳴らした。

じゃあさ、ここにいてね。オジサンの魔法を見せてあげるから。とってもすごい魔法だよ。見なきゃ損だよ。一生後悔するよ。いいね、ここにいるんだよ――。

にこにこ笑いながら依子の頭をなで、ドラさんは公園のほうへ歩いていった。

彼を見送った依子は、なんとなく、身動きが取れなくなった。

三十分かそこら、いわれるまま突っ立っていた。頭上から太陽が照りつけて、じゃんじゃん汗が流れた。喉が渇いたし、お腹も減ってきた。やっぱりカプリコをもらえばよかったと思った。

やがて、おーい、おーい、と太陽に呼びかけられた。顔を上げると、声の主は太陽ではなく、太陽みたいに丸いドラさんだった。

おーい、ちゃんと見ておくんだよぉ。

団地の屋上で手をふる大きな影は陽の光でよく見えず、けれどウキウキした様子は伝わってきて、なんだか不思議な気分になった。

ドラさんがしゃがみ込む。すぐに立ち上がる。両手に子どもを抱えていた。まるでお腹のポケットから取りだしたみたいだった。ドラさんに負けないくらい丸い女の子が、はしゃいだように両手をのばし、楽しそうに何かを叫んだ。

ツルちゃんだった。

次の瞬間、ドラさんが彼女を放り投げた。ひょいっ、てな感じに。

ツルちゃんは落下した。ひゅいん、てなふうに。

太陽は変わらず照りつけていて、セミの鳴き声もそのままで、ドラさんの魔法はいささか拍子抜けするものだった。

屋上の手すりの向こうで、ドラさんが痙攣《けいれん》していた。痙攣しながら天を仰いでいた。見上げる依子の頬に、ぴとっと液体が飛んできた。セミのおしっこかと思った。おしっこにしては粘っこかった。あるいはこれが、彼の魔法なのかもしれなかった。

以上の体験は、依子に抜き差しならぬ罪悪感だとか、人間不信だとかをもたらしはしなかった。顧《かえり》みるには幼すぎたし、目まぐるしい生活の変化にあっぷあっぷで、それどころではなかったのだ。

ただ、ひょいっと空を飛び、ひゅいんと落下する女の子の残像は、そのあっけなさは、依子の脳裏にとどまりつづけた。子どもながらに、世界とはこういうものなのか、と彼女は学び、もしかするとそれは、ツルちゃんのお母さんに「人殺し!」とののしられたり、近所の人から白い目で見られたり、引っ越すはめになったり、家族が荒《すさ》んでしまったりという出来事よりも、依子の人格を決定づけたのかもしれなかった。

どちらにせよ、ここから雛口依子の数奇な人生は幕を開けるわけだが、およそ二十年後の今現在、ちょっと面倒な事態に直面している彼女にとって、あまり意味のある回想ではないのであった。

現在——二〇一七年

ごつ、ごろろん——。

滑《なめ》らかな木目のレーンをオレンジ色の球が走ってゆく。ボウルはまっすぐのびるレーンの右から中央へカーブして、一番ピンと三番ピンのあいだ、ポケットと呼ばれる場所を目指した。

がん、がららん。

ぴったり狙い通りの投球だったが、十本ぜんぶは倒れなかった。六番と十番ピンが、「へったくそだなあ」とでもいいたげにピンセッターの上部へ消える。

二投目のセットができるまで、依子はベンチに腰を下ろした。セットが済み、ボウルが戻ってきても慌てない。立ち上がるのは、じっくりピンを見つめてからだ。オレンジ色の球に指を入れ、構える。水平と直立を意識し、レーンに向かう。この瞬間、自分がピンを倒すための機械に思える。

二歩、すり足でファウルラインへにじり寄り、アプローチをはじめる。ボウルを持った腕る。


を後方に。水平のバランスと垂直の芯を意識して、そこにねじりを加え、いきおいがつき、
　速度や角度が絡み合い、あと戻りのできない一投を生む。

　ボウルは首尾よくレーンを転がった。右端で縦にならぶ、六番ピンと十番ピンにぶち当たる。

　がらん、ごん。

　スペアだ。

　小さく息を吐き、ベンチへ戻る。かっちりコントロールできた手応えを噛《か》みしめる。

　七フレーム目のセットができても、依子は動かない。どうせ急《せ》かしてくる者はいないのだ。花柄パンツの太ももに手を置き、レーンの正面にある壁かけ時計へ目をやる。午後九時まで、あと二十分ほど。

「今夜は調子いいねえ」

　声にふり返ると、蛍光色のスタッフユニフォームがぜんぜん似合っていない男性がにこにこしていた。しわくちゃの顔は見るからにお年寄りだが、オーナーとか店長ではなく、たんなるアルバイトだという。

　夜の時間は客もまばらで、たいてい店番は彼一人だ。依子が選ぶいつものレーンは受付カウンターのまん前にあり、それゆえか、ひまつぶしのように話しかけられたりする。

「今度、大会に出てみたら?」

「来月の日曜日、染井野《そめいの》のボウリング場でやるんだって。参加費三千円で、景品もあるらしいよ」

「大会ですか」

君ならもとが取れるんじゃない？　そんなことないですよ。いやいや、大丈夫だって――。

生返事を切り上げ、投球の準備をする。しわくちゃの彼が、ぴたりとおしゃべりを引っ込める。

ボウルを手に、レーンと向き合う。十本のピンを見据える。レーン上に記された投球マークに目をやるが、これは気分だ。プロというわけでもなく、何より、きれいにならんだ十本のピンを眺めないのがもったいない。

アプローチを経《へ》て、ボウルを投げる。ごっ、ごろろん。

あと一秒か二秒先、整然とした配置が壊れる。決定づけられたその結末までの刹那《せつな》、いいようもなく心が躍る。


依子が通う貧相なアミューズメントビルの、一階と二階はカラオケで、四階はビリヤード場になっている。三階のボウリング場はがらがらだけど、カラオケは繁盛しており、ビルを出るまぎわ、陽気な若者の集団や赤ら顔のサラリーマンたちとすれ違うのが唯一この店の欠点だと依子は思っていた。

駐車場をざっと一回りし、メールを一つ送る。駐輪場に停めたスクーターにまたがり、クリーム色のハーフメットをかぶる。エンジンをかける前にふと思いつき、左肩が鋭くえぐれた革ジャンのポケットに手を突っ込む。お守りのように持ち歩いているペンを取りだし、ゲン担ぎの気分で、手のひらに数字を記す。「194」。今夜更新したマイベストスコアが、思いのほか頼もしい。

国道296号線を西へ。鏑木《かぶらぎ》交差点を過ぎ、まっすぐ走って川を渡る。とたんに民家が姿を消す。目に入るのは、のっぺりと連なるチェーンのラーメン屋、焼き肉屋、駐車場。ガソリンスタンドから先は、それすらも消え失せる。

ヘッドライトが照らすアスファルトの道、暗闇に沈む田んぼ。信号機だって一つもない。そんな一本道が、およそ二キロもつづく。

行き交う車はたいていぶっ飛ばしたスピードで、雨の日は泣きたくなるが、静かな夜は気持ちいい。今夜は車が少なく、ほどよい疲労も相まって、依子はささやかな酩酊《めいてい》を味わった。

ぬるい風が頬にふれてゆく。革ジャンでは少し暑い。もう夏だ。「あの事件」から、そろそろ四年。

大会って、優勝とかしちゃったらどうするのよ。

ふふっと笑いがもれた。二十五年近く生きてきて、一等賞をとった記憶はない。たかが町のボウリング大会ではあるけれど、初の栄冠というわけだ。

よくあるじゃない？　この喜びを誰に伝えますかって感じのインタビュー。

「あの事件」がなければ、ボウリングをすることはなかっただろう。ではこの場合、いったい誰に感謝すべきか。

殺人犯になっちゃった浦部《うらべ》くん？　それとも門村《かどむら》さん？　それとも――。

大宮《おおみや》神社が近づく。すぐ奥に七井戸《なないど》公園。単調なレーンのエンド。その先は、みっちりとした住宅地。

たとえば――、わたしがオレンジ色のボウルだとして、立ちならぶ家々がピンだとして、パッカーンってな具合に今夜、弾けるのだとして……。

いやいやいやいや。

そんな大それた話じゃない。

世の中は当たり前のことしか起こらないのだと、依子は知っている。奇跡だとわめいたり、不運だと嘆いたりするのは、たんに当たり前が見えていないだけなのだ。角度、スピード、回転、摩擦、湿気……人間は、そんなにぜんぶ計算できないからボウルの行方に期待するけど、結末は、放たれた瞬間に決まっている。

――どのみち、わたしじゃない。決めるのは、あいつだ。

物思いをふり払い、スクーターの速度を上げる。

ほどなく、雛口依子は宙に飛んだ。

パッカーンってな具合に。


気がつくと、地上四メートルくらいの空を泳いでいた。

自分の手足の動きが、やたらしっかり意識できた。優雅と滑稽《こっけい》をたゆたうクロールで、ぐるりと世界は回転し、奇妙なほどゆっくりと、視界がめぐった。大破したスクーターを見下ろし、路地から飛びだしてきた乗用車のぼっこり凹《へこ》んだ横っ腹や、民家の窓に映る人影なんかも、はっきり目に映った。けっこうな数の星がまたたいていた。

死ぬらしい、と思った。見たとこ落下の先は、およそどこもアスファルトだ。か弱い女子にはきついだろう。

地上三メートル。そろそろ人生をふり返っておくべきだった。

地上二メートル。どうせなら楽しい思い出のダイジェストをノー天気なポップミュージックで彩《いろど》って、なんとなくハッピーエンドに仕立てたいところだが、そうは問屋が卸さなかった。ノリノリのアッパーチューンに馴染《なじ》みはなく、そもそも楽しい思い出の存在からして疑わしい。雛口依子の人生は、圧倒的に殺伐とした出来事がマジョリティを占めていたのだ。

地上一メートル。アスファルトに口づけするまで、コンマ数秒。

ついさっき思い出した、浦部くんの顔が浮かんだ。つづいて門村さん、ヨシキくん、満秀《みつひで》さん……。両親。色川《いろかわ》の「伯父さん」、時郎《ときろう》くん……。榎戸《えのきど》さん、その娘さん。そしてリツカ。葵《あおい》ちゃん。

週刊誌、トランプ、手錠、猟銃……。

ああ、そうそう。

すっかり忘れてた。

五年前、死なずに蘇《よみがえ》った兄を。

五年前——二〇一二年

十五階建てのマンションから落っこちた兄が蘇ったとき、両親の反応は微妙だった。父はあんぐり口を開けフリーズし、母は「ひえっ」と叫んで崩れ落ち、肩を震わせえぐえぐ泣いた。わたしはその光景を、「お気の毒に」と眺めた。

もう少し詳しく話そう。

空っ風が吹きつける十一月のその日、わたしは着替えを届けるべく病院へ足を運んだ。大部屋をのぞいたのはついでみたいなものだった。すっかり植物状態が板についた兄の、すやすや眠る姿に面白さは微塵《みじん》もなく、「どうだった?」と母に訊かれ、「寝てた」と答えるための儀式にすぎなかった。わたしは嘘が下手なのだ。

ベッドのわきにパイプ椅子を置き、ロビーからパクってきたオヤジ週刊誌を開くのが、わたしのお見舞いスタイルだった。政治家のスキャンダルと芸能人の下半身事情、ただ純粋にエロいだけのコラムなんかを読み飛ばし、サンダー福助《ふくすけ》の星座占いに目を通す。おとめ座のラッキーアイテムはトーテムポール。Ａｍａｚｏｎなら売ってるだろうか。

ページをめくる。女二人が髪を引っ張り合うお馴染みのイラストがあらわれる。母娘《おやこ》が男を巡り、あの手この手でいがみ合う連載小説、『毒母VSメンヘラ娘』、第二十回。わたしは雑誌に三センチほど顔を寄せ、四ページにわたる血みどろの闘いに没頭した。

文中の、「破瓜《はか》」という単語をスマホで検索していたとき、それが聞こえた。「ハ、レ」という、ささやきだ。わたしはふり返ったが、入り口に看護師さんは立っておらず、ドアも閉まったままだった。床を見回してみたけれど、難病の男の子もいなかった。

最後に、ベッドに寝そべる五分刈りの兄を見る。ぱちくりとした目が、こちらを向いていた。呼吸器を外した口もとが動き、かすれ気味に、「ダ、レ?」と繰り返した。

びっくりした。

夢かしら、と思った。

連絡を受けて飛んできた両親が当惑する横で、担当の医者は興奮し、「良かった! お父さんお母さんの願いが通じたんです! 奇跡だ! 奇跡だ!」と連呼した。

まったくもって、他人とは無責任なものである。

誓っていうが、わたしたちの驚きに、喜びの要素はゼロだった。控えめに「失望」、率直なところ「絶望」。ありがた迷惑な「奇跡」を前に、途方に暮れていただけなのだ。

そんなことはおかまいなしにワッショイワッショイ周りがはやし立てるものだから、「な、なんてよかったんだ……」とか、「新太《あらた》、わかる? お母さんよ」などというお決まりの三文芝居を、父と母は達者に演じていたのである。

さて。

わたしはどうだったか。

「ヨリちゃんも、ほら、お兄ちゃんの手を握って」

わたしは、へらっ、と笑い、母のすすめに従った。そうしないと絞首刑にされそうな雰囲気だった。

おそるおそる、兄の拳《こぶし》にふれる。「兄貴、久しぶりだね」と声をかける。

本日の主役は小首を傾《かし》げ、こう返してきた。

誰？　——と。

半年におよぶ寝たきりがたんなる怠惰《たいだ》だったかのように、兄はみるみる回復した。二週間もすると寝起きができるようになり、ご飯を食べられるようになり、リハビリに励むようになった。

「兄貴。わたしの名前、憶えてる？」

「依子さん」

「自分の名前」

「雛口新太」

「仁徳《じんとく》さんに聖美《きよみ》さんだろ？　こないだ君から聞いたよ」

「パパとママは？」

「昨日の夕食」

「ハンバーグ。ブロッコリーとにんじんのソテー、おみそ汁」

「先週のラッキーアイテム」

「君のおとめ座はわに革の財布。ぼくのてんびん座はＢＭＷ」

人並みの記憶力は戻っていた。

「ちなみにそのオレンジ色の髪の毛は、初めて会ったとき青にアッシュのメッシュだった」

韻《いん》も踏めるようになっている。

「服は同じだ。黒くてキラキラした革ジャン」

「兄貴のおさがりだけどね」

そうなの？　トレント・レズナーが好きだったんだよ、兄貴は。それ、どんな人？　音楽とかやってるスカした外人さん――。

「ぜんぜんピンとこないな」

申し訳なさげに五分刈り頭をさする兄に、教えてあげる。

「逆行性健忘症。強いショックとかが原因で生じる記憶障害で、ふつうは事故前後の記憶が失われるんだって」

「へえ。依子さんは物知りだなあ」

「まあね」とわたしは胸を張る。

「で、ぼくはその、なんとか健忘症になっちゃったの？」

「そう。間違いない」

「でも事故前後っていうか、もっといっぱい忘れてる気がするんだけど……」

「まあ、そういうケースもあるんじゃない？」

疑わしげな目を寄越さないでほしかった。わたしは脳科学者なんかじゃなく、あくまでネットサーファーなのだから。

ただ、たしかに兄の症状を「ふつう」と呼ぶのはしっくりこない感じがあった。彼のいう通り、彼はたくさんの記憶を失っている。たぶんけっこう、大事な記憶を。

言葉は問題ない。セ・リーグのチームも忘れちゃいない。林檎《りんご》の皮むきだって手慣れたものだ。日常生活にかかわる記憶は無事である。

兄が失くしたもの。

それは兄を兄たらしめる、パーソナルデータのすべて。

年齢や誕生日、名前だっておぼつかない。鏡に映る自分の姿に目を丸くし、イチローはわかるのに家族の顔は忘れている。イラク戦争や大震災は思い出せても修学旅行の行き先は不明。好きだった映画、漫画、アーティスト……まるで自分に近しいものだけ狙い撃ちしたかのように、忘却は選択的になされているのだ。

そしてもう一つ。

「ねえ、依子さん」

「依子でいいってば。兄貴のくせに気持ち悪い」

「君が妹だって記憶もないんだ。呼び捨ては失礼だよ」

あらためて耳を疑った。葬式で坊さんがラップを口ずさみはじめたときのように。

「兄貴って、そんなことを気にする輩《やから》じゃなかったんだよ。もっと偉そうで、わがままで、全人類おれの手下って感じでさ」

「常識のない男だったんだな」

わたしは記憶だけでなく、性格すら失くした男をまじまじと見つめた。

「落っこちたのも憶えてないの？」

眉《まゆ》を寄せ、兄が問い返してくる。「どこから？」

「江戸川《えどがわ》区のマンションの屋上」

「ふうん。なんでまた」

「知らないってば」

半年前、五月の真っ昼間、空を飛んだ兄は当然のように落下し、ふつうなら死ぬはずのところをたまたま公園の木がクッションになり、たまたま犬の散歩をしていた近所の人に発見され、九死に一生を得た。

「ぜんぜん思い当たらない？」

「ぜんぜん」

こちらが「ふうん」と唸《うな》る番だった。

「自殺だったの？」

「さあ」わたしは肩をすくめる。「いちおう事故ってことになってるみたい。遺書もなかったし、靴をそろえてたわけでもないしね。自殺かもしれないけど、事故のほうが何かと都合がいいんじゃない？　保険とかさ」

初めこそ刑事さんもいろいろ疑っていたようだが、ひと月もしないうちにその熱は引いていった。目撃者はおらず、落っこちた本人は意識不明、おまけに家族も騒がないときたもんだから、さっさと仕事を終わらせにかかるのはやむなしだろう。

「調べようにも、兄貴のスマホ、中身空っぽ、アドレス・ゼロ。今時のキッズにはグラウンド・ゼロより恐ろしい風景だよ」

「ろくに知り合いもいなかったわけか。かわいそうに」

わたしのスマホも登録は家族の番号しかなかったが、ここは「マジ気の毒だね」と合わせておいた。

兄が神妙に尋ねてくる。「突き落とされた可能性は？」

「わたしたちじゃない人に？」

「ぼくは家族に殺されるような男だったの？」

驚く兄に、まあね、と返す。

顔を曇らせた兄が、探るような目を向けてくる。

「だから、なの？」

「だからだよ」と、わたしは答えた。

わたしたち兄妹に与えられた母の命令——記憶喪失は忘れましょう。

トンチのようなこの密命を、わけもわからぬまま遂行《すいこう》してきた男が、納得いかぬという顔をしていた。わたしはわたしで、不安と好奇心がないまぜになった気持ちで、兄の次の言葉を待った。

「ねえ、依子」

ちょっとバツが悪そうにわたしを呼び捨て、身を乗りだしてくる。

「ぼくについて、もっと教えてくれないか？」

雛口新太、二十五歳。わたしの五つ上の兄。

一言でいうと、「とてもやっかいな男」。

万引き、カツアゲ、イジメ、シンナー、レイプ、ネトウヨ——そうではない。

兄が特化していたのはただ一つ、暴力だ。

教師、生徒、女、子ども、年金受給者、見知らぬ通行人からボクサーに空手家《からてか》、はてはヤクザに警官まで、兄の暴力は徹底した平等主義に貫かれ、見境がなかった。その上、完璧主義だった。一度はじめた暴力は、完膚《かんぷ》なきまでに相手を痛めつけるか、自分がやられて動けなくなるまで止まらない。そんなポリシーは、金をもらったって要らないと、わたしは思う。

当然、家族にも拳は飛んできた。平等に、完璧に、容赦なく。

数度の更生施設送り、それを上回る病院送り、通りいっぺんのカウンセリングを経て、兄は十六歳で少年院にぶち込まれた。カウンセラーさんを、ぼっこぼこに殴り散らかしたのが原因だった。

「ひどい奴だな」

兄は、ちょっと怒ってすらいた。

「人を殴るのはよくない」

ほんとそれ、数年前の自分にいってほしいよ。

兄の更生が夢物語にすぎないと確信していたわたしたち家族は、彼が少年院の中で殺すか殺されるかするのを祈った。少年法の厳罰化は、雛口家の切なる願いだったのである。

だから一年後、兄が元気一杯で帰宅すると決まったとき、我が家にはごく自然にお通夜のムードが漂った。暴力沙汰にまつわる賠償金で貧乏はとめどなく、近所の目は一面雪景色の白さで、おまけに殴られるのだ。これほどわかりやすいどん詰まりもなかなかないのではあるまいか。

「じっさい一家心中待ったなしだったと思うよ。パパは『来世を生きる』みたいな本を熱心に読んでたしね」

そこに幸運がおとずれた。出院した兄もろとも、わたしたちの面倒をみてくれるという奇特な人があらわれたのだ。

「色川の伯父さん？」兄が眉を寄せた。

「忘れないでよ。すごくよくしてもらったんだから」わたしも眉を寄せる。

なんだかんだで五年くらいお世話になり、しかし結局、そこを追われるはめになったのも、やっぱり兄のせいだった。

「とつぜん暴れだすんだもん。ふざけんなって思ったよ」

「面目ない」兄は形ばかりの謝罪をし、「それから？」と訊いてくる。

今の家に住み始めたのが二年半前。兄は引きこもりになった。心を入れ替えたのかと思いきや、家の中では相変わらず、父と母とわたしに対し、平等かつ完璧に暴力的だった。外に向いていた拳が内側に限定されただけの話。フックとストレートの違い。ＵＦＣからパンクラスに移籍した程度のこと。

とはいえ、わたしたちは比較的兄の扱いに長《た》けており、長年の経験で向上したディフェンスキルに加え、「顔だけは、顔は目立つから！」という哀《かな》しい取り引きを持ちかける知恵も身につけていた。

「賠償金が通院費に圧縮されたぶん、お財布的にはマシになったともいえるけど」

かろうじてスマホも買ってもらえたし。

顔をしかめる兄へ、わたしはつづけた。

「兄貴はちょーわがまま、情緒不安定でさ。すぐ叫ぶし、物にあたるし。ウチは兄貴が落っこちて入院するまで、テレビを買い替えなかったんだよ」

「テレビを壊して不満は解決するの？」

「するわけないじゃん」

「じゃあ頭が悪かったんだな、彼は」

あんただけどね。

「暴れてないときは、ぼーっと宙を眺めたりしてた。きっと宇宙と交信してたんだと思う」

特に引きこもってからの落差は激しく、ある意味でヤクザを相手にするより骨が折れた。

「ヤクザは暴力をふるう理由がだいたいわかるじゃない？　ムシャクシャしてるとか、金のためとか、セックスしてえとか。兄貴はいきなり、おはよう、みたいに殴ってくるんだよ」

「やっかいだな」

「落っこちたくせに死なないところもタチが悪い。入院費だって馬鹿にならないのに、ちゃっかり生き残っちゃってさ。おかげでウチの家計は火の車なんだよ」

もともと貧乏だしね、とわたしは付け足した。

「やっかいどころの騒ぎじゃないよ」

「まったくもって依子のいう通りだ」

兄は、しみじみうなずいた。

「暴力をまき散らして友だちもできず、家族から死んでほしいと思われていた男か」

「だからお見舞いも、わたしが押しつけられてんだよ」

父も母も初めのうちこそ通っていたが、この先、着替えを届ける役目はわたしの務めになるに違いなかった。

「パパなんかここ最近、家にも帰って来ないしね。たぶん、兄貴の復活にびびってんだと思う」

母はたんに、ずっぽしはまってるボランティア活動が忙しいだけだろうけど。

兄が深いため息をついた。

「ようやくわかったよ。記憶喪失を忘れろといわれた理由が」

ここだけの話、わたしたちは医者に対し頑《かたく》なに、「この好青年こそが雛口新太ですが何か？」とそ知らぬふりを決め込んでいた。すると記憶喪失なんてのはしょせん自己申告制にすぎなくて、本人の協力さえあれば疑われる心配はなかった。

「つまり、ぼくが元通りになったら迷惑ってことだろ？」

「ぶっちゃけね。だってどうせ、またわたしたちを殴るでしょ？」

「かもしれない」

「きっとテレビも壊すし」

「それはマズいね」

「大問題だよ」

わりと早く結論がでた。

「まあでも、なるようにしかならないんじゃない？　そもそも死なずに蘇った時点で人智を超えた感じだし、その上、記憶の面倒までみてらんないよ」

腕を組み、たしかに、と兄が呟《つぶや》く。

「なんだか申し訳ないなあ、生き返ってしまって」

さみしげに宙を見やる兄を、わたしは不思議な気持ちで眺めた。

目覚めた兄と、こうしてじっくり向き合うのは二度目だ。三日前、それなりに覚悟して病室をのぞいたわたしに、兄はいった。こんにちは、みかん食べますか？

蘇ったときとは違う驚きだった。天変地異に近かった。小一時間、わたしは兄と話したけれど、ついぞ彼に、昔の彼を思わせる言動はなかった。

あの兄が、こんなふうになるものなのか。

そのあっけなさが消化できず、だからわたしは母に命じられたわけでもないのに、今週のオヤジ週刊誌は読んでしまっているのに、今日ここへ足を運んだのだった。

「ねえ、依子」

兄が訊いてくる。

「なんでぼくは、蘇っちゃったんだろうね」

一緒に考えるふりをしながら、わたしは思う。きっとそこに、ちゃんとした理由なんてないんだろうな、と。

その後も、兄は順調に回復した。カレンダーが十二月に変わるころにはギックリ腰のおっさんと区別がつかないほど動けるようになり、リハビリを担当する職員さんが「半年も寝たきりは嘘でしょ？」と疑うほどだった。

少しも回復しない記憶は怪しまれないまま、いよいよ退院の日にちが決まった。

「ヨリちゃあん、手伝ってえー」

母の呼び声を、わたしは二階で聞いた。かつて兄が寝起きしていた部屋は、言葉本来の意味で足の踏み場もなく、逆にどこを踏みつけたって大勢に影響のない有様で、これを「掃除しといて」と綿菓子みたいな軽さで命じる母の神経はどうかしちゃってるに違いなかった。

おまけに手伝えだって？　蟹工船か。

ぼこぼこに凹んだナイン・インチ・ネイルズのポスターを、びりびり破ってゴミ袋に突っ込む。床になぎ倒されたステレオが目に入る。掃除の目的は兄の快適な生活ではなく、記憶が戻らないよう思い出の品を処分することだ。ならばこいつも粗大ゴミにしなくては。

それは明日にしようと決め、わたしはゴミ袋を担いで兄の部屋を出た。

限りなく直角に近い階段の途中、嗅《か》ぎ慣れた匂いが鼻をついた。この時期、我が家の食卓は野菜炒めと回鍋肉《ホイコーロー》のカスタネットだった。野菜を切って炒めるプロセスのどこに手伝いが必要なのか。そんな疑問を胸に台所へ出向くと、さっそく聖美ママがしゃべりだす。

「ヨリちゃん、聞いてちょうだい。ヤマダさんがいうのよ。雛口さんちもお兄さんが元気になって良かったたって。これも日頃の行いの賜物《たまもの》だって。これからも頑張りましょうって。そんなふうにいわなくてもいいと思わない？　ねえ、そうでしょう？」

どうでしょう。いたって善良なヤマダさんの発言にしか聞こえないけど。

「わたし、誰よりも頑張ってるのよ。みんなのために、みんなの幸せのために、身を粉《こ》にしているの。なのに、雛口さんは良かった、雛口さんは幸運だって、そんなのおかしいわ」

翻訳するとこうだ。

雛口さんはかわいそう。

雛口さんは気の毒ね。

それなのにボランティアまでして、ああ、雛口さん、なんて素晴らしい人なのかしら、雛口さん――ってな特権が、雛口新太の復活で吹っ飛んで、雛口聖美の地位はただボランティアに励むひまな主婦に陥落《かんらく》し、むしろ幸運な母親としていっそう順位を下げたのである。

自分で解説しておいてアレだけど、さっぱり意味がわからない。

「でも、兄貴はあんなんだからね。そんなに幸運でもないのにね」

「そうよ、そうよ。ぜんぜん恵まれてなんかいないのよ」

「――で、わたしは何すりゃいいの？」

聖美ママは一瞬、呆《ほう》けた顔をしてから、「食器、ね」だって。

「パパは？」

「出張じゃない？」

仁徳パパがどんな仕事をしているのか、わたしは詳しく知らなかった。しかし大した収入がないことは、日々のおかずのグレードで察していた。働いているかも怪しいほどだ。

「ぜんぜん、わたしなんか恵まれてない。パパは頼りにならないし、新太はあんなだし、あなただって――」

ほい、きなすった。

わたしは逃げるようにテレビをつけ、音量をあげる。夕方のニュースが、どこぞのショッピングモールに飾りつけられたイルミネーションを紹介していた。飛ぶように売れている流行の服だとかスイーツだとかを、若い女性レポーターが営業スマイルで激推ししていた。

「あら、楽しそう」

テレビが映すケーキ屋さんの、軒先にできた長蛇の列に、聖美ママはうっとりしていた。

「ママもこういうの、ならんだりしたの？」

「もちろんよ」

「一時間立ちっぱなしとか？」

「そんなのざらよ」

「楽しいの？」

「楽しいに決まってるじゃない」

わたしには縁のない「決まり」だった。

「バーゲンとか福袋とか、スイーツとか。カレーなんかもね。どんな素敵なものに出会えるのかしらって、わくわくしたものよ」

「福袋はゴミ袋って、ネットの掲示板に書いてあったよ。売れない在庫品を詰めてるだけだって」

「馬鹿ねえ」呆《あき》れ返った声がする。「だったら開けなきゃいいじゃない。そうすれば、いつまでもわくわくできるんだから」

それはちょっと趣旨が違うというか、トンチにもなっていないというか、たんなる時間とお金の無駄では？　と思いつつ、わたしは相手にしないことにした。さわらぬ母になんとやら、だ。

ゴミ袋の口を結ぶかたわら、行列にならぶ聖美ママの姿を想像してみた。聖美ママがわたしを産んだのは二十代半ばだったらしく、すると行列にならんでいたのは、きっともっと若いころだろうけど、わたしは当時の彼女を見たことがなかったし、一緒にならんだ憶えもなくて、結局、現在の聖美ママの、うっとりと苦行に励む笑みがぼんやり浮かぶだけだった。

なんとなく、ゴミ袋をひと蹴りする。

「これ、分別とかしてないけどいいかな」

「大丈夫でしょ」

ボランティア精神とはかけ離れた回答のような気がした。

「ねえ、ママ」

「なあに」

「なんで兄貴は、屋上から落っこちたのかな」

わたしは聖美ママの、すらっと姿勢の良い背中に問うた。

「兄貴、引きこもりだったじゃん。そのくせ江戸川区なんかに出かけてさ。事故でも自殺でも他殺でも、おかしいと思うんだよね」

実のところ江戸川区がどこにあるのか、地図が嫌いなわたしはよくわかっていなかったけど、なんとなく遠いのだという気はしていた。

「そもそも出かけた理由があったわけでさ。あの日、兄貴はわたしに——」

「ヨリちゃん」

聖美ママがふり返る。ピチピチの実を食べたとしか思えないほっぺを、後光《ごこう》が差しそうな笑みに変えていう。「どっちでもいいじゃない」と。

「だって、新太は駄目になっていたのよ？」

たしかに、とわたしは思った。

兄は駄目になっていた。ゆえに色川の伯父さんちで暴れ、この二階建ての家に引きこもり、わたしたちを日常的に殴りつけた。勝手に外へ出かけたら殴られた。行列のできる店どころか、コンビニへ行くことすらままならなかった。

伯父さんちを懐かしんでも殴られた。よくわからない理由でも殴られた。理不尽が極まっていた。

「駄目になった人間の行動をアレコレ考えたってしようがないわ。大切なのは、落っこちて蘇ったおかげで、駄目じゃなくなったことでしょ？」

まな板へ顔を戻す聖美ママは、憎らしいほど正しかった。

あなた、サスペンスドラマの観すぎよ——そんなお説教は聞き流し、袋を担いでゴミ置き場へ向かう。明日、必ずステレオを処分しようと思う。

「これ、兄貴がケンカキックであけた穴」

段ボールをはがして見せる。家中にべたべた貼られた不自然なポスターやチラシのたぐいはモダンアートでは決してなく、兄の所業を覆《おお》い隠すための応急処置の成れの果てだ。

およそ半年ぶりに我が家の敷居をまたいだ当人は涼しい顔で、「たしかにサイズは合ってる」と足をはめてみたり。

「これも、これも、あれもだよ」

わたしの説明に、兄は「ふんふん」と聞き入っていた。

「この壁の穴は大変だったみたい。十連発の頭突きで貫通させたときには兄貴、出血多量寸前だったんだって」

「キツツキみたいな男だな」

「ピンときたりしないの？」

「まったくもって」

肩をすくめる兄の様子に、ほっと胸をなでおろす。この調子だと、壁に新しい穴が増える心配はなさそうだった。

「あれも、ぼくがやったの？」

兄がおもむろに顔を向けた先にはリビングのガラス戸が——あったはずなんだけど。

「いくらなんでも危なくない？」

「危ないよ、そりゃ」

ドアは見事にぶっ壊れていた。木の枠は床に倒れ、ガラスの破片が飛び散っていた。

今朝はこんなふうじゃなかったのになあ、と首を捻《ひね》りつつ、わたしたちはスリッパをはき、破片を踏みつつリビングをのぞいた。

「おう、おかえり」

ソファに座った男がにかっと笑い、手をあげた。こんなゲシュタルト崩壊した顔面の知り合いがいたかしらと思ったが、よくよく見ると父だった。

「どうしたの、これ」

わたしはTNT火薬が爆発したと思《おぼ》しきリビングとキッチン、ぶっ壊れたガラス戸を順に指さし、最終的に、小さな風船の寄せ集めみたいに腫《は》れまくった仁徳パパの顔面に尋ねた。

「ちょっと、怖いお兄さんたちと大立ち回りをやらかしちゃってな」

照れたように笑うその口に、じゃんじゃん鼻血が流れ込んでいたけれど、口の中も血だらけで、歯も何本かなくなっており、今さら鼻血の一リットルや二リットルは気にもとめないといった様子で、仁徳パパは缶チューハイを傾《かたむ》けた。その様子は、うっかり頼もしさを覚えてしまいそうなほどさわやかだった。

まあ座りなさい、とすすめられ、わたしと兄は仁徳パパのとなりに腰かけた。

「七番？」仁徳パパがテレビに向かって声を荒《あら》げる。「ええ？　ばっかだなあ。小学生だってそんなヘマはしないよ」

文句の先で司会者が「あたーっく」とかわめいている。

「こんな脳タリンを公共の電波で流すなんて、なんで人権団体は騒がないのかなあ」

「っていうか、パパの脳みそのほうが心配なんだけど」

耳からも血が出てるし。

「怖いお兄さんって誰？」

「お、当ててみるか？　アタックチャンスだ」

「借金取り？」

「ファイナルアンサー？」

うざい。

「借金、幾らあるの」

「八百万くらいかなあ」

「わたし今、八千円も持ってないよ」

「残念。パパはもっと少ない」

ほんとうに残念だよ、とわたしは思った。

「なんでそんなに借りちゃったのさ。ていうか八百万もあったら、もっと豪華な夕飯じゃなきゃ勘定が合わないんだけど」

「そこはほら、昔の借金を返すための借金だからさ」

思った以上に泥沼だった。

「なかなか物分かりの悪い連中でさ。あんまりしつこいから、ほほいっとやっつけてやったんだ」

そのおでこに刺さったガラスの破片は土下座の名残《なご》りにしか見えなかったが、わたしは気づかないふりをしてあげた。

「そんなお金、無理ですよって説明したんだけど、『無理ってのは無理なくらい頑張った人間だけに許された台詞《せりふ》だ』なんて無茶をいってくるんだ。まったく、返せ返せ詐欺もいいところだろ？」

憤慨《ふんがい》したように仁徳パパはつづけた。

「ほら、新太には結構な額の保険金をかけてたじゃない？　それを担保に金を借りてたわけだよ。新太は寝たきりのお人形さんになっちゃってたからさ、だったら生きてる家族に役立てるほうがいいだろ？　ほんとは今日までに、呼吸器を外して不幸な事故を起こす予定だったんだ」

けっこう衝撃的な事実をさらりといってのけ、誰も困らない無駄の削減、エコってやつさ、と仁徳パパはチューハイを呷《あお》った。

「ところが新太、生き返っちゃっただろ？　だから当然、お金は返せなくなったわけだ。なのにあいつら、返せっていうんだよ」

仁徳パパは盛大なため息とともに借金取りの言葉を再現した。

八百万だよ、八百万。八百万の金、払いながら生きてくってどうよ？　しかもこれ、増えるから。算数って知ってる？　八百万×十パーセント、わかる？　八十万ね。これ月の利息ね。賭《か》けてもいいけど、つまんないぜ、この先の人生。給料日にさ、汗水たらして稼いだ金がまるっぽ右から左に消えてくって、ちょっと想像してもうんざりするだろ？　脳みそ腐ってなきゃ、やってらんねえって、絶対なるぜ――。

「なるよなあ、たぶん」

仁徳パパが、しみじみ吐いた。

「だからさ、新太。もう一回死んでくれない？」

いい天気だから釣りに行かない？　みたいなノリだった。

「だって一回は死んだみたいなもんなんだし、ピョンって飛んじゃえばさ、延々つづく苦しみがリセットになるわけだろ？　ちょっとスカイダイビングしたら、偶然残念な事故に遭遇したって思えばいいんだよ」

「うーん」って兄貴、悩むとこじゃない。

「――なんて、このおれがそんなの許すわけないだろ？　死にかけてるならともかく、生き返った以上、新太はもう死なせない！　依子も聖美も、お前らには抱かせないぞっ！　っていい返してやったのさ」

いやいや。そもそも殺すつもりだったっつう前提だし、そもそもてめえの借金なんだから
ぜんぜんグッジョブじゃねえ。

「まあ、そんなわけだよ」

すごいまとめ方で話を切り上げ、そうそう、と足もとのスーパーの袋を持ち上げる。

「今夜はすき焼きをしようと思ってさ」

仁徳パパが、うれしいのか哀しいのかわかりづらい顔で笑った。


夕方、ボランティアから帰ってきた聖美ママが、あら、パパじゃない、あら、変な顔ね、あら、良いお肉じゃない、と、さして驚きも感動もなくすき焼きの準備をはじめ、わたしは手伝いを命じられたけど、鍋に具材をぶっこんで火にかけるだけの料理に手伝いなど必要なはずもなく、野菜を切るのは兄に任せ、完璧な食器の配置に専念した。

仁徳パパは食卓から、のんきに台所のどたばたを眺めていた。瓶ビールの栓を開け、一人でコップに注ぎつづけた。

すき焼きは美味《うま》かった。甘辛醤油と牛肉ととき卵の相性の良さを数学的に証明できたらノーベル賞が取れると思う。

「やっぱりビールは瓶だなあ。瓶にコップだなあ。缶なんてものに飼い慣らされたら酒飲み

は終わりだよ。ジョッキなんて下品もいいところだ。やっぱり瓶にコップが一番だ」

依子も九月で二十歳になったんだったなぁ、ほれ、飲んでみろ——。ビール瓶を向けられ、仕方なくコップを差しだし、わたしはそのおしっこみたいな液体を口に含んだ。

「おえっ」

危うく上等な肉をもどしてしまうところであった。

ははは、と仁徳パパが笑い、吐くならこいつの顔面にしようとわたしは決めた。

「新太は——病み上がりだもんなあ」

はあ、すみません、と兄は返した。

「ほんとお前、大人しくなっちゃったなあ。おれのことも憶えてないんだろ？　お前にはさあ、殴られっぱなしだったんだよ。ほんとに強くてな。いい歳した大人に全力のバックブリーカーはきついんだぞ？」

「はあ、その節はどうも」

「ママも依子も、何度か殺されかけたもんなあ」

「兄貴はね、はふはふ、わたしには、もぐもぐ、まだ優しかった気がするけどね」

「そうね。新太はね、ふうふう、こう見えて紳士なところが、もにゅもにゅ、あるのよ」

そんなふうに団らんは過ぎていった。よくよく考えると、こうして家族が顔をそろえ、叫び声も泣き声もなく、鼻血や青たんとも無縁なひとときというのは——仁徳パパの悲惨な顔面はおいておくとして——すぐ横のリビングの扉が壊れっぱなしなのも無視して——、ちょっとわたしの記憶になかった。その機会をことごとく潰《つぶ》していた張本人であるところの兄はというと、全員他人みたいなものだから、感慨なんぞありゃしないだろうけど。

あらかた肉が片づいて、締めのうどんを煮立てているとき、聖美ママが「そろそろヤマダさんに電話しようかしら」ともらした。「ああ、そうだな。そうするといい」仁徳パパが答え、聖美ママはダイニングを出ていった。

「ヤマダさんって、ママのボランティア仲間のヤマダさん？」

うなずく仁徳パパに、わたしは重ねた。「ヤマダさんに食わせる肉は残ってないよ？」

「いいんだ。肉はお前たちで食べちゃいなさい」

「依子。シラタキと白菜も食べたほうがいいよ。君は肉以外、シイタケをひと嚙みしかしていない」

兄を睨《にら》みながら、わたしは食いかけのシイタケをつまんだ。

「ねえ、パパ。最近はどうしてたの？」

「うん？　ああ、まあ、ちょっと、いろいろ、どうにかならないかと思ってな。相談やお願いをして回ってたんだ。でもやっぱり、おれの力では難しそうでなあ」

と、仁徳パパが泣きだした。

「ごめんなあ。依子も新太も、ほんとにごめんなあ」

仁徳パパの泣き上戸はいつものことだが、この夜は醜《みにく》さに拍車がかかっていた。たぶん来世を生きる気になっているのだと察したわたしはつまんだシイタケを皿に戻し、「電車に飛び込むのはやめてね。いろいろ面倒らしいから」と教えてあげた。仁徳パパは目を丸くし、「そうだなあ、ほんとうにそうだなあ」と涙をぬぐった。わたしの博識に驚き、わたしの優しさに打ちひしがれているに違いなかった。

「でもな、依子。世の中には仕方がないことがあふれているんだ。馬に食わせるほどあるんだよ。パパはもう、『仕方ない』のデパートみたいなもんなんだ。ママがああなってしまったのも、もとはといえばパパのせいだ。おれがもっとしっかりしていれば、ママがヤマダさんと知り合うこともなかったはずなんだ」

雨の日も風の日もごみ拾いがあると聞けば西へ出向き、炊き出しの募集あらば東へ駆けつけ、泣く子や困っている人を血眼《ちまなこ》で探し、それでも見つからなければ無理やりにでも困らせ、まるで聖美ママと競うようにボランティア活動に打ち込んでいるらしいヤマダさんがまるで悪者みたいないい草だった。

「思えばおれは、ずっとそうだった。何かつらいことがあるたびに、仕方ない、といい聞かせて生きてきたんだ。そうしているうちに、誰かの言葉を待つようになっていたんだよ。こうしろああしろと、誰かが命じてくれるのを、待つようにな。それが心地よくて、安心できて、だからこうなってしまったんだよ」

依子、新太——。

急に偉そうな口ぶりになった仁徳パパが、わたしたちを見つめてきた。

「自分の人生は、自分で決めなくちゃ駄目だぞ。自分で決めたせいで後悔することもあるだろう。悔やみきれない失敗もするだろう。けど、それは自分が自分である証《あかし》みたいなものなんだ。人間は、それを失くしちゃ駄目なんだ。こうしないと駄目だとか、ああしないと損をするとか、大変なことになるぞってな具合に、まるで脅すみたいにいってくる奴もいるだろう。けど、そういうのは、どうでもいい。損したって大変なことになったって、自分が自分でなくなるほうが、よっぽど悪い。悪いんだよ」

仁徳パパは勝手に納得し、コップにビールを注いだ。

「おれは気づくのが遅すぎた。闘う勇気を持てなかった。つくづく駄目な人間で、駄目な父親だ」

依子、新太——。充血した目で繰り返す。

「いいか？　もう一度いう。遺言だと思ってくれてかまわない。だからちゃんと聞いてくれ。ちゃんとでなくてもいいから、心の隅っこに残しておいてくれ。どんなときも、お前たちはお前たちでなくちゃならないんだ。誰に命令されようと、いいなりになんかなっちゃいけない。嫌だというんだ。憎まれても疎《うと》まれても、心の底から嫌だったら、胸を張って、嫌だ、となる。たとえ相手が、神さまであってもな」

「パパ――」

「お前たちはこの先、おれのせいで大変な目に遭うと思う。いいか？　忘れるな。それは決して、ふつうのことじゃないんだ。異常なことなんだ。お前たちにはまだわからないかもしれないが、当たり前なんかじゃないんだ」

依子――。

「本を読みなさい。新聞でもいい、テレビでもいい。映画でも漫画でも、ラジオでもネットでも」

ユーチューブは駄目だぞ、どんどん頭が悪くなるからな、と仁徳パパは付け足した。

「ともかく世の中のことを知るんだ。できれば外に出て、いろんな人と出会うんだ。そうやって、君はほんとうの雛口依子になっていくんだ」

新太、と兄に向く。

「お前が目を覚ましたとき、おれも目を覚ました。今さら手遅れだとしても、失敗するのだとしても、だけど、できるだけやってみようと思ったんだ。お前のおかげで、おれは気づいた。この世の中は何が起こるかわからない。だから仕方なくなんかないんだって」

ありがとう、新太。死なないでくれて。生き返ってくれて――大真面目な調子で、仁徳パパはそうつづけた。

あなたあ、と玄関から聖美ママの声がした。

「ヤマダさん、いらっしゃったわよお」

「ああ、行くよ」

仁徳パパはコップに残ったビールをひと息に空け、やっぱり瓶が最高だ、ともらした。

「お別れだ、子どもたち。おれは最期まで、君たちの幸福を願っているよ」

自分の台詞に感動したらしく、仁徳パパは洟《はな》をすすった。なんだこの三文芝居は、とわたしは思った。

思っていたのだ。

心の底から、くだらねえ、と。

この男は駄目になっちゃったんだな、と。

よたよたと、仁徳パパが食卓を離れてゆく。わたしはその背中から視線を逸《そ》らし、ちょっとイラついた気分で鍋に残った肉をつついた。

「そうそう、忘れてた」仁徳パパの声がした。「これ、プレゼント」

廊下の前でふり返り、四角いケースを食卓の隅に置く。

「トランプを、パソコンでつくってみたんだ。慣れないもんで出来は良くないんだけど、パパがいなくてさみしくなったら、これで神経衰弱でもするといい」

歯の抜けた、血まみれの口が広がる。

「メリークリスマス」

年が明けても、父は帰らなかった。携帯もつながらず、こんなことなら仁徳パパに保険金をかけておくべきだったとわたしは悔やんだ。

母は変わらなかった。昼は一文にもならないボランティア活動に精をだし、夜は野菜炒めか回鍋肉をつくった。八百万の借金も、父の出奔《しゅっぽん》も、彼女にすれば「あら、大変」で済むどころか、ほんのりうれしそうな顔すら浮かべる体《てい》たらくだ。不幸せを歓迎する摩訶《まか》不思議なメカニズムを携えた聖美ママが、雛口家存亡の危機に無力なのは明らかだった。

兄も相変わらずだ。温厚で物分かりのいい別人でありつづけ、リハビリで病院に通う以外は自分の部屋で仁徳パパのトランプ——通称パパトラをいじったり引っくり返したりして日々を過ごしていた。気がつくとマカオのインチキディーラー並みのカード捌《さば》きを身につけ、わたしにカードマジックを披露するにいたり、人生の方角を見失っている感が濃厚だった。

やがて訪れるであろう破滅に対し、わたしたちはなすすべなく、あるいは無関心に、まったりとそのときを待ちつづけたのである。

たとえば昼下がりのリビングで、七並べに興じたりしながら。

「よく飽きないね」

「勝つまでがトランプなんだよ」

いつなんどきイカサマをされてもいいように、わたしは目を光らせていた。六度目のカードを配る兄の手つきはずいぶん雑になっていて、渋々といった表情も小癪《こしゃく》だった。

「人が遊んであげてるのに、その態度はいかがなものかと思うよ」

「だって、ここんとこ毎日だろ？　二人きりの七並べ」

「仕方ないじゃん。ママはボランティア活動しないと死んじゃう生き物なんだから」

「依子って、友だちとかいないの？」

そっくりそのまま、お返ししたい台詞であった。

カードを配りかけた手を止め、兄が嘆いた。「これじゃあポーカーもできないもんなあ」

恨めしそうにパパトラの背面を見る。

仁徳パパお手製のトランプは、一見ふつうを装いながら、「しかし」というか「やはり」というか、致命的に駄目だった。背面の、失敗した水墨画みたいなモノクロ模様がご丁寧に一枚一枚、規則性もなく微妙に異なっているという、トランプにあるまじき欠陥を抱えていたのである。

「パパそのものみたいな駄目っぷりだよね」

これで神経衰弱をやれなんて、彼はほんとうに神経が衰弱していたのだろう。

「ババ抜きもできないし」

「そもそもババ抜きも、二人でやるゲームじゃないしね」

そうなのか、と思いつつ、わたしは手札を確認する。

「ねえ、依子」兄が話しかけてきた。「ほんとは飽きてるでしょ?」

「ぜんぜん」と返し、四枚ならんだ7の横に6を投げ捨てる。少し意地になっている自覚はあった。

「実は――」兄が内緒話のように声を潜めた。「ちょっと行ってみたいところがあるんだけど」

「家の外?」

「そりゃそうだよ」

「駄目駄目。ママに叱られるもん」

「叱られるの?」

「当たり前でしょ」

「なんで?」と訊かれ、「知らないよ」と答える。

「駄目なもんは駄目なんだよ。そもそも落っこちる前の兄貴が決めたルールだよ? 勝手に外出したらマジ切れしてたじゃん」

「ふうん……」

「いいから、早く6を出しなよ」

彼がハートの6を持っているのを、わたしは見抜いていた。

「さっと行って、ぱっと帰ってきたらバレないんじゃない？」

兄はしつこい性格になっていた。

今日はいい天気だし、そんなに寒くないし、ほら、依子が昨日サスペンス劇場で観てた特急列車にだって乗れるかもしれないよ——。

「怒られたら、ぜんぶぼくのせいにしていいし」

なんとなく騙《だま》されている気もしたが、時刻表トリックのリアリティには興味があった。

「行ってみたいとこって——」渋い口調で尋ねる。「どこ？」

「ぼくが落っこちたマンション」


じっさい騙された。特急「はやぶさ」に乗るわけでもなく、秘密の地下通路に出くわすこともなく、しなびた改札にたどり着き、この時点で兄が無一文だと知らされたのだ。

憤慨しながら切符を買おうとしたわたしは、しかし発券機を前にあたふたし、兄の介助で購入を済ませると、こんどは改札を通り抜けるのにひと手間かけた。白線の内側がどちら側か、にわかにピンとこなかった。

そんなわたしを兄は、「依子、大丈夫。挟まれないから」、「依子、そっちに立ってたら電車に吹っ飛ばされるよ」、「依子、点字ブロックは暗号じゃないよ」といった具合にエスコートしてくれた。自分のことは何一つ憶えてないくせに駅構内を迷わず歩き、乗り換えをスムーズに行う背中は頼もしかった。白い上下のトレーナーという出で立ちはアレだったけど。

「てっきり、依子は物知りなんだと思ってた」

「物知りは物知りだよ」

ただネットと現実に、いささか齟齬《そご》があったにすぎず、つまり悪いのはグーグルだった。

告白するとわたしは、電車に乗るという行いに非常に疎《うと》く、というか兄の見舞いで病院に通うようになるまでは家から出る素人《しろうと》だった。見舞いにしてもお決まりのシャトルバスに乗れば終わりだったから、山手線とかニュートラムなんてのはテレビやネットで見聞きする都市伝説だったのである。

「七並べも下手だし」

「ルールは知ってたよ、ルールは」

実践さえ積めば、メキメキと頭角を現すに決まっていた。

東京に着き、ホームの人口密度が上がった。まるで暴動のように電車へ殺到する肉の塊《かたまり》に揉《も》まれていると、東京に就職させるというトリックで一人くらい葬《ほうむ》れる気がした。

しばらくして乗客がどばっと消え、ようやく長椅子に腰を下ろせた。

足を踏まれても割込みされても相手を殴らない兄にわたしは驚き、感動していた。

次に感動したのは、網棚に置かれたオヤジ週刊誌が読み放題というシステムだ。

新春特別号には今年一年の運勢がみっしり書いてある。これを読むだけで日が暮れる分量

で、少なくとも今日という日においてはこの週刊誌こそが幸せを遠ざけているんじゃない？」と兄はのたまい、わたしは無視した。

てんびん座のラッキーアイテムは、焦げ茶色のキャスケット。速やかにそれをグーグル検索し、わたしはまた一つ物知りになった。

「兄貴、こういうの似合うんじゃない？　丸坊主だし」

「雑誌の占いって、アルバイトの学生が適当に考えてるって聞いたことがあるよ」

「誰から？」

「忘れた」

なんと都合のよい記憶喪失であることか。

「サンダー福助はすごいんだよ。ニルヴァーナ菊池《きくいけ》先生のお弟子さんだからね」

チンプンカンプンという間抜け面《づら》に、占いページの写真を突きつける。兄は「暴走族みたいな髪型だなあ」と、サンダーのトレードマークをディスった。

「ニルヴァーナって名前もどうかと思うし」

わたしは雑誌を、パシっと膝に置いた。

「『大海に溺《おぼ》れる魚にその深さがわかろうか、否《いな》わからない。砂漠に惑う駱駝《らくだ》にその広さがわかろうか、否わからない。墜落する燕《つばめ》に、宇宙は見通せない。迷える子らよ、従順を以《も》って和を成しなさい』」

「何それ」

「ニルヴァーナ先生のありがたいお言葉に決まってるじゃん」

兄は、ふうん、と小首を捻った。「安っぽいし気持ち悪いね」

記憶と一緒に知能もなくしてしまったらしい。わたしは兄を見限り、ページをめくる。

次は〜、あっ次は、西葛西《にしかさい》ぃ――。

「熱心に読んでるね」電車が走りだしたタイミングで兄が話しかけてきた。ガタゴトゆれる椅子にはわたしたちしか座っておらず、乗客はまばらだった。

「『毒母VSメンヘラ娘』だよ。新世紀母娘戦争勃発編の第二十四回」

「面白いの？」

「当たり前じゃん。サスペンス劇場くらい面白いよ」

兄は微妙な顔をした。

「毒母とメンヘラ娘がいろんな男とまぐわって、取り合って、どんどん殺していくんだよ」

「男の人を？」

「そう。今週号はナンパ塾のカリスマ講師でもある社会学者が金玉潰されて泡吹いてた」

読む？　という問いかけに、兄は顔をしかめた。

「三つ子の話はすごかったよ。毒母の秘密の地下壕《ごう》で電気椅子に座らされてさ。手足を針金できつく縛られて、首に針金を巻かれて、頭に鉄の帽子をかぶらされてさ。口はガムテープでふさがれてね。右手に赤、青、白のボタンがあるスイッチを握らされるの」

向かい合わせにされた三つ子の鉄帽子もそれぞれ、赤、青、白に分かれていた。ちなみにこの仲良し三兄弟は高校生で、千年に三人の美少年という設定だ。

「鉄帽子に電流が流れる仕掛けってこと？」

「そうだけど、調子にのんないで。そんなのアザラシだってピンとくるんだから」

兄はしゅんとしていた。

「この装置はすごくてさ。一人が押せるボタンは三色のうち一つだけ。三人ともボタンを押した時点で機械が動いて、二つ以上押された色の人間に電気が流れるわけ」

「じゃあ、最大でも被害に遭うのは一人だね」

「なんで？」

「だって自分のボタンは押さないだろ？　一人減った時点で残る二人が同じ色を押す可能性はなくなる」

オランウータンでもわかるんじゃないかな、という兄の台詞をわたしは黙殺した。

「でも、三人とも死んだんだよ。一回のプッシュで、同時に」

「どうして？」

「裏ルールがあったからね」

裸にガウンをまとった毒母は、ウズベキスタン製のナイフを手に、ボタンを押すよう三つ子に迫った。その上でこう告げた。

――この装置を無効にできる条件があるわ。『全員が同じ色を押す』よ。

ふうん、と兄が唸る。

これがいかに難しいか、イクラちゃんほどの知能があれば気づくだろう。なぜなら一人は必ず、自分の色を押さなくてはならないのだ。相談して決めたとしても、誰かが裏切るかもしれない。口をふさがれた状態だから、そもそも相談なんかできやしない。

「残酷な多数決のシステムだな。二人が決定した時点で、残る一人は絶対に従わなければならない。自分一人が別の色を押しても、結局死ぬことになる」

でも――、と兄がわたしを見た。

「一人じゃなく、三人同時に感電したんだね?」

「そう。ビリリリって」

「君は裏ルールといった。さっきの助かる方法は毒母さんが明かしている。つまり隠されていたのは、三人同時に電気が流れるルールなんじゃない?」

ぎくり。

「『全員がバラバラの色を押す』、だろ?」

名探偵かっ。

「まあ、そうだけど……。じゃあさ、じゃあさ。誰がどの色のボタンを押したか当ててみ。

タラちゃんでも解ける問題だけどね」

「たしかに、謎々ですらない」

「嘘だあ」

小説を読んだとき、まったく解けなかったわたしは焦った。

兄が淡々と説明をする。「三人は仲良しだった。特に嫌われている人間もいなかった。当然みんな、全員が助かる方法を選ぼうとしたはずだ。だけど、話し合いもできない状況で同じ色を押す確率を百パーセントにはできない」

タマでもわかる論理であった。

「そして三人は、『バラバラの色だと全滅』というルールは知らなかった」

「……だから？」

「だからみんな、自、自、自分の色を押したんだ。自分以外の誰かが死なないように」

残念なことに、正解だ。

「難しくもなんともないよ。当たり前の人間なら誰だってそうする。自分のために、誰かの命を犠牲になんてできないだろ？」

兄は小さく頭をふり、「悪趣味だ」と吐き捨てた。

ぶっちゃけその悪趣味に拍手喝さいを送ったわたしは、しかし実のところ、三つ子の行動がいまいち理解できていなかった。だってたぶん、わたしはその選択をしないから。

「兄貴にホモサピエンスの称号をあげるよ」

「イクラちゃんもタラちゃんも、ホモサピエンスだよ」

ほどなく、電車が駅のホームに滑り込んだ。


西葛西駅からしばらく歩くと、兄が落っこちたマンションが見えてきた。高速道路の高架を背に公園を突っ切って、入り口へ向かった。途中わたしは立ち止まり、首をぐいんとのけ反らせてみた。逆さまに見る高速道路の高架、公園の木、錆《さ》びた遊具。頭に血がのぼった。ベリーライフ江戸川という名称は、グーグルをもってしても翻訳不能だった。剝《む》きだしのコンクリートは黒ずんでいて、そのくせ高さだけは偉そうで、よくもまあこんなとこから落っこちて死ななかったものだと兄を尊敬しかけた。

オートロックって何？　といわんばかりのエントランスを素通りし、エレベーターで最上階へ。横並びのドアを過ぎ、奥まった階段を上ると屋上だった。

なんにもなかった。洗濯物が干してあるわけでもなければ柵《さく》もない。この広々とした空間のコンセプトは「Ｌｅｔ'ｓ　飛び降り！」で決まりだろう。

青空が広がっていた。風は肌寒いが、まずまずの陽気だった。東京の街を見下ろしているうち、ちょっと側転とかしてみたくなった。

兄が落っこちた日も晴天だったという。変に浮かれたテンションで、うっかりジャンプしちゃったのだろうか。だとすれば酔っ払ってたかジャンキーだったか馬鹿だったかの三択だ。

「兄貴はきっと馬鹿だったんだね」

「なんで？」

「兄貴の身体からはアルコールも薬物も検出されなかったから」

兄は首を傾げたが、わたしはそれ以上説明をしなかった。

「ぼくはどこから落ちたんだろう？」

わたしはぎりぎりの端っこまで行き、「たぶんここ」と教えてあげる。

「ほら、あの木。あれに落ちて、兄貴は死なずに済んだんだよ」

先ほど通ってきた公園の木を指さす。

「兄貴はきっと、あの高速道路に飛び移ろうとして思いっきりジャンプしたんだろうね。でもスパイダーマンじゃないから無理で、あの木に落ちた」

「なんで高速に？」

「知らないよ。馬鹿だからじゃない？」

「なんでこのマンションだったの？」

「通りかかったからじゃない？」

納得のいかない表情が返ってきた。無理もなかった。わたし自身、納得なんてしちゃいない。落っこちた理由がなんであれ、引きこもりだった兄がこんな場所にやって来た疑問は残る。

「なんか思い出しそう？」

うーん、と兄は難しい顔をした。その様子にわたしは安堵《あんど》する。この場所で大丈夫なら、きっともう大丈夫だ。兄は思い出さない。ほんとうに、駄目じゃなくなったのだ。

しつこく屋上を歩き回る兄を横目に、わたしは一月の空気を胸いっぱいに吸い込んだ。両手を広げ、くるりと回ってみたりした。この小旅行に満足した。

そして、帰らなきゃ、と強く思った。そろそろ母が、ボランティアから帰ってくる時刻だ。勝手に出かけたと知られたら叱られる。

それを伝えようと、兄へ向く。兄は屋上のぎりぎりの、端の端に立っていた。背丈も肩幅もわたしより一回り以上も大きいくせに、いかにも弱々しい後ろ姿だった。

ふと思う。あの背中を押したらどうなるだろう――と。

「兄貴」わたしは兄に近寄った。

「何？」兄がふり返った。

「あんまりこだわってると、駄目になっちゃうよ」

「え？」

「駄目になっちゃった人間はさ、いないほうがいいんだって」

「駄目になっちゃった人間……」

「帰ろう。ママに叱られるよ」

駄目になっちゃった、っていわれるよ――。

わたしが一歩、近づいたときだった。

「依子」

兄が、言葉を探しあぐねるように顔をしかめた。

「兄貴？」

苦しそうに頭を押さえる。肩を震わせる。

わたしはとっさに身構える。殴られる、と感じて。

両手で頭を抱え、兄は歯を食いしばっていた。かがむように、身体をくの字に曲げた。筋肉の張りがトレーナーの上からも見てとれた。まるで獣だ。飛びかかられたら絶対、無事では済まない。こんなことならさっき、突き落としておけばよかった。

「……大丈夫。大丈夫だ」

兄が、荒く呼吸をしながらいった。汗がだらだら流れていた。

「もしかして――」おそるおそる尋ねる。「何か思い出したの？」

わからない、と兄は答えた。

「でも、たぶん、ぼくはここから突き落とされたんだ、と思う」

「誰に？」

わからない、と兄は繰り返し、でも、とつづけた。

「たぶん――女性だ」


「あなたたち、ひまそうでいいわねえ」

聖美ママが帰ってくるのとタッチの差で帰宅したわたしたちは、リビングのテレビで二時間サスペンスドラマの再放送を眺めていた。

そんなにひまならご飯の支度を手伝って、ヨリちゃん。いやママ、そろそろ崖の上がはじまるから待って。どうせ被害者ぶった女が犯人なんでしょ――。

その通りなのを確認してから、わたしは食器をならべた。今夜は回鍋肉だという予想を見事に的中させ、名探偵の面目を保った。

「はあ。まったく、どうしてパパはあんなに駄目なのかしらねえ」

ぼやきながら聖美ママが肉をつまんだ。

「きっとパパは、生まれたときから駄目だったのね。そういう宿命の人だったのよ。だから尊敬もされないし、迷惑をかけてばかり。お尻を拭《ふ》くのはいつだってわたしよ」

ほんとうに困ったもんだわ――ってな具合に、聖美ママはうっすら微笑《ほほえ》む。

「わたしたちはどうなるの？　もぐもぐ。八百万なんて金、ビタ一文払えないよ」

「大丈夫よ。伯父さんにお願いしたから」

「色川の伯父さん？」

そうよ、という聖美ママの返事に、箸《はし》が止まった。

「兄貴も？」

「いちおう、そうね」

兄は、きょとんとしていた。

「ヨリちゃん、食べたら洗い物をして。それからみんなでお掃除しましょ。明日中に、この家をきれいにしなくちゃならないんだから」

「壁の穴ぽこも？」

「穴ぽこもよ」

心の中でため息をつきながら、左官仕事は兄に任せようとわたしは決めた。

「さ、早く食べちゃいなさい」

それからわたしたちは、ほんとうに大掃除をさせられた。詳しい説明はなかったが、次の入居者はすでに決まっており、きれいに明け渡すことで借金の幾ばくかが値引きされるらしかった。

兄はかつて自分が蹴ったり殴ったり頭突きしたりしてあけた穴を、見事に隠蔽《いんぺい》していった。その小気味よい手際はなかなか爽快で、わたしは感心しながら見物したが、そのたび母に働きなさいと叱られた。

夜を明かし、昼を過ぎ、ホームセンターから新しいリビングのドアが届いて、どうにか格好がつくころには陽が傾いていた。五時に迎えがくると母はいい、蕎麦《そば》の出前をとって食べた。豪華天ぷら盛りの希望は却下され、最後の晩餐はズルズルと音を立てながら厳《おごそ》かに過ぎていった。

二階の自分の部屋へ戻り、私物をまとめる。リュックサックに入る量と厳命されていたものの、下着と服とトーテムポールの置物を詰めても、まだ少し余裕があるくらいだった。

わたしには、これといった私物がなかった。

強《し》いていえばスマホくらい。ネットとテレビ、病院で読むオヤジ週刊誌が、わたしの文化のすべてだった。たまに髪を染めるくらいが趣味だった。

部屋を出て、ちょうど兄と鉢合わせした。

「手ぶらじゃん」わたしがいうと、「何もないんだもん」と返ってきた。そういや、わたしが処分したんだっけ。

「この革ジャン、要る？」

「依子にあげるよ」

まあ白いトレーナーの上下に革ジャンはパンクすぎるか。

「サイズも合わないし」

「兄貴が中学のころのやつだからね」

「ませガキだなあ」

そんな話をしながら階段を下りようとしたとき、わたしの記憶が疼《うず》いた。

「ここから放り投げられたことがあるよ」

「ほんとに？　死んじゃうじゃない」

「殺すつもりだったんだろうね」

なんで？　知らないってば——そんな会話をしながら角度のきつい階段を下りてゆく。

リビングはすっかり夕焼け色に染まっていた。聖美ママは受話器にかぶりついていた。たぶん相手はヤマダさんだ。

わたしと兄はソファに腰かけ、ついていないテレビを眺めた。

「ぼくも、ここに二年以上住んでたんだよね？」

「当たり前じゃん。兄貴のほかに誰が壁に穴なんかあけるのさ」

「たしかに」

「兄貴の相手は疲れたよ」

「そっか」と、兄が宙を見やった。「実は最近、寝る前にスマホでナイン・インチ・ネイルズを聴いてるんだ」

「ユーチューブは頭悪くなるよ」

「うん。でも、ぜんぜん好きになれないんだよ」

弱ったなあ、といった調子でもらす。「たぶん、ぼくの記憶はもう戻らない」

「屋上で思い出しかけたのに？」

「いや、あのとき、むしろ消えていく感じがした。霞《かす》んでいくというか、遠ざかっていくというか……。少し怖かった。またいつか、ぼくはぼくの意思とは無関係に、忘れちゃうのかなって。この瞬間のぼくがなかったことになるわけだろ？　たとえ生きつづけても、それはもう、ぼくじゃない。ぼくのつづきではない」

兄がかぶりをふった。

「たぶんぼくを、ぼくじゃなくするのは、ぼくじゃない何かなんだろうね。ぼくはそれが、少し悔しい」

兄は黙った。呆けたような横顔が、オレンジ色に照らされていた。

「考えすぎだよ」と、わたしはいった。

「そうかもね」と、兄がうなずいた。

「でも楽しかった。依子とのお出かけは」

かすかに笑う。

「二人きりの七並べも。だから依子には、憶えておいてほしいんだ。二人でビルの屋上に出かけたこと、トランプをしたこと。ぼくがもし、また忘れて、別人になっちゃっても」

聖美ママのはしゃいだ声がする。ほんとよ、もうほんとに最悪なのよ、大変なのよ、困っちゃうわあ——。

「ねえ、兄貴」

「何？」

「世界には逆らえないんだよ」

「え？」

「運命ってのは決まっていてさ、わたしたちみたいなフンコロガシがどれだけ偉そうにしたところで、敵《かな》わないんだよ。生まれることも死ぬことも、わたしたちの心とか都合とかとまったく関係のないところで決まっていて、そういうのは選べないの。選べるのは馴染むか乱すかだけで、よりよく馴染む方法を教えてくれるのがサンダー福助だったり、ニルヴァーナ菊池先生だったりするんだよ」

小首を傾げる兄に、わたしはいい添えた。「——って、色川の伯父さんがいってた」

「色川の伯父さんかあ」兄が肩をすくめる。「ぜんぜん憶えてないや」

「伯父さんの家も憶えてない？　三角形の、瓦屋根の」

ここよりも大きな、日本家屋。

「あそこにいたときは、兄貴もわりとまともにやってたんだよ」

「馴染んでた？」

「初めのうちはね」

最後は悲惨だったけど。

「まあ、記憶はもういいよ。むしろ忘れてラッキーだったくらいだよ。でないと伯父さんも、兄貴を引き取ってくれなかっただろうし」

いいながら、わたしは革ジャンのポケットに手を突っ込んだ。硬いケースに指がふれた。パパトラだ。

伯父さんの家に行ったら、たぶんこれで遊ぶ機会はなくなるだろう。あと一回くらい、七並べをしてあげようかしら。恩があるってほどじゃないけど、わたしにスマホを買ってくれたのは兄なのだ。

そう思った矢先、「ちゃんと馴染めるかなあ」と兄がぼやいた。

「色川の伯父さんは偉いから大丈夫じゃない？　しっかりおつとめさえ果たせばさ」

「おつとめ？」

ピンポーン、とチャイムが鳴った。はいはーい、と聖美ママが飛んでゆく。

「どうもどうも」

今日からこの家に住む家族と適当に挨拶を交わす。パパさんはいかにも人が好さそうな七三メガネで、ママさんはふっくら穏やかそうな人だった。彼女に抱きかかえられている猿みたいな赤ん坊は女の子だという。

聖美ママが家の中を一通り案内し終え、ではでは、みたいな感じでわたしたちは別れた。

家の前に黒いワゴンが停まっていて、聖美ママが「お世話になりますう」と頭を下げながら助手席に乗り込んだ。わたしと兄は、スライドドアの後部座席に腰を落ち着けた。

「ほら二人とも、ご挨拶なさい」

「どうも、お久しぶりです」わたしがいい、「よろしくお願いします」兄がつづいた。

「二人とも大きなったのう。もう二年半になるんやなあ」

色川の伯父さんが、ハンドルに手を置いたままこちらを向いた。目を細め、わたしと兄をとっくり見回してきた。白い髪の毛は仁徳パパよりたっぷりで、山男みたいな髭《ひげ》も真っ白だ。伯父さんは小さく舌を出し、その髭をペロリと舐《な》めた。このくせを目にするのも二年半ぶりだった。

「よっしゃ。今夜は寿司でも食おうや」

ワゴンが走りだす。遠ざかる二階建ての我が家を見送りながら、だったら蕎麦を食べなきゃよかったと、わたしは思った。

現在——二〇一七年

刻一刻と、雛口依子の激突の瞬間は迫っている。

間もなくダイブするであろうアスファルトの地面を視界いっぱいにとらえながら、しかし依子の脳みそは目前の危機を回避することに興味を示さなかった。一世一代のフル回転を、もっぱら人生の高速再生に費やすのは無意味で馬鹿らしかったが、ことこの期《ご》におよんで理性に出る幕はなかったし、生存本能も知らんぷりを決め込んでおり、されるがまま、物理の法則に身をゆだねるほかなかったのである。もともと依子の脳みそは、せいぜい中の下くらいの性能という事情もあった。

そんなわけでこの走馬灯にも、さらりと端折《はしょ》られたエピソードやディテールは山ほどある。たとえば地名がそうだ。彼女は、自分が生まれた団地をはじめ、二年暮らした自宅の住所も、色川の家がどこにあったかも、つい最近までこれっぽっちも気にとめていなかったのだ。

つい最近というのは、ほんとうについ最近で、それは「あの事件」よりもっとあと——、すなわち去年の春、金髪の彼女に会ってからである。

二〇一六年、三月も終わりに近づいたその日、依子はボウリング場にいた。ぼろいアミューズメントビルとは違う三十レーンくらいの大型店で、時刻も夜ではなく昼間だった。

当時の依子は色川の家を去り、千葉市花見川《はなみがわ》区に移り住んでいた。体調を崩した同居人が検査入院中だったため、ひまだった。そこでボウリング場に足を運んだというわけだ。

平日のせいかお客さんはまばらで、依子はゆっくり時間をかけてボウルを投げた。なかなか勘が戻らず、ストライクはおろか、スペアも簡単でなかった。ガターをかましたときは、思わず笑いがもれそうになった。

ベンチに座り、次のゲームの準備ができるのを待ちながら、依子は呆けた。自然、頭に浮かぶのは「あの事件」の光景だった。血まみれで横たわる人々。ぐちゃぐちゃの顔面。ぴくりとも動かない左手首。おしっこの匂い、しびれる腕の感覚。ピンがきれいにならんでも、依子は動かなかった。じっと、レーンの先を見つめていた。まるで自分が、そこを転がってゆく錯覚を味わった。

そのとき、

——一勝負しませんか？

と話しかけられた。

見上げると、大きなサングラスをかけた、長い金髪の女性が立っていた。すらっとした手足に色の褪《あ》せたジーパンは似合っていて、『なせば成る』と書かれたTシャツさえなければモデルと勘違いしそうな女の子だ。

依子にその気はなかったけれど、金髪の彼女は強引に勝負をはじめ、お互い名乗りもしないまま順番にボウルを投げ合った。「ああ、わたしも初めはこんなふうだったな」と懐かしくなるほど金髪の彼女は下手くそで、めったに拝めないスコアを叩《たた》きだした。

——いやあ、難しいもんっすねえ。

勝者の景品だといって、彼女は飲み物をおごってくれた。

——コツはなんです？

気持ちかな、と依子は答えた。

あの十本のピンを、なぎ倒してしまいたいという気持ち。

深いっすね、と彼女は返してきた。皮肉な感じは少しもなかった。

ここで会ったのも何かの縁ってやつですし、また今度、いろいろ話しましょうよ——そういいながらスマートフォンを取りだし、彼女はにこりと笑う。

——いいでしょ？　雛口依子さん。

これが、浦部葵との出会いだった。

去年――二〇一六年

ぶっちゃけ、本を書きたいんすよ――。ビールジョッキを手にした葵ちゃんが、小狡《こずる》い顔でささやいてきた。

「本?」と、わたしは訊き返す。

呼び出された居酒屋は混み合っていて、壁ぎわのせまっ苦しい二人掛けの席でわたしたちは顔と顔を突き合わせるような体勢だった。

「ルポでも小説でも、売れりゃあどっちでもいいんですが、とりあえずルポでお茶をにごそうかってな塩梅《あんばい》でして」

わたしはつられてウーロン茶を口にしながら、おしっこみたいな液体をぐびぐび飲み下す目の前の女の子をとっくり眺めた。

背中までのびたさらっさらの金髪が、白い肌に映えている。ほっそりした骨格に合っている。少し切れ長の目、くっきりした鼻筋。ほとんど化粧っけがないのに充分鑑賞に値するのは、まだ二十歳になったばかりという若さより、造りの美しさゆえだろう。白地のTシャツにプリントされた『かりふぉるにあ』の文字だけが、ひたすら残念だった。

「浦部くんの事件を？」

「はいっす」

葵ちゃんはからりといい切って、ビールのお代わりを注文した。

ふうん、と適当な相槌《あいづち》を打ちながら、わたしは腰を引いた。「折り入ってご相談が」と誘われた時点で、楽しい話じゃない予感はあった。なのにこうして、のこのこ足を運んでしまった自分の軽率さを後悔した。

浦部くんの事件のせいで、葵ちゃんのウチが終わりかけているという話は以前から聞いていた。被害者への賠償金は「ちょっと立ち直れないくらいの額」で、両親ともにお堅い公務員だから「職場にしがみつけってなあ酷《こく》な話」で、内容が内容だから「親戚一同総スカンの有様」で、「一家離散も秒読みなんでさあ」とのこと。明日にでも共産主義革命が起こるか巨大隕石《いんせき》の落下がなけりゃあ、借金漬けの窒息死は避けられません、と彼女は締め括《くく》ってい た。

葵ちゃんが、肩にかかった金髪をふわりと払った。

「せめてあのゲロ馬鹿が生きのびてくれたなら、臓器でも角膜でも売りさばいて、きっちり落とし前つけられたんですがね」

心底悔やまれるといった調子であった。

「ともかく、愛想笑いでごまかせる状況じゃあないもんで。行きがかり上、あの馬鹿の家族に生まれた哀しみっつーんですか、義理人情ってーんですか、まあ、端的にいやあ『仕方ねえ』ってやつですが、こんなふざけた『仕方ねえ』で電気すらままならない生活を我慢できるほど、悟り切っちゃいないわけでして」

知ってます？　電気を止められると湯沸かし器も動かないんで、お湯が出ないんですよ。するとと冬だろうがなんだろうが、おかまいなしで水行《みずぎょう》するはめになるんでさあ。あ、水はね、なかなか止められませんよ。死にますからね、完全に、死んじゃいますから——。

いつにも増してよくしゃべるなあと感心しながら、わたしは枝豆をぽりっとかじった。

「そこでいろいろ考えたんですよ。被害者の皆さまもハッピー、あたしもハッピーって道がねえもんかと」

「それが本なの？」

盛大なうなずきが返ってきた。

「現代人にありがちなアイデンティティクライシスっつーんですか？　煮詰まった自意識の暴発ってーんですか？　ついでにワーキングプア問題なんかを適当にまぶしたら、絶対ウケると思うんすよ。どうせ好きでしょ、文化人のオッサンとかこういうの」

そういうものか、とわたしは思った。

「いやマジな話、自分の人生、てめえの力で切り開くしかねえってなもんでして。だってどんだけ勉強しても、ＳＯＮＹとか電通とかもう無理なわけじゃないですか。芸能人もＩＴ長者も、結婚なんかしてくれないでしょう？　ぶっちゃけ、無差別殺人鬼の妹って属性は、圧倒的に最凶ですから」

そうかもしれない、とわたしは思った。

「実は――」葵ちゃんが身を乗りだしてくる。「知り合いに出版社の編集ってヤクザな商売をしているアホがいましてね。本居《もとい》っていうヒョーロク玉みてえな野郎なんですが、こいつに企画を持ち込んでみたんです。世間を騒がした大量射殺犯の妹がルポを書くってんですから、こりゃあ話題沸騰、炎上万歳ってなもんで、二つ返事でＯＫのはずだったんですが、この本居、大学でオカ研――イカれたクズが集まることで定評のあるオカルト研究会のＯＢにふさわしい、イカれたクズでしてね。なんだかんだと文句をならべてきやがるんです。現実に人が死んでる事件を軽々しくあつかうなんて道義が立たんとか、見え透いた逃げを打つんです。ちゃんちゃらおかしいわけですよ。そりゃあ亡くなった方々はお気の毒ですがね、まさに今、てめえの目の前に明日のドライヤーの使用すら危ぶまれるお気の毒な女子がいるだろって話でね。目を覚ましてくださいよってなもんですわ」

葵ちゃんはビールジョッキを逆さにし、ごっくんごっくん喉を動かした。色っぽい首筋だなあとわたしは見惚《みと》れた。

どん、とジョッキがテーブルを叩く。

「だいたいですね、こちとら身内の恥を晒《さら》して、他人《ひと》さまの不幸をダシに、一発当てようって輩なわけです。そんな鬼畜生に毒金時檸檬《きんときレモン》味みてえな甘いモラルを説かれたって、片腹痛《いて》えとしかいいようがありませんや」

本居ってのはね、ガチで腰抜け野郎でしてね、もともとあたしが昔やってたガールズバンドのファンだっつーんで知り合ったんですがね、『レクイエム・シアター』ってんですけどね、これがまた救いようのないクズバンドでしてね、キング・オブ・雑魚《ざこ》ってなもんですよ——。

王道ロックを目指したガールズバンドは音痴の集まりだからインストになり、メンバーの宗教的事情でマスクとマントを着用し、結局、ガールズバンドの強みをいっさい発揮できないばかりか、その演奏力のなさはプログレを飛び越し前衛と解釈され、一昨年、無事に解散した黒歴史なのだと葵ちゃんは一息に捲《まく》し立てた。

わたしは牛モツをくちゃくちゃさせながら、いったいなんの話をしてたんだっけと思いはじめていた。

「つまりですよ。これは確信をもって断言しますが、本居の野郎はあたしに下心があるわけです。ようはホの字ってやつでさあ。そのくせ腰抜けなもんだから、あたしの気を引こうって気概がイマイチ足りない。いいじゃん、本にしてくれたら。どうせ世の中、誰の手にも取られないマラソンの最後尾集団みたいな本ばっかりでしょうに。出場枠の一個くらいどうかにだってなるでしょうよ。それで貸しをつくって一発ヤルくらいの打算がなくてどーすんだ。精いっぱい贔屓《ひいき》しろよ！　それが社会だろがっ」

絶対にあんな馬鹿とは結婚しないと葵ちゃんは宣言し、わたしは顔も知らない本居さんに少しだけ同情した。

「似たような本はたくさんあるとか、差別化できないだとか、この事件はそれほど話題にならなかったとか。これが資本主義っすか？　表現の自由はどこいったんすか？」

葵ちゃん、泣かないで。

「挙句《あげく》に、本にしたけりゃあ強力なセールスポイントを用意しろとヌカすんですわ。魅力的な謎とかってね。魅力的な謎？　魅力的な謎！　現実の無差別殺人に魅力的な謎をセットにする義務でもあるんですかい？」

そんな大それた疑問をぶつけられても困る。

「そこで姐《ねえ》さんの出番です」

「はい？」

騒がしいラジオ番組のつもりで彼女のおしゃべりを聞き流していたわたしは、危うくウーロン茶を吹きだしてしまうところだった。

「加害者の家族と、被害者の姐さん。二人でこの事件を掘り下げるルポを書きましょうや」

いやいやいやいや。

「もちろん印税は半分こです」

それは、少し惹《ひ》かれるが。

「待って、葵ちゃん」わたしの理性は意外にしぶとかった。「話はわかったよ。あなたの状況が大変なのも理解してる。なんとかしてあげたいとも思う。でも、力にはなれないよ」

瞬間、銃声が頭の中でこだまして、それを追い払うように力を込める。

「わたしは、静かに生きていくと決めたの。ゆっくり暮らしていこうって」

いろいろあった。ありすぎた。兄のこと、家族のこと、「あの事件」……。

わたしはあれ以来、ほんとうにもう、この世界に立ち向かう気力を失っているのだ。

葵ちゃんが、真剣な眼差しでこちらをのぞき込んできた。

「それでいいんですかい？　なんにもわかんないままで」

「わかってるじゃない。浦部くんは猟銃で五人撃って、三人殺した。それが全部だよ」

「動機は？」

わたしは黙り込んだ。

「動機です。どうしてあの馬鹿が、あんな馬鹿をしでかしたのか」

世間的には葵ちゃんが述べた通り、ありがちなアイデンティティクライシスとか煮詰まった自意識の暴発とか、現代のワーキングプア問題なんかにまぶされて、それは適当に流れてしまっていた。

なぜなら肝心の浦部くん本人が、口にくわえた猟銃で頭を吹っ飛ばしていたからだ。

「姐さん」葵ちゃんの顔が迫ってくる。「初めて会ったときのこと、憶えてますか？　なんであたしが報道もされてなかった姐さんの顔と名前を知ってたか、疑問に思ったでしょう？」

思った。思ったし、なんで？　と葵ちゃんに尋ねた。彼女の答えはこうだった。――運命ってやつでさあ。

「あの言葉に嘘偽りはございません。ばったり出くわすなんて夢にも思っちゃいなかったんです。だからこそ感じましたよ、運命を」

「わたしを、探していたということ？」

葵ちゃんは小さくうなずくと、口もとで手を組み、あのときボウリング場に寄ったのはお腹を下したせいであり、ほんとにほんとの偶然だったのだと、ひどく格好悪い真相をとても格好良さげに明かしたのだった。

姐さん――。ただでさえ切れ長の瞳が、鋭く尖る。

「ほんとのとこ、あいつが殺したかったのは、姐さんだったんじゃないですか？」

近くの席の男性客が、大きな笑い声をあげた。なのに葵ちゃんの声は、不思議とはっきり聞こえた。

「あの事件は、姐さんの存在があったから起こったんでしょう？　姐さんがいたから、あいつは馬鹿のランクを飛び越えて、みんな撃たれたわけです。ついでにあたしら家族も路頭に迷うはめになってるわけです。なのに、姐さんは生きている」

　わたしは、じっと彼女を見つめ返した。葵ちゃんは視線を逸らさなかった。

「協力、してくれますよね？」

　笑い声はどんどん大きくなっている。男性アイドルの歌が響いている。

　いいがかりもはなはだしい。しかしわたしは目をつむり、小さくため息をもらすことしかできなかった。どうしようもなかったんだ、と。

「葵ちゃん」

「なんでしょう」

「ごめんね」

　わたしはお金を置いて、席を立った。


　てくてく歩きながら、浦部くんのことを考えた。

　わりと筋肉質で着やせするタイプ。頼りなさそうな反面、よく働いてくれる人。根は真面目。わたしの認識はその程度だ。

　淡々と住宅がならぶ道は暗かった。ぽつぽつと街灯が道を照らしていた。検見川《けみがわ》駅の居酒屋から十五分ほど歩くと、愛想もへったくれもない鉄筋コンクリートのアパートが見えてくる。エントランスなんて洒落《しゃれ》たものはなく、もちろんオートロックでもなく、剝きだしの郵便受けはのぞき放題というかまえだ。「あの事件」のあと、色川の伯父さんの家から移り住んだわたしの住まいは、一階の一番奥にあった。

鍵を開け、中に入る。電気は点《つ》けっぱなしにしてある。誰もいないのはわかっている。おじいちゃんは入院している。

シャワーを浴びるのも億劫《おっくう》で、テレビを観るのも億劫で、わたしは居間に座り込んだ。壁にもたれかかった。静かだった。

誰もいない寝室へ目をやる。おじいちゃんの布団は敷いたままになっている。その光景が、わたしをそわそわさせる。

いつまでたっても慣れない。自慢じゃないが一人暮らしをしたことのないわたしは、おじいちゃんのいない一人きりの夜が好きじゃない。

依子は強くならなくちゃな、とおじいちゃんはよくいう。でもどうやったら強くなれるのかと訊いても、ピンとくる答えは返ってこない。とても難しい、とてもな――そんなふうにごまかされる。

まずは料理をつくれるようになりなさい、そうすれば生きていけるから――。わたしはおじいちゃんのアドバイスに従って、包丁やまな板やすりおろし器なんかの使い方を試行錯誤しているけれど、醬油とみりんの違いもわかりはじめてきたけれど、だから生きていけるとはこれっぽっちも信じていなかった。

　わたしから見て、おじいちゃんは強い人だ。いや、強い人だった。今はわからない。入院しているくらいだから、わたしでも倒せそうだ。もしも誰かがわたしを殴りにきても、今のおじいちゃんは守っちゃくれない。

　兄は強かった。抜群の身体能力を持っていたから。

　色川の伯父さんも強かった。お金を持っていたし、彼の言葉には不思議な力があったから。

　その全部を束にしても、敵わないものがある。

　たぶん葵ちゃんも、それに負けたのだ。父や母や、わたしのように。

　畳に寝そべる。ぼんやり気怠《けだる》く、しかし眠れそうにない。

　壁にかかった革ジャンが目に入る。袖を通さなくなってからずいぶん経つ。服は地味なシャツにパンツ、髪の毛もすっかり黒で落ち着いている。

　無差別殺人鬼の妹——か。あらためて思い浮かべると、なるほど、とんでもない文字面だ。

　力にはなれないよ、ごめんね——。自分の台詞に、胸がざわつく。

　やめておけばよかった。葵ちゃんとの、中途半端な付き合い。どうせ何もできやしないと、わかっていたのに。

　わたしは目をつむる。ぜんぶまとめて、忘れるために。

　ピンピロリンと、スマホが鳴った。aoiaoi@ではじまるわかりやすいアドレスから、メッセージが届いていた。

『明日十時、迎えにいきまっす』

葵ちゃんはタフだなあ、と思いながら電源を切った。


翌朝、彼女はほんとうにやってきた。

クラクションの連打に負けて外に出ると、黄色い軽自動車にもたれかかる葵ちゃんの姿があった。

「ヒンデンブルク号っす」

名前の由来はともかく、このツードアのカメムシみたいな車が浦部くんのお下がりであることを教えてもらう。車に罪はないっす、という葵ちゃんの持論に文句はないが、この訪問には文句があった。

断ったはずだけど、とわたしはいい、認めた憶えはありません、と彼女が返してきた。悪徳セールスマンも真っ青な強弁《きょうべん》と戦うには、今朝のわたしは寝不足すぎた。

ときおり怪しげなエンジン音で唸る以外、ヒンデンブルク号は快適だった。葵ちゃんの運転はその限りではなかったが、わたしはあまり気にしなかった。バスに乗るくらいがせいぜいの生活だったため車線変更の常識だとか、縦横無尽なUターンの致死率だとかについて無頓着だったのだ。

「実際問題、何からどう手をつけていいのやら、右も左もわかんねえわけですよ。ルポってどうやって書くんすか？　ファック、一太郎っすよ」

葵ちゃんのおしゃべりを聞くうち、わたしはこの子が文字通り右も左もわかっていないのだと悟った。わからない者同士に通じるシンパシーだ。

「まあ、そこいらへんは本居のクズチンに任せるとして、あたしらはあたしらで、やれることをやりましょう」

本居さんに入手させた住所録を頼りに、被害者の皆さんから話を訊いて回るのだと彼女は胸を張り、アポはあるの？　とわたしは訊いた。

ねえっす、きれいさっぱり断られました、民事訴訟の真っただ中っすからね——。

「なのでまあ、突撃っす」

ノープランにもほどがあった。

大丈夫かなとわたしは思い、案の定、大丈夫ではなかった。

最初に訪ねた飯島《いいじま》さんちは、住宅地に建つ大きな一軒家だった。四十過ぎの息子さんが猟銃で脇腹をがっつり撃たれ、今も意識不明だと聞いている。

〈はい、どちらさま？〉

「あ、浦部と申しまっす」

彼女の名誉のために記しておくが、葵ちゃんは決して悪気があってこんな軽いノリで名乗ったわけではない――はずだ。これでも彼女は彼女なりに、精いっぱい行儀よく挨拶したつもりだったのだと信じたい。

インターホンの向こうで絶句する女性の声が、野太い男性のそれに代わった。〈何しにきた〉

「電話でもお伝えしたと思うんすけど、お線香がてらちょっとお話を――」

〈ふざけるなっ〉

ぶちっ。

わたしですら、「そりゃないよ、葵ちゃん」と思った。

葵ちゃんはめげずに何度かピンポンを繰り返し、そのたび野太い声の男性が応じた。〈しつこいんだよ！〉〈いい加減にしろっ〉〈あんたと話すことはない！〉〈頼むから帰ってくれ〉〈いや、裁判中でしょ？〉〈もうほんと、勘弁してくれまいか〉

飯島さんが気の毒になってきたわたしが葵ちゃんの肩を叩き、お宅訪問を終わらせた。

「線香あげるのは礼儀じゃないんすか？　加害者家族が故人に頭下げるのが、この国の習わしでしょうに。門前払いって、マジ意味わかんねえっす」

ほんとうに意味がわかっていないらしかった。この子の常識レベルはわたし以下だ。がてらもひどいけど、そもそも飯島さんの息子さんは死んでいない。

次のお宅は門村さん。オートロックの立派なマンション。幸か不幸か、留守だった。

「門村さんと浦部くんは、同じ大学だったらしいよ。その縁で一緒に働いてたこともあるんだって」

運転席の葵ちゃんが「へえ」と返してくる。

「元気な人でさ。やたらテンション高くてね。わたしたちが襲われそうになったとき、『やめろ』って叫んで」

それからすぐ、門村さんは胸を撃たれ亡くなった。

「奥さんと、小学生の子どもさんが二人いたんだって」

「重いっす」

重いに決まっていた。たぶん、わたしたちが想像する何百倍も。

「次は？」

「古田《ふるた》さんちっすね」

わたしのそばで、頭を弾かれた男性の家だ。

「葵ちゃんは知らなかったの？　門村さんのこと」

「知るはずありませんや。大学を卒業して家を出ちまってから、あの馬鹿兄貴とは一回たりとも会っちゃいないですからね。平たくいやあ音信不通ってやつでして。親にしても、あれこれ報道されてようやくっつー有様です」

葵ちゃんが肩をすくめた。

「家族なんてそんなもんすよ。そりゃあ、なんだかんだいわれますけど、じっさい申し訳ない気持ちもありますけども、けどですよ、あたしに何ができたっつーんですか？　千歩譲って、親はまあ、あの馬鹿を育てたわけですからね。多少は仕方ない気がしなくもないですが、あたしとくりゃあ、あの馬鹿よりもあとに生まれたわけでして。それで責任をとれといわれても、『無理っす』としかいいようがないでしょう」

葵ちゃんが、おもむろに大きなサングラスをかけた。壊れたテープレコーダーみたいなおしゃべりをやめ、ヒンデンブルク号を運転する彼女の横顔をわたしは盗み見、この子はしゃべらなければ絵になるのにと思った。

「デートみたいっすねえ」

なるほどこれがデートかと、わたしは知った。

「せっかくのお天気ですし、海にでも行きますか」

古田さんちへ向かっていたヒンデンブルク号が急旋回した。そこら中でパァン、パァンとクラクションが鳴り響いた。「ひょっひょーい」とわめく彼女のテンションに、この子は米軍の神経ガスでも吸い込んだことがあるんじゃないかとわたしは疑い、ちょっと愉快になった。

街を離れ、やがてビルが消えた。葵ちゃんが窓を開けると、しなやかな金髪が大きなサングラスにかかった。

「馬鹿兄貴はくそ真面目な野郎でしてね、十八禁のエロ動画を十八歳になるまで観ないような阿呆《あほう》です。趣味、赤い羽根のコレクション、みたいなね」

あいつは高校で弓道部だったんです、と葵ちゃんはつづけた。

マジうざくてですね、武道は精神の鍛練に最適だとかヌカすわけです。矢を射るたびに人間として高まっていくのを感じる、とかってね。ちゃらちゃらしてるお前こそやるべきだとか、「うるせえよ」以外の感想があるんですかね？

市の大会で入賞したのを自慢して、正しい人間のあり方なんかを語って、いずれ世の中に真の正しさを広める人間になるんだと息巻いて、そんなの、晩飯のカレー食いながら家族の前で宣言する時点で、まずはウィキペディアでＴＰＯを調べてから出直してこいっつー話でね。

大学じゃクレー射撃のサークルに入って、それって武道のカテゴリなんすか？　よくわかんないですけども。結局それがきっかけで猟銃免許を取るにいたったわけですから、始末が悪いったらありゃしません。

絶対、恋人とかいなかったでしょうね、いても結婚まで童貞を守ったでしょうね。

「コンプレックスの塊みてえな人間だったんです。ガキのころ、女みてえな野郎だとイジメられてたらしくてね、それを両親のせいだと恨んでね。無駄に男らしさにこだわりだして、そのくせ料理と裁縫が得意ってんだから笑えます」

まあ、でも——と、葵ちゃんはいう。「悪い奴じゃなかったっすよ」

わたしは黙ったまま、風になびく彼女の金髪を眺めていた。

「姐さん、海ですぜ」

運転席の窓の向こうに、きらきらと輝く青い世界が広がった。わたしは身を乗りだし、うっとうしいっす、と葵ちゃんに注意されるまで、その光景をとっくり眺めた。

わたしは、実物の海を見るのが初めてだった。

海岸近くの定食屋さんで食べた焼きそばセットは、とても美味《おい》しかった。


ヒンデンブルク号の助手席にすっぽり収まるのが、なんとなく日課となった。とはいえ、目ぼしい成果は露《つゆ》ほどもなかった。当たり前だが、わたしたちは素人だったのである。

初日の「突撃、お宅訪問」は、たんなる失敗で済まない、けっこう致命的な現実を葵ちゃんに突きつけた。インターホン越しにやり取りをした飯島さんから烈火のごときクレームが舞い込み、弁護士の先生にゴミクズのごとく叱られたのだ。

こうして被害者の皆さんから話を聞いて回るという唯一のプランがご破算になると、ほかにできることといえば、デニーズのランチを食べながら芸能人のゴシップや地球温暖化問題について語り合うくらいだった。

そんな昼下がりのデートがつづいたのも、事件以来アルバイトを辞めた葵ちゃんがパーフエクトなニートだったせいだ。「時給千円で太刀打《たちう》ちできる状況じゃない」と彼女はいうが、係争中の相手を突撃して怒りの炎に油を注ぐよりはマシな気がした。

わたしはわたしでニートだったし、葵ちゃんがおごってくれるデニーズのランチに家計を助けられている面もあり、この状態を持ちつ持たれつと呼ぶかは知らないけれど、ともかく彼女の誘いに付き合いつづけたのである。

こうして四月の二回目の日曜日、わたしはデニーズの窓ぎわのテーブルで、オカルト研究会のOBであり、出版社に勤めており、イカれたクズでヒョーロク玉という噂の彼とご対面をはたしたのだった。

「初めまして、本居です」

貧相で陽気なネズミ男といった印象の本居さんは、なぜか恐縮したように頭を下げてきた。頭頂部がいささかさみしい感じであった。

「大変でしょう？　葵さんのお相手をするのは」

そういう意味の恐縮ならば理解できた。

本居さんによると、彼が勤める創戯社《そうぎしゃ》は中堅と呼べるか呼べぬか、ボーダーラインをたゆたう出版社なのだという。

「規模は小さいですがそのぶん、わりと自由に企画が出せます。ただし話題にならなかった場合は陽炎《かげろう》のように消えていく運命《さだめ》ですが」

あはは、と笑いながら広いおでこをピシャリと叩く。

「取材のほうはどんな具合です？　ぼくを呼びつけるくらいですから、どうせろくに進んでおられないのでしょうけど」

この暴言に葵ちゃんは怒りの拳をテーブルに打ちつけ、「てやんでい！　斜陽産業の三等兵に心配されるほど、こちとら落ちぶれちゃいねえんだっ。悔しかったらあたしたちにスムーズな取材の仕方を教えてみやがれ、畜生め」と回りくどく助けを求め、かくかくしかじか、現状の説明を精いっぱいの虚勢をまぶして伝えたのだった。

「愚かですねえ」本居さんの感想は、寸分たがわず正論だった。

「前にもいいましたが、今どきこのてのルポルタージュはたくさんあるんです。名作も数多い。加害者家族の手記という形は面白いですが、そのぶん批判も覚悟しなくてはなりません。つまり、批判をねじ伏せるだけの中身が必要というわけです。お兄さんはもちろんのこと、葵さん自身やご家族の人生をさらけ出す覚悟がなくちゃ話になりませんよ」

本居さんが細長い顔面を突きだしてきた。

「生半可《なまはんか》な気持ちならやめておくほうがいい、とぼくは思います」

今度こそ、葵ちゃんは怒りの鉄拳をデニーズのテーブルにぶつけた。

「あんたに何がわかるってんだ！　あたしとあいつは家族なんだよ？　あのゲロ馬鹿に何があって、どうしてあんなことをしでかしたのか、あたしは妹としてちゃんと知っておきたいんだよっ」

　葵ちゃんが全力ででまかせを叫んでいるのが、わたしにはわかった。

　猟銃で五人が撃たれ、三人が死んだ理由。そして浦部くんが死んだ理由——そんなの未来永劫、永久にわかるはずがなく、わかったところで「ひでえな」と思うのが関の山で、ようするに葵ちゃんは自分のために金儲けをしたいのであり、それはわたしからすれば至極まっとうな動機だった。

　本居さんが深いため息をもらした。目頭が赤く染まっていた。葵ちゃんは届いたランチのシュウマイを、ひょいっと口に放り込んでいた。

「わかりました。そこまでの覚悟があるのなら、ぼくも全力でサポートします」

　ランチに舌鼓を打つわたしたちの前で、本居さんが語りはじめた。

「まずは方向性です。じっくり事実を掘り下げていくのか、葵さんの感情や気持ちを前面に出していくのか」

「どっちが売れるの？」

「今回は後者がいいと思います。葵さんに硬いルポは無理でしょうし、それに——」

　視線がこちらへ向いた。餃子《ギョーザ》を頬張《ほおば》っているわたしへ。

「依子さんの協力は大きいです。加害者の妹と被害者になりかけた女性が、反目し合いながら真実を求め、やがてわかり合い赦《ゆる》し合い、それぞれの人生に踏みだしてゆく——。うん、悪くない。売れるかもしれません」

「反目なんかしちゃいねえけど？」

「今日から全力で反目し合ってください」

二人のやり取りを聞きながらわたしは、これが資本主義か、と感心した。


取材の段取りを本居さんに丸投げし終えた葵ちゃんは、わたしの部屋で女子会をすべきだと高らかに主張した。「このままだと二人の反目は、月が自転をやめても起こらない」というのがその理由で、はたして月が自転しているのか、わたしはよく知らなかったが、彗星が地球に衝突したって彼女のごり押しが止まらないのはこの半月で学んでいた。

壁にかかった革ジャンの、鋭くえぐれた左肩にふれながら、イカしてますね、と葵ちゃんが唸った。

「おじいちゃんには捨てろといわれたんだけどね」

なんとなく、けれど強硬に、わたしはそれを拒んだ。

近くのスーパーで買い込んだ食材を見よう見真似で回鍋肉のごときものに仕上げ、総菜やポテチと一緒にちゃぶ台に並べたところ、葵ちゃんの色白の顔は真っ赤に染まっていた。すでに缶ビールが三本、空になっていた。

わたしたちはバラエティ番組を見つつ、この芸人は面白いだとか、このアイドルは整形だとか適当なおしゃべりに興じ、ほとんど葵ちゃんがしゃべくり倒していたのだが、小耳に挟んだ女子会とはちょっとイメージが違うなあと思いつつ、わたしは優秀な聞き手を心がけた。

葵ちゃんが最後の一缶に手をつけたとき、食べ物は片づき、わたしはずっとミネラルウォーターを飲んでいたのに少し酔っぱらった気分になって、洗い物は明日にしようと心に決めた。

「ときに姐さん」あぐらをかいた葵ちゃんが、こちらをのぞき込んできた。「彼氏はいるんですかい？」

「いないよ、ぜんぜん」

「なぜ？　姐さんほどの女なら、盛りのついた猿がほいほい寄ってきますでしょうに」

「こないって。知り合いも友だちもいないしね」

ふうん、ほんとうかなあ、怪しいなあ——葵ちゃんはぐびぐびビールを減らしてゆく。

「葵ちゃんは？」

「別れましたね。ついこないだ」

さっぱりした物言いだった。

「バイト先の常連さんだったんですが、まあ、いろいろアレだったんでしょう。『もう付き合い切れない』とかなんとか、つまらん捨て台詞を残して去っていきました」

付き合い切れなかったアレが浦部くんの事件を指すのか、彼女の性格なのか、微妙なところであった。

「どのみち、この程度で音《ね》をあげるフニャチン野郎はこっちから願い下げってなもんでさあ」げふーっと息を吐き、じろりと睨んでくる。「前の男は？」

「だからいないってば」

「いやいやいやいや、そういうのはいいんで。ぶっちゃける方針で」

ああ、これがガールズトークか。なるほど、うざい。

「残念だけど、ほんとなの。恋とか愛とか、無縁の人生だったからね」

「でも、あの馬鹿とはなんかあったんでしょう？」

「浦部くんのこと？」

前転の予備動作みたいなうなずきが返ってきた。

「減るもんじゃなし、そろそろゲロっちゃってくださいよ」

「——葵ちゃんはなんて聞いてるの？」

「これっぽっちも知りゃしません。あいつと音信不通だったのは事実です。電話の一つもなしっすよ」

なのにわたしを探していた。顔と名前を知っていた。ろくに取材もできないくせに。

そして——。

「浦部くんの標的はわたしだったって、どうしてそう考えたの？」

この点を葵ちゃんは、本居さんにも明かしていなかった。それがわたしへの配慮なのか、そもそもたんなるはったりだったのか、わたしは判断がつかずにいた。

缶ビールをちゃぶ台に置き、葵ちゃんがジーパンのポケットをまさぐった。

「どうぞ」

差しだされたスマホの画面に、ＬＩＮＥの画像付きメッセージが映っていた。差し出し人の名は『URBeMAN』。わずか数行の文面は、『葵へ』ではじまり『兄より』で閉じていた。

『雛口依子さんという女性が困っている。しばらく匿《かくま》ってもらえないか』

添付された写真に、女が写っていた。背景は暗く、よく見えない。乱れたショートカットはオレンジ色。少し驚いた顔をした、かつてのわたしだ。

「返信はしてません。面倒だったんで開けずに放置してたんです」

いいながら、葵ちゃんは足をのばした。

「中身を見たところで無視したでしょうね。どっからどう見てもやっかい事以外の何ものでもありゃしません。そんなもんにかまってやるほど、こっちもひまじゃありませんから」

三日後、事件が起こってメッセージのことを思い出した。

「さすがに気になりましたよ。ネットで調べて、現場に『依子さん』がいたと知ったんです」

ニュースで「負傷者二名」とまとめられた中に、わたしはいたのだ。

「二つに一つだと直感しました。あの馬鹿が姐さんを救うつもりで猟銃をぶっ放したか、姐さんにフラれて猟銃をぶっ放したか」

わたしは素っ気ない文面を見つめながら尋ねた。「警察には？」

「隠してます。下手をすりゃあド変態のストーカー野郎って証拠になりかねません。ウチの親は世間体の囚人ですからね。息子がただの無差別殺人鬼でなく、変態無差別殺人鬼だとわかった日にゃあ、ネット通販でトリカブトを買い漁《あさ》るに決まってます」

アイデンティティクライシスなんつー適当な解釈に助けられてる人間もいるってことです、と葵ちゃんは皮肉に笑った。

彼女の申告がない以上、警察もこのメッセージを知らないはずだ。げんにわたしは何も訊かれていない。浦部くんの携帯だとかパソコンが見つかったという話も聞かない。

「姐さんは困ってたんですかい？」

「まあ、それなりに」

「するとあいつは、イチャラブ目当てで姐さんを助けようとしたわけで？」

「イチャラブではないと思うけど」

「でもこの写真の姐さん、雰囲気ですけど、裸でしょ？」

鎖骨のあたりまでしか写ってないが、肌は剝きだしだ。

「違うよ」と、わたしは否定する。「ぜんぜんそんなふうじゃなくて」

「まったく何もなかったと？」

「プレゼントをもらったことはあるけど」

「バッグか何かを？」

「ううん。スポーツブラ」

葵ちゃんが目を丸くした。「気持ち悪いにもほどがありますよ」

「でもせっかくだから」

「着けたんですかい？」

「スポブラに罪はないからね」

「姐さん……」愕然《がくぜん》とした声が返ってきた。「さすがにそいつはアレですぜ」

まあそうだな、と今なら思う。あなたに常識を疑われるのは心外だけど。

「あのころは、そういうもんかなって思ってたからね」

葵ちゃんは何もいってこなかった。

わたしの頭に、浦部くんの顔が浮かんだ。それから色川の伯父さんの家での生活、いろんな人たち。

「あの事件は、どうして起こったんですか？」

わたしは少し考えてから、「わからないよ」と答えた。

葵ちゃんはしばらくわたしを睨みつけていたが、やがてあきらめたように、どうやら——、と口もとをゆるませた。

「無事に反目できましたね」

太ももの上に乗っかった葵ちゃんの足をどける気力もなく、わたしは暗い天井を見つめていた。居間に布団を敷いて電気を消して、葵ちゃんの寝相の悪さと、しかしいびきはかかないという意外な事実を発見するかたわら、ずっと考えていた。

「あの事件」――。あれはほんとうに、わたしのせいで起こったのだろうか。

わからなかった。

二年暮らした、二階建ての家。直角に近い急階段、兄があけたいくつもの壁の穴、ぶっ壊れたリビングのガラス戸。家族四人ですき焼きを食べたあの家を、わたしたちが離れた理由は、ほんとうに父の借金のせいだったのだろうか。

わたしにはわからない。

伯父さんとの再会、揺れるワゴン車。連れて行かれた、新しい家。四角い家――。

それをいったい、誰のせいと呼べるのだろう。

一つだけ、はっきりしていることがある。あの当時、「あの事件」に関わったみんなのうち、わたしはぶっちぎりで、弱かった。

四年前——二〇一三年

その家の前に立ち、わたしは眩暈《めまい》に襲われた。かつてお世話になった三角屋根の日本家屋はどこにもなく、四角いモダンな建物に様変わりしていたからだ。

あっけにとられていた背中を、軽く叩かれた。

「引っ越したいうたやろ?」

色川の伯父さんの顔は、わたしと同じ高さにあった。伯父さんは偉い人だけど身長は低くて、それは禁句になっている。

「静かでええとこや」

仰《おつしや》る通り周りには何もなく、家の後ろは杉林に囲われていた。離れ小島にぽつんと建っている感じは三角屋根の家と似通っており、すっかり陽も暮れていたものだから、わたしはここが別の場所だと気づかずにいたのだった。

「ちょっとやそっと、騒いでも苦情なんかこんしな」

伯父さんがうれしそうに笑ったとき、玄関のドアがいきおいよく開いた。

「ヨリちゃん！」

家の中から飛び出してきた男の子が、一目散に駆けてくる。

「ヨリちゃんや、ヨリちゃんや！」

時郎くんはわたしに抱きつき、「ヨリちゃん、ヨリちゃん！」とはしゃぎながら、ぐりぐり頬をこすりつけてきた。

「なあなあ、何食べてきたん？」

時郎くんにまとわりつかれたまま、「お寿司」と答える。

「回ってないやつ？」

「うん」

「えー、ずっこいわあ。ぼくもぼくも」

「やかましい」

伯父さんに頭をはたかれぶすっとした時郎くんが、わたしの後ろへ目をやった。「まあ、時郎さんったら、すっかり男前になられて」という聖美ママのおべんちゃらを無視し、彼の目がきつく尖った。

ぽかんとした兄が、「どうも初めましてと」と、戸惑ったようにお辞儀をした。

「時郎。新太くんは記憶がなくなってもうたんや。せやからお前も、いらんことすなよ」

ふうん、と返しながら、時郎くんはわたしの手を握る。

「雅江《まさえ》は何しとんねん？」

伯父さんの台詞と同時に、玄関から茶色のエプロンが現れた。「お帰りなさいませ！」慌てたように走ってきて、伯父さんに頭を下げる。「すみません、すみません。洗い物をしていて気づきませんで」

あんた、いっつもやなあ。はい、すみません。次は気いつけや。はい、すみません——。

「おとんが帰ってきたのに表の門を開けなかったから叱られとんねん」時郎くんが耳もとにささやいてきた。さっき、道路に面した立派な鉄の門をガラガラ引いたのは伯父さんだった。

エンジンの音が聞こえたら門を開けに走るのが雅江さんの役目だと時郎くんはつづけ、「雅江はとろいわ」意地悪な顔をする。

お手伝いさんも替わったらしい。三角屋根の家で何かと世話をしてくれたのは、針金みたいに細い女性だった。

「さあ、飲み直しや。聖美さんもいけるクチやろ？」

ええ、もちろん、まあ、うれしい——。黄色い声をあげる聖美ママにくっついて石畳を踏みながら、わたしたちは四角い家へ向かった。

リビングは吹き抜けになっていた。二階と三階の、L字の廊下が見わたせる。

伯父さんはご機嫌で、何やら良いお酒らしきものをぐびぐび飲んだ。年代物の希少品とのことだけど、腐った水との違いがわからないわたしはもちろん遠慮する。

伯父さんの横を占拠した聖美ママは腐り水を飲んでは酌をし、彼が何かいうたび「すごいですわ」とか「さすがですう」とか「もう感激」などと合いの手を忘れなかった。

サイドソファに腰かけたわたしは、雅江さんの出してくれたサラミやナッツをつまんだ。引っ付いて離れない時郎くんが、ときおり「あーん」と口を開け、そこに惜しみなくお菓子を放り込むのがわたしの役目だった。対面にちょこんと座った兄は、家の中をキョロキョロ見回し、はあ、とか、ほう、とかいう顔で所在なさげな感じだ。

「音楽かけてや」

ただ今！　と返事をした雅江さんが部屋の隅にあるどでかいプレーヤーを操作し、四隅のスピーカーから景気のいいギターサウンドが響いた。

伯父さんが聖美ママの手をとって立ち上がり、二人はソファの裏の広いスペースで踊りはじめた。踊りと呼んでいいのかはわからない。歌いながらノリノリでステップを踏む伯父さんはともかく、両手をくねらせくるくる回る聖美ママの動きは沼で溺れる遭難者にしか見えなかった。

兄が、天井のほうを見ながら険しい顔をしていた。

「どうしたの？」

「いや、うん――」

「ヨリちゃあん、お風呂入ろうやあ」

時郎くんが甘えた声でわたしをゆすり、「ねえ、おとん、ええやろお？」と立ち上がった。

「ほんまにお前は甘えんぼやな。まあ、ええ。行ってこい。依子ちゃん、頼むわ」

はい、とわたしも立ち上がる。前の家でも、時郎くんのお風呂係はわたしだった。

手をつないでリビングをあとにし、風呂場へ向かう。一階の突き当たり、左奥にあるのだと時郎くんに教えてもらう。

「窓を開けるとなあ、でっかい森が見えんねんで」

それは素敵だねえ。でも今の季節は凍え死ぬで。それはまずいねえ。夏は虫がぎょうさん入ってくんねん。それは嫌だねえ。秋はな、別に紅葉とかなくてつまらんねん。それはそれは――。

そんなおしゃべりをしながら、わたしたちは脱衣所で服を脱ぎ、浴場を拝んだ。

「広いねえ」

「せやろ？　泳げんねんで」

時郎くんはもちろん、わたしも頑張れば気分くらいは味わえそうだ。

「ヨリちゃん、今回は長く居るん？」

「そうしたいけど、決めるのは伯父さんだからねえ」

ふうん、と時郎くんは水面をパシャパシャ叩いた。

「ぼくなあ、もう学校終わって退屈やってん。ヨリちゃん来てくれて、ほんまうれしいねん」

大きな窓に湯をかけていた時郎くんが、浴槽のへりに腰かけた。

「なあ、ヨリちゃん。早よ結婚しようやあ」

そうだねえ、とわたしは返す。「でも、決めるのは伯父さんだからねえ」

時郎くんが、つまらなそうに唇を尖らせた。「ヨリちゃん、なんでもかんでもおとんやな。あんなんほっといたらええねん」

「そうはいかないよ。お世話になってる身だしさ」

「結婚したら家族やん」

そういうものかしら、とわたしは思ったけれど、そんなもんか、とも思った。

「ぼく、こないだおとんにお願いしてん。次の誕生日にヨリちゃんをもらってもええやろって」

「誕生日いつだっけ？」

「もうすぐやで。二十九日や」

「みずがめ座だねえ」

せやねん、みずがめ座はな、すっごい才能の持ち主なんや。めっちゃ頭ええねんで、ぼくにぴったりやと思わへん？　せやろ、思うやろ——。

「だからな、ヨリちゃん。もう少し待っててな」

楽しみだねえ、とか適当に返事をしたあと、わたしたちは身体を洗った。

「結婚したらな、もっと都会に住みたいねん。こんなとこ、なんもあらへん。マクドもTSUTAYAも駅まで行かなあかん。駅まで、歩いたら三十分もかかんねん。びっくりやろ?」

わたしはマクドもTSUTAYAも行ったことがなかった。

「せやのに自転車も買《こ》うてくれへん。ほんま、おとんはケチや。ヨリちゃん、シャンプー目に入った」

はいはい、とわたしは時郎くんの顔をシャワーのお湯で流してあげる。

「明日は遊ぼうな。おとんに頼んどくから」

「どこで遊ぶの?」

「それが問題や。ここらは森しかないし、ちょっと行っても家しかないんよ。でもヨリちゃんとなら楽しいわ」

今度はぼくが洗ったげるわ——。場所を代わり、わたしの頭をゴシゴシしはじめた時郎くんに尋ねる。「雅江さんのほかに住んでいる人はいるの?」

「満秀たちがおんで。満秀と、満秀の嫁さんとリツカ」

「リツカって、女の子?」

「うん。今度中学やって」

あっ、安心してな、ぼくはヨリちゃん一筋やから、リツカなんて相手にしてへんから——。

はいはい、わかってますよ、となだめ、わたしは訊いた。

「古田さんはどうなったの？」

三角屋根の家で、お手伝いをしていた針金さんだ。

「ああ、あの人な」頭から時郎くんの手が離れ、シャワーが浴びせられた。「駄目になってもうてん」

そっか。駄目になっちゃったのか。

シャンプーが流れてきて、わたしは目をつむった。


風呂から上がってリビングをのぞくと、音楽は消えていた。明かりもすっかり絞られていた。ソファに伯父さんの背中を見つけ、おやすみなさいと声をかけた。お酒を飲んでも顔が赤くならない伯父さんが、「おう、ゆっくり休みぃ」と応じてくれた。母と兄が見当たらなかったが、余計な質問は控えた。

「ヨリちゃんの部屋はこっちやで」

時郎くんに手を引っ張られ階段を上る。二階は伯父さんと時郎くんの寝室や書斎があり、基本的に出入り禁止だ。

わたしたちの部屋は三階だった。

「ねえ、時郎くん」わたしは気になっていたことを尋ねてみた。「ペット小屋はどこ？」

この家に入るとき、庭へ目をやったけど見当たらなかった物である。

「ああ、あれな。こっちにはないで」

「ないの？」

「うん」

「じゃあ、ハナコは？」

時郎くんが前を向いたまま首を横にふり、そっか、とわたしは返した。

「ここがヨリちゃんの部屋」

三階の奥、短い廊下の真ん中だった。右隣が聖美ママ、左隣の端っこが兄である。

「下はぼくの部屋や。なんかあったら飛んでくるから」

「そうだね。ピンチのときはよろしくね」

「なあ、ヨリちゃん」

時郎くんが顔を近づけ、声を落とした。

「大丈夫なん？　新太の奴」

その耳打ちは小さかったが、刺すような棘《とげ》を含んでいた。

わたしは精いっぱいの笑みをつくる。

「大丈夫。まるで別人。チョー驚きだよ」

「でも、昔みたいなことになったら――」

「大丈夫。わたしも大人になったし。逆にやっつけてやるよ」

まあ、たぶん無理だけど。

時郎くんは疑わしい表情のまま、とつぜん、チュッと唇を合わせてきた。

「ほなね」

廊下を駆けてゆく背中を見送り、わたしは自分の部屋に入った。ベッドとクローゼット、化粧台があるだけの素っ気ない造りだが、ぜんぜん不満はなかった。

ベッドに身を投げ、まどろみかけたとき、

「依子」

驚いて身体を起こすと、ドアから兄の五分刈り頭がのぞいていた。

ぼうっと突っ立った兄が、探るように訊いてくる。

「大丈夫か?」

「何が?」

「いや、だって……」

「あのさ」わたしは兄のもとへ駆け寄り、声を尖らせた。「勝手に来ないでくれる? 他人の部屋に入るべからずが伯父さんちのルールなんだから」

兄が眉を寄せた。「兄妹でも?」

「当たり前じゃん。ママの部屋だってそうだよ」

「なんで？」

「前に住んでた三角屋根の家もそうだったでしょ？　見つかったら叱られるんだよ」

「なんで叱られるの？」

「だからルールなんだってば」

「……なんでそんなルールがあるの？」

「子どもみたいなこといわないでっ」

わたしは声を殺しつつ、このわからずや！　といういきおいで叫ぶ。

「もういいから。さっさと部屋に戻ってよ」

両手で押したが兄はびくともせず、「依子——」妙に渋い表情で、わたしに迫ってきた。

「ぼくはなんだか、気に入らないんだ。この家が」

それこそ、なんで？　だよ。

「勘弁してよ。伯父さんはなんでもお見通しなんだよ？　怒るとおっかないしさ。兄貴のせいでわたしまで怒られたらどうすんのよ。駄目になったら、どうしてくれるの？」

「駄目に……」

ほら、早く、出てけ、消え去れ、悪霊退散——ばたんと閉めたドアに背をあずけ、わたしはげっそり息を吐いた。嫌な記憶が蘇る。三角屋根の家で、狂ったように暴れた兄の姿。容赦のない拳、しなやかな蹴り。その暴力の結果、わたしたちはあの家の生活を失った。

時郎くんには大丈夫といったけど、駄目かもしれない。兄はやっぱり、駄目かもしれない。ベッドにもぐり込み、わたしは祈る。この布団の温もりが、いつまでもつづくことを。

そんなに長くはつづかなかった。眠りを妨げるノックが響いたのは七時前。エプロンをつけた雅江さんが、おどおどした調子で「朝食のお時間です」と教えてくれた。寝るのに飽きたら起きる生活への未練を断ち切り、わたしはベッドをおりた。

リビングと向かい合うダイニングをのぞくと、すでに兄の姿があった。兄の正面に、見知らぬ中年男性が座っていた。たぶん満秀さんだ。わたしは軽く会釈するだけで確認はしなかった。無用なおしゃべりを、伯父さんは好まない。

聖美ママはキッチンに立ち、ふんふんと鼻歌混じりに野菜をちぎっていた。一昨日までわたしの仕事だった食器ならべは雅江さんがやっていた。

「おはよう」

伯父さんと時郎くんがやって来て、皆で「おはようございます」と挨拶を返す。「ほな、いただこうか」伯父さんの号令で、朝食がはじまった。

焼き鮭と豚汁、卵焼きといったメニューの中で、時郎くんだけデミグラスソースのハンバーグ定食だ。少しうらやましい。

「新太くん」伯父さんが、ゆっくりと切りだした。「君は憶えてへんやろが、ウチにはいろいろルールがあんねん。みんながより良く生活できるためにわしが考えたルールや。こうして迎え入れた以上、君らはわしの家族や。わしには家族を幸せにする義務がある。同じように君らにも、この家のルールに従う義務がある。わかるな？」

「……はい」兄は箸を置き、伯父さんを見た。ほらやっぱり、とわたしは思った。昨晩の兄の行動を、伯父さんはちゃんと見抜いているのだ。

「けったいやと思うこともあるかもしらんが、考えに考えて、時間をかけて培《つちか》ってきたルールや。ここに居る限りは納得してもらうほかない。ええな？」

兄は「はい」と繰り返した。

「まずは今日一日でそれを頭に叩き込んでや。満秀さん、頼むで」

中年男性が猫背を正し、口を動かした。「畏《かしこ》まりました」といったようだが、滑舌《かつぜつ》が悪すぎてよく聞こえない。寝ながら起きてるような表情で、身につけているワイシャツもヨレヨレだ。

「ゆくゆくは新太くんにも、おつとめをしてもらうことになる。そのへんも満秀さんにいろいろ聞いといてくれ」

「はい」

「よっしゃ。——依子ちゃん」

今度はわたしが背筋をのばす番だった。

「君はとりあえず雅江の手伝いや」

「あかん」時郎くんが叫んだ。「ヨリちゃんはぼくのお嫁さんやで。ぼくの相手をするんが、おつとめや。今日かて、ぼくら遊びに行く約束してんねん」

「アホか。そういう生意気は、いっぱしに稼げるようになってからいえや」

「嫌や、嫌や。ヨリちゃんと遊ぶんや」

「やかましいわ」

時郎くんは唇を尖らせ、下を向いた。伯父さんが深いため息をつく。

「しゃあないガキやのう。まあええ。ほな依子ちゃん、今日はこのくそ坊主の相手したってや」

「わかりました」

いえ——と、わたしは言い直す。「喜んで」

伯父さんの満足げな笑みを見て、わたしは胸をなでおろす。

「聖美さんはわしの書斎に来てくれ。あんたにも、いろいろ教えなあかんからな」

「喜んで」

聖美ママの返事は早かった。微笑みも完璧だ。

「雅江、今日は二階はさわらんでええ。昼飯も適当にするから」

「畏まりました」

「旦那さま」満秀さんが口を挟んだ。「そろそろリツカたちの——」

「満秀さん」

伯父さんの一喝に、満秀さんがびくりとゆれる。

「あんたに、しゃべってええいうたか？」

「——いえ、申し訳ございません」

伯父さんの厳しい顔つきが、ふわっと和らぐ。「持ってってやり」

すみません、ありがとうございます——。食事をのせたトレイを手にダイニングを出てゆく満秀さんの貧相な背中を見送りながら、わたしは密《ひそ》かにがっかりした。

伯父さんがパンと両手を鳴らす。

「さあ、みんな。今日も一日、しっかり生きようや」


誘われるまま時郎くんの手をとり、わたしたちは四角い家の外へ出かけた。時郎くんの文句の通り、見渡せどコンビニはおろか、駄菓子屋の一つ、煙草《たばこ》屋の一つもなく、大雨や大雪で道がふさがれたあかつきには過酷なサバイバルが約束された環境だった。

「いくら静かいうても不便すぎや」

こめかみを指でつつき、時郎くんがいう。「おとんは、ちょっとここがおかしいねん。神経質すぎや。けっちいしな」

わたしはさらっと聞き流し、話題を変える。

「満秀さんてどんな人？」

「イケてないおっさんやな」

「ジークンドーの使い手だったりは？」

「ないない。虫も殺せんようなヘタレやで」

ああ、やっぱりか。あんなおっさんが十人いたって、荒ぶる兄には敵うまい。

「リッカたちはどうしてるの？」

「おかんの具合が悪いねん。リッカはずっとそばにおる」

「学校は——まだ冬休みなんだっけ」

「いかへんのちゃう？　そんな話、ぜんぜん聞かんし」

「中学はいかないと怒られるらしいよ」

「知らんけど、ヨリちゃんもそうやったやん」

そう。わたしは中学に通っていない。いちおう在籍はしたけれど、一日たりとて出席しなかった。健康上の理由という建前があっさり受けいれられたのは、兄の暴力が有名だったという事情もあったに違いない。

「学校って楽しい？」

「ヨリちゃん、アホちゃう？　あんなん、コンクリート製の地獄やん」

ええか、ヨリちゃん。人生でいっちゃん最初の理不尽が家族で、次が学校なんや。どっちもな、誰と一緒になるか自分では選ばれへんやろ？　進学率とか評判とかは関係あらへん。アホが一人おったらしまいや。アホは伝染病みたいなもんで、感染すんねん。アホデミックは強力なんや。せやからあそこには、アホがぎょうさんおる。アホのくせにえばってる連中ばっかや。教師もアホばっか。つまり、みんなアホやねん。アホやから、世界のことがなんもわかってへん。わかってへんから、しょうもないイジメとかハブとかスクールカーストが生まれんねん。必死でわかったふりをするせいや。ビビっとるからや。何がほんまかわからんで、せやから蟻《あり》んこみたいに群れるんや――。

「監獄以下、家畜小屋やで。ぼくはごめんや。ぼくはほんまのことを知っとるもん。せやろ？」

「そうだねえ。時郎くんは伯父さんから教わってるもんね」

「おとんは関係ないわあ。ぼくは、自分でそれに気づいたんやで」

そうだね、その通りだね、偉いねえ――わたしの返事に時郎くんが胸を張る。

正直なところ学校に縁がないのでよくわからないが、色川の伯父さんがほんとうのことを知っているのはその通りだろう。なんせ伯父さんは、導ける人間なのだから。

時郎くんはなおも、学校のくだらなさと無能さをいい募り、わたしは「そうだねえ」を繰り返した。一月にしては暖かな日差しで、歩いているうちにぽかぽかしてきた。

ヨリちゃん、服買うたるわ。悪いよ、そんな。遠慮せんでや、おとんもなんかプレゼントしたれいうてたし、そんな革ジャン、もう捨ててまえ。そうねえ、気に入ってるんだけどねえ――。

「あかん。そんなん着とったら駄目になってまうで」

それはよくないということになり、わたしたちは駅のそばにある、ここらへんで唯一のショッピングモールに足を運んだ。いろんな店を回り、時郎くんは値札も見ずにアレコレわたしに着せ、最終的にボアつきのふかふかしたダウンジャケットをカードで買ってくれた。わたしはトイレで着替え、革ジャンを袋に丸めた。

昼食はフードコートで初マクド。テンションは上がったけれど、その感想はまあ、わざわざ記す必要もないだろう。

「ヨリちゃん、映画とか観るん？」

「テレビでやってるやつをね」

「どんなんが好きなん？」

「マシンガンぶっ放す系かなあ」

「ぼくも好きや」

なんかええのやってへんかな、この上にシネコンあんねん――。

ド派手な映画はやっていなかったけど、映画を観たそうにしているわたしに気を遣った時郎くんの計《はか》らいで、ライオンと少年が海を漂流するという、何が楽しいのかさっぱり想像がつかない作品のチケットを買い、時間までモールの中をぶらぶらした。スーパーへ買い物に行くことすらイベントだったわたしにとってはすべてが興味深く、テレビの中に紛れ込んだ気分になった。

人生で初めて目にする巨大スクリーン。テレビではあまりお目にかからない字幕スーパー。ドルビーデジタルサラウンド。わたしは自分が、そんな中でも熟睡できることを知った。

日が暮れかけ、風も冷たくなっていた。ダウンジャケットのありがたみが身に染みた。

「ほんまはタクシーで帰りたいねんけど、おとんがあかんいうねん」

それでも時郎くんの財力に、わたしは感服していた。月のお小遣いが千円だった身としては。

「明日はどうする？　電車乗って街まで行こか」

「楽しそうだけど、どうかなあ。わたしもおつとめしなくちゃいけないだろうし」

「ええよ、そんなん。ヨリちゃんは特別やろ。前のときかて——」

ちょうど住宅地を抜け、四角い家へつづく道を歩いていたところだった。杉林に囲まれた、ほかには何もない、トンネルのような道である。

時郎くんに握られた手に痛みを感じた。彼は口を閉じ、じっと前方を睨みつけていた。

小汚い男が立っていた。何がどう小汚いか、上手く言葉にできないが、身につけたニット帽にジャンパー、手にしたボロっちい杖まで、しわしわの肌とか無精髭のすべてから、小汚さのオーラがあふれている感じだった。

「その子は誰だ」

男のしわがれた声は問答無用に怒っていて、わたしはわけがわからなかった。

「その子をどうする気だっ」

男の目が、わたしを捉えていた。

「その子を離せ！」

男が杖を振り上げた瞬間、時郎くんが走りだし、わたしも慌てて駆けた。背後から、こら待てっ、と怒号が追ってくる。

「頭おかしいじいさんや」走りながら時郎くんがいう。「じじいのくせに強いねん。話も通じん。逃げるが勝ちや」

ふり返ると、杖のおじいさんはこちらを見たまま、仁王立ちしていた。アホ、死にさらせ！　と時郎くんが叫んだ。

駆けっこのまま四角い家に着き、わたしはへろへろと膝に手を当て、肩で息をした。もうひとつ走りできそうな時郎くんに比べ、わたしの運動不足があらわになった。

「気いつけえよ、ヨリちゃん。あのじいさん、いっつもここらをうろついとんねん。あれに関わったらあかん。あれは駄目になった奴や」

時郎くんは、「せやから一人で出かけんといてや」と付け足し、もともとそんな気のないわたしは、わかったよ、と答えておいた。

夕食の席で伯父さんが語る外国のクーデターがどうしたとか、仮想通貨がこうしたとかいう話を、わたしはほぼ完璧に理解できなかったわけだが、ぜんぜん苦ではなく、なぜかすんなり聞き入ってしまった。三角屋根の家でもそうだった。伯父さんの声や調子は、耳を傾けているだけで気持ちいいのだ。

時郎くんも負けていなかった。彼が語る映画の内容はとても面白そうで、感動的で、寝ずに観ておけばよかったと後悔するほどだった。

「映画なんぞ、アホの観るもんやで。あんなんは、どっかの誰かがわしらを飼い慣らすために用意したもんや」

なるほど、とわたしは伯父さんの意見にうなずく。

「ようするに洗脳や」

「けど、おとん。そういうの観やんと、みんながどんなふうに洗脳されとるかわからんやん」

たしかに、とわたしはうなずく。

「知っといても損はないやろ？　せやからディズニーランドも行ってええやろ？　東京ドームも、幕張《まくはり》メッセも」

「アホ。調子にのんな」

和やかに団らんは過ぎ、わたしは洗い物くらいはしようと皿を抱えキッチンへ出向きエプロン姿の雅江さんに「手伝います」と申し出たが、

「やめてくださいっ」

と怒られた。ついでに頭を下げられた。

「これは、わたしのおつとめですから。どうか」

ヨリちゃーん、お風呂いこやあ——。

「坊ちゃんが呼んでます。お願いですから」

はあ、じゃあ、よろしくお願いします——。皿をあずけ、台所に背を向けた。

「依子さま」

ふり返ると、雅江さんが腰を折った姿勢でこちらを見上げていた。

「どうか、わたしを見捨てないでください」

やっぱり、「はあ」としか答えられない。

頼りにならない人ばかりだなあと思いつつキッチンを出ると、陰った廊下にぬぼっと人影が立っていた。待ち伏せの主は、兄だった。

「依子」

わたしはきっと唇を結び、その何かいいたげな顔に、無言で「私語禁止！」と訴えた。

しかし兄はめげなかった。わたしの思いを踏みにじり、腕をつかんできた。

「下には行った？」

ささやきに戸惑いが滲《にじ》んでいた。同じくらい、わたしも戸惑った。

「満秀さんに案内されたんだ。ぼくは——」

ヨリちゃあん——。

兄が震えるようにかぶりをふった。「ぼくは、馴染めないかもしれない」

「ちょっと」わたしは焦った。「やめてよ。わたしもママもいるんだから」

「そうだけど……」

「どの家にも、その家の事情があるんだよ。サスペンス劇場でもそうだったでしょ？」

「それは、そうかもしれないけど……」

「しっかりして。弱い心に負けないで！」

わかっているのかいないのか、兄はじっとうつむき、顔をしかめていた。

やばい、と思った。もたないかもしれない、と。

「ヨリちゃんてばあ」

「今行くよ！」

兄に向き直る。

「兄貴。馴染んで。お願いだから、わたしのために」

「依子のために……」

肩を落とす兄を残し、わたしは時郎くんが待つ風呂場へ急いだ。


なし崩し的に、時郎くんと遊ぶことがわたしのおつとめとなった。主に近所をぶらぶらするだけだったけど、外に出るのは気持ちよかった。

何度か杖のおじいさんにも出くわした。時郎くんのいう通り、杖のおじいさんはいっつも四角い家の辺りをうろうろしており、見つかるたびにわたしたちは走って逃げた。時郎くんが浴びせる罵声《ばせい》に、おじいさんの「こら待てっ」が定番となった。

家事は母が仕切るようになった。こそっと、ボランティアはいいの？　と訊くと「ここでのおつとめ以上に大事なことがあって？」と返された。母が中心になってから、雅江さんのおどおどは拍車がかかった。母がイジメているのかもしれなかった。

兄は朝食が済むと満秀さんが運転する軽トラの助手席に乗り込み、夜遅いときもあれば帰ってこない日もあった。話しかけてくることはなくなり、だから兄が毎日どこへ行って何をしているのか、わたしは少しも知らなかった。

満秀さんの奥さんや、その娘のリツカにはまだ会っていない。前に住んでいた三角屋根の家にもお手伝いさんのほか、進藤《しんどう》さんという家族がいて、やっぱり奥さんが臥《ふ》せっていた。娘さんが看病していたのも同じだ。近づかないようういいつけられていたわたしは結局、彼女たちを目にしていない。

色川の伯父さんは、困っている人を見捨てておけない性格で、いろいろ問題のある人たちを住まわせてはご飯を食べさせ、おつとめを与えてくれる。父も母も、「色川さんは素晴らしい人だ、あの人のおかげで救われた」と繰り返していた。厳しい人だし、ちょっと疲れるところもあるけれど、わたしだって伯父さんに感謝していた。三角屋根の家の生活は、おおむね幸福だった。

兄が台無しにするまでは。

わたしたちが移り住んでから二週間ほど経ったその夜、晩ご飯の様子がちょっと違った。いつもは陽気な伯父さんが黙々とご飯をかっ込み、空気を察したように時郎くんも静かだった。色川家の食卓にテレビはなく、こうなると丸っきりお通夜のようになる。別に平気だったけど、伯父さんのおしゃべりを聞けないのは残念だった。

「新太くん」

呼ばれた兄が箸を置く。

「君はここに残ってくれ」

満秀さんと聖美さんも、と伯父さんが告げ、食事はお開きになった。

わたしは部屋に戻って時郎くんが声をかけてくるのを待った。リビングでテレビを観るには伯父さんか時郎くんの誘いがなくてはならないのだ。

コンコン、とノックの音がし、すぐさまドアを開ける。刑事さんが小狡い犯罪者を捕まえる特番があるのを、わたしは昨夜のうちに確認していた。

「テレビ観る?」

時郎くんが首を横にふったので、わたしは目を疑った。

「お風呂の準備して」時郎くんに命じられ渋々従う。テレビを観たあとでいいじゃんという抗議を必死にのみ込む。

「こっちや」と、時郎くんが廊下を早足に歩いた。一階まで階段を下り、さささーっと奥へ。わたしは誰もいないリビングを恨めしげに見やりながら、その背を追った。

突き当たりの洗面所を、時郎くんがお風呂場と反対に曲がり、わたしは「おや?」と首を捻った。勝手口のほうへ誘われる。そこから外へ出ても裏の杉林があるだけだから、わたしはこのドアを使ったことがない。時郎くんが、勝手口の横にある物置部屋の扉を静かに開けた。来いと身ぶりでわたしを呼んだ。

埃《ほこり》っぽくてじめじめしてて、ごみごみしてて、なおかつくそ寒い物置部屋なんぞに一秒たりとて長居はしたくなかったけれど、時郎くんは奥へ進んでゆく。よくわからない段ボールの箱や芝刈り機なんかをよけながら、わたしはつづいた。

時郎くんが、物置の隅っこのほうでひざまずいた。それからそっと、床板を外した。秘密の扉みたいだった。

内緒話でもするように、時郎くんがいう。「来てみ。新太が叱られとる」

時郎くんのそばに寄り、同じように膝をつく。床板を外した先はコンクリートで、壁際のところにわずかな隙間《すきま》があった。のぞいても何も見えないが、かすかに声が漏れ聞こえる。下だ。

「勝手がわからんのは仕方ない」

伯父さんの声だった。

「けどな、新太くん。邪魔したらあかんやろ、邪魔したら。なあ、満秀さん」

はい、という満秀さんのくぐもった同意が耳に届く。

「満秀さんがおつとめしてくれとるから、みんなあったかいご飯が食えるんやろ？　君だけやない。聖美さんや依子ちゃんかてそうや。雅江が家の中のことするんもそう。わしが君らにいろいろ教えるんもそう。みんながすべきことをして、みんなでちゃんと生きていく。そのための、おつとめなんや」

伯父さんが動く気配がした。

「憶えてへんかもしらんけど、君は前の家でずいぶんやんちゃしてくれたんや。一緒に暮らしとったみんなが迷惑した。駄目になった人もおる。せっかく正しい道を歩くチャンスがめぐってきたのに、また同じことを繰り返すんか？　新太は大丈夫やって、わしに頭下げた聖美さんの想いを無駄にするんか？　え？」

兄の声は聞こえない。しゃべったのかどうかもわからない。すぐ横の時郎くんのほっぺから、熱が伝わってくる気がした。

「一人で生きていけるとでも思っとんのかっ。自分勝手ばかりいうてたら、みんな不幸になんねんぞ！」

伯父さんの怒鳴り声が、わたしの脳みそをゆらす。金縛りのように動けなくなる。

「聖美さん」

「はいっ！」

聖美ママの、気持ちのよい返事が響いた。

「新太、あなた、伯父さんのいうことをちゃんと聞きなさい。聞きなさい。じゃないと駄目になっちゃうんだから」

ぺしん、と音がした。

「駄目になっちゃ駄目よ！」

ぺしん。

「駄目になっちゃ駄目よ！」

ぺしん。

「駄目になっちゃ駄目よ！」

ぺしん。

「おとんはやりすぎや」

耳もとで、時郎くんの声がした。

「ヨリちゃんは大丈夫やで」

目が合った。

「ヨリちゃんはぼくのもんやから。ヨリちゃんは、ぼくが守るから」

ささやきながら時郎くんは、わたしの頭を抱いてくれた。


湯船につかりながら、なんで兄が叱られていたのかを尋ねてみた。

「知らんけど、おつとめで下手こいたんやろ」

「兄貴たちのおつとめってなんなの？」

「いろいろや。おとんが指示だしとんねん。新太は昔から反抗的やったやん。たぶんそのせいちゃう？」

「でも兄貴、今やすっかり記憶喪失者なんだよ」

「そんなん演技やろ。ぼくは信じてへんで。新太は新太や。あいつはまた、ぼくらを困らせる気いなんや」

そうかなあ、そんな知恵があるようには見えないけどなあ。でもあり得ないともいい切れないしなあ。

わたしは考えるのをやめ、目をつむった。

「ヨリちゃん、あの物置のことは誰にもいうたらあかんで。ぼくとヨリちゃんの秘密や」

うん、わかった、とわたしは答える。時郎くんがうれしそうにお湯をかけてきたので、わたしもかけ返してやる。

「兄貴もさ、なんとか馴染んでくれたらいいんだけど」

「期待せんほうがええよ。まあ、あいつが真面目におつとめしてくれるようになったら便利なんはたしかやけど」

そうや、と時郎くんは立ち上がった。

「今度、新太に退治させよか。あのじじい」

「杖のおじいちゃん?」

「せや、杖爺や。いくらあのじじいが強くても新太には敵わんやろ」

「昔の兄貴ならそうだろうけど……」

「あかん。退治できへんかったら、ぼくは新太を認めん。ぼくは忘れへんで、あいつのしたこと」

かつて兄にぼっこぼっこに殴られまくったほっぺを両手で挟み、鋭い目つきでわたしを見下ろしてくる。

「ヨリちゃんがおるから、ぼくはしゃあなしで新太が来るんを許したんや。せやなかったら、絶対に許してへん」

ややこしいなあ、と思いながらわたしは「ありがとう」と感謝しておいた。

「でも、それを決めるのは伯父さんでしょ？」

「おとんも歳や。もうすぐよぼよぼや。そろそろぼくの時代がくんねん」

あの伯父さんがよぼよぼになるなんて想像できなかったが、時郎くんはやる気満々の仁王立ちで胸を張った。

「誕生日になったら、ぼくが王さまや。せやから雅江もヨリちゃんのご機嫌うかがっとんねんで」

ふうん、と返し、わたしは尋ねた。

「時郎くん、幾つになるんだっけ」

「忘れたんか、ヨリちゃん」呆れ顔で教えてくれた。「十九やで」

風呂のへりに座った時郎くんは、身長こそわたしよりも小さいけれどなかなか引き締まった身体をしていて、髭の剃《そ》り跡だって目につく。去年高校を卒業し、今は伯父さんの跡を継ぐ勉強をしているらしい。彼はもう少年ではなく、すでに男性なのだった。

「偉いやろ、ぼく。ずっと我慢しとんねん」

キスはされたけど、さっきもボディソープまみれの手で執拗《しつよう》におっぱいを揉まれたけども。

時郎くんが、ぐいんとおっ勃《た》ったペニスをしごきながらいう。

「ええな？　ヨリちゃんは、ぼくのもんや」

この調子だと、誕生日にわたしは彼とセックスをするのだろう。嫌ではないが、面倒だった。

去年――二〇一六年

女子会の夜からこっち、葵ちゃんは我が家に住みついた。ごく当たり前のように彼女のTシャツや下着が洗濯物かごに混じり、専用の茶碗だとか箸だとかが日に日にそろえられていった。トイレ掃除と風呂掃除は任せてつかあさい――彼女は胸を叩くが、さほどありがたみはなかった。

しかしわたしは、そんな葵ちゃんの横暴を咎《とが》めたり、追い出したりはしなかった。必要なお金は割り勘にしてくれたし、変なマイルールを押しつけてくることもなく、おしゃべりを聞き流しても怒らない。何より一人ぽっちのそわそわする夜を過ごさなくていい。こうしてわたしたちは、ずるずると共同生活をはじめたのだった。

「どのみち、おじいちゃんが戻るまでだからさ」

わたしは、ベッドに横たわるおじいちゃんに話しかけた。おじいちゃんはうっすらと目を開け、口もとをもにょもにょ動かした。正確には、動かそうとして上手くいかなかったといったところだ。おじいちゃんの衰弱は素人目にも明らかで、じゃなくちゃ人は鼻にチューブを突っ込まれたりはしないだろう。

「わたしね、こないだ海を見たんだよ。葵ちゃんが連れてってくれてね。海はね、ほんとうに青かったんだ。変な匂いがするんだね。潮の香りなんだって」

おじいちゃんはわたしの言葉に「あふあふ」と、かすかな吐息を返してくる。いいたいことは一ミリも伝わってこない。

「ファミレスにも行ったよ。居酒屋にも。お酒は飲んでないけどね。葵ちゃんはよく飲むよ。おじいちゃんに負けないくらいだと思う」

あふあふ。

窓ぎわのベッドに寝そべるおじいちゃんは、あたたかな光に照らされていた。同じ部屋の、別の患者さんのおしゃべりが聞こえてくる。おじいちゃんは眠たげな瞬きをしている。

「なんだって、こんなことになっちゃったんだろうねえ」

おじいちゃんの口が意味ありげに動く。そりゃあ歳だからだな、といっている気がした。

年が明けたころから、おじいちゃんは本格的に体調を崩した。ごまかしごまかし生活をつづけたけれど、先月の頭に歩道橋の階段を踏み外して転がり落ちた。命があっただけ幸運だったと医者はいうが、そうかしら？　と思わないでもない。

「わたし、回鍋肉がつくれるようになったんだよ。けっこう美味しいんだよ。葵ちゃんもね、これは王将で出せる味だって太鼓判を押してくれたんだよ」

あふあふ。

「おじいちゃんにもつくったげるからさ、早く元気になりなよ」

わたしはおじいちゃんの手を握った。おじいちゃんは握り返してこない。


病院の駐車場に停まる黄色のヒンデンブルク号からうるさいロックンロールが流れていた。運転席の葵ちゃんが開けっ放しの窓に肘《ひじ》をのせ、ふんふん鼻を鳴らしている。ヒンデンブルク号のエアコンはずいぶん前にポンコツになってしまったらしい。

わたしはカーステのボリュームをしぼった。「まるでヤン車だよ」

「カーステじゃあ笑われます」

まあ、ツードアの軽自動車という時点でヤン車の資格はなさそうだけど。

「旅のお供には音楽と相場が決まってますからね。浦部葵スペシャルセレクションでさあ」

「今かかってるのは？」

「パティ・スミスっす。ほかにソニック・ユースとかもありますぜ」

どっちも知らない。

ヒンデンブルク号を発進させた葵ちゃんが訊いてくる。「姐さんはどんな音楽をおたしなみで？」

「特にないよ。強いていえばナイン・インチ・ネイルズを少々、かな」

葵ちゃんが「ほんとに？」という顔をした。じっさいまともに聴いたことはないので、彼女の疑惑は正解だ。

「兄貴の趣味だよ」

「お兄さん、いたんすね」

「まあね」

「仲、良いんです？」

「どうだろう。ずいぶんひどい目に遭わされたけど」

「あたしと同類じゃないですか」

たしかに、と思わないでもない。

病院を出てすぐの大通りは混んでいて、低速が苦手なヒンデンブルク号はしきりと怪しげな唸り声をあげた。

「親御さんはどうしてるんで？」

「パパはどっかいっちゃって、ママも知らない」

ふうん、とだけ葵ちゃんは返してきた。こう見えて意外にこの子は気を遣う性分なのだと、わたしは気づいていた。

「おじいさまはお元気でしたか？」

「生きてはいたよ」

けど——。

「元気って、何をもって元気というんだろうね」

「美味いもん食って、美味いとはしゃげりゃあ元気なんじゃないっすか」

一理ある、とわたしは思う。今のおじいちゃんはデニーズのランチはもちろん、ビフテキだろうが本マグロだろうが、たとえウミガメのスープであろうと、絶対にはしゃぎはすまい。大好きだった日本酒でも。

葵ちゃんは遅々として進まない車列を前に、「人生の美食ランキングでもあげますか」と投げやりな調子でハンドルを放棄し、両手を頭の後ろに組んだ。

「小学校時分ですかね、熊の肉を食ったことがあるんですが、あれはちょっとしたもんでしたよ」

家族でキャンプに行きましてね、山の中でたまたま猟師さんと出くわしましてね、その人がたまたま一昨日熊を一頭やっつけたところだから食っていけと誘ってくれましてね、ええ、そうです、あたしたちが熊に襲われたなんつー愉快な話じゃありません——。

葵ちゃんによると新鮮な熊肉は相当ヤバいらしく、彼女の味覚はたちまち開眼したのだという。

「それと、しこたま飲んだあとでつまむキムチでしょうね。酢みそをのっけると最高に究極です」

こうして葵ちゃんの味覚に対する信頼は崩れ去った。

「姐さんは何をあげます？」

「すき焼き、かな」

ベタですねえ、と葵ちゃんは不満そうに口を尖らし、「なら一番食べたくないのは？」と重ねてきた。

「カプリコ。特に苺味」

ええっ？　そりゃあ人生を損してますよ、あれはお菓子史上稀《まれ》にみる傑作っつー評価が定まってますのに——。

そんな定説に憶えのないわたしはふと、そういえば、と口にした。

「手土産とか買っていかなくていいの？」

わたしたちはこれから、かつて浦部くんと門村さんの上司だった男性、草取《くさとり》さんと会う約束だ。段取りをしてくれたのは本居さんで、彼は大いに来たがっていたが、葵ちゃんによって却下されていた。当事者だけのほうが突っ込んだ話が聞けるはずだという主張はわりかし筋が通っていたけど、葵ちゃんへの不安は根強い。常識の欠落という面で。

「土産？　別に旅行とか行ってないですぜ？」

やっぱりね。

ようやく車が流れはじめた。

「ところで——」ハンドルを握った葵ちゃんが、思い出したように訊いてきた。「お兄さまはどうしてるんです？」

「あの人は……きっとどこかで、生きてるんだろうね」

パティ・スミスがシャウトしている。

——Outside of society, Outside of society.

おじいちゃんの入院している市民病院から一時間で済む道をなんだかんだで二時間近くかけ、ようやく待ち合わせの喫茶店に着いた。着いたはいいが、待ち合わせの人はいなかった。なんでだよ！　と怒る葵ちゃんの悪態は、紛れもなく遅刻しているわたしたちに許された叫びなのだろうか。

「電話番号とか聞いてないの？」

「もちろんでさあ」

それこそ、なんでだよ！

「でも名前で画像検索してあるんで顔はわかります」

ちゃっかりしてるのか抜けているのか、葵ちゃんはえへんと胸を張るのであった。

「あんたら、草取さんのおツレさんかい？」

喫茶店のカウンターから、おばちゃんかおばあちゃんかわかりづらい大柄の女性が出てきた。

「さっきまでそこに居たんだよ、草取さん」

「草取って、ウレタンみたいな顔をした草取ですかい？」

そうそう、その草取さん——とおばちゃんはうなずくが、わたしはウレタンみたいな顔のイメージがまったくわかなかった。

「草取さんならたぶん、近くの映画館にいると思うけど——」おばちゃんが気の毒げな笑みを浮かべた。「あんたらには、あんまりお勧めできないねえ」

その程度の忠告に従う葵ちゃんなら苦労はしない。わたしたちは喫茶店を出て、すぐさま草取さんが向かった映画館へ足をのばした。

大方の予想通り、そこはシネコンではなく名画座でもない、れっきとしたピンク映画の上映館であった。

葵ちゃんに迷いはなかった。すげえなと思いつつ、わたしはあとにつづいた。

受付のおばちゃんは、ややおばあちゃんよりの人で、こちらは小柄である。

「入るのはいいけど、気をつけなさいよ」

二階は駄目、一階で観なさいと教えられ、わたしたちは上映中の劇場に踏み入った。『ノーパン公衆便所』みたいなタイトルをチラ見して、団地妻だろうが社長令嬢だろうが、便所では皆等しくノーパンな気がしたが、深く考えるのはやめておいた。

おっぷす。けっこう強烈な匂いがたちこめている。葵ちゃんは「モルグかっ」といい捨てながら、お客さんの影を見つけるたび顔をのぞき込むという非人道的な行動にでた。中には詳しく記すのが憚《はばか》られる行為に耽《ふけ》る人もいる。顔を確認しては「あ、ごめんなすって」と軽やかに闊歩《かっぽ》してゆく葵ちゃんの後ろに付き従う。ぶよぶよの中年男性が若く引き締まった青年に声をかけ、二人で席を立つなんて光景も目にした。どっかでヨロシクやるのだろうと想像はできたけど、なんで団地妻の裸を映すスクリーンの前で、こうした出会いが成されているのかはさっぱりわからなかった。世界は広い。わたしは海を見た時と同じ感動を味わっていた。

「草取の野郎、バックれやがったに違いねえ」

葵ちゃんが地団太《じだんだ》を踏んだとき、「ネエちゃん」と、ガタイのいいスキンヘッドのおっさんが話しかけてきた。

「草取なら一発抜いて出てったぜ」

「マジですかい。どこへ行ったか教えておくんなまし」

うるせいぞい、と客席からヤジが飛んだ。いいぞもっとやれ、とも。

「オジサンのこと、蹴ってくれたら教えてあげるよ」

スキンヘッドのおっさんは下半身丸出しで「げへへ」と笑い、葵ちゃんはためらいなく金玉を蹴り上げた。客席から、ちょっとした歓声があがった。

「うぐう……」ひざまずいたおっさんは涙目になっていた。「程度が……」

「で？　草取のボケチンはどこへ行ったんで？」

「パチンコじゃないかな。そのあとソープいって、最後はバーってのがあいつのパターンだから」

劇場を出るまぎわ、公衆便所にノーパンで横たわる女の台詞が耳に届いた。

あたしたち、この暗がりで堕《お》ちてゆくのね——。

パチンコ屋は煙たくてうるさくて、何店舗もあって、人もたくさんいて、わたしたちは面倒になった。ソープはさすがに入れてもらえそうにない。危うくスカウトされそうになる葵ちゃんを引っ張って、とりあえずフルチンのおっさんから教わった行きつけのバーで待つことにした。

バーは、バーだからこんな真っ昼間からはやっていない。わたしたちはストリートキッズよろしく地下へ下りる階段の前にならんで座り、時が来るのを待ったのだった。

「ねえ、葵ちゃん」

「なんですかい？」

「草取さんって、ここまでするほど重要な人だっけ？」

さあ、と葵ちゃんは肩をすくめた。まあいいか、とわたしは思った。葵ちゃんに付き合うということは、つまりこういうことなのだ。

何よりも、わたしはウレタンみたいな草取さんに会ってみたかった。たぶん葵ちゃん以上に。

ひまつぶしがてら、今さらの質問をする。「ここ、どこなの？」

「池袋《いけぶくろ》っす」

「葵ちゃんの家から近い？」

彼女の実家は葛飾《かつしか》区にあると聞いていたが、昔からわたしは地理に弱い。

「近いっちゃ近いですが、遠いっちゃ遠いですね。姐さんの住んでる検見川よりは近いっす」

葵ちゃんは小さなショルダーバッグから口紅を取り出し、アスファルトに東京都東部の地図を描きはじめた。

「詳しいねえ」

「お寺さん巡りにはまってたことがありますんで」

池袋がある豊島《としま》区と葛飾区の間に北《きた》区と荒川《あらかわ》区があることを、わたしは初めて知った。

「検見川まではこうですね」

葛飾区の下に江戸川区、そこを抜けると千葉県だという。

「江戸川区」わたしは思わず呟いた。「兄貴がさ、ここで死んだんだよ」

「はい？」

「で、生き返ったの」

葵ちゃんが、サングラスの奥で目を丸めるのがわかった。

「姐さん、気をたしかに持ってくださいよ」

「いや、ほんとに。ある日、ぱちくりって感じでさ」

わたしは兄の復活をかいつまんで教えてあげた。

「そりゃあまた、キテレツなことで」

「うん、びっくりしたよ。おかげで大変だったから」

葵ちゃんは「なんで？」とは訊いてこなかった。気い遣いなのだ。

ようやく店員さんがやって来て、一番客としてバーの中へ。奥のカウンターに背を向け、点々と置かれた丸いテーブル席に陣取る。葵ちゃんはビールを頼んだ。帰りの運転はどうするつもりだろうと思いはしたが、だからって彼女の聞く耳に期待するのは野暮《やぼ》だった。ぐびぐびぐび。わたしはアルコール抜きのカシスソーダを注文した。葵ちゃんのお寺さん巡りの話で時間を潰しているうちに、お客さんで席が埋まりはじめた。

「これはなんて曲？」天井を指差し尋ねると、「曲名は忘れちまいましたが、カサビアンですね」と葵ちゃんが答えた。やっぱり知らなかった。

「葵ちゃんはなんでもよく知ってるねえ」

常識以外は。

「姐さんがヤバいんですよ。いったい、どんな生活を送ってきなすったんで？」

「どんなといわれても」

「まあ、無理に聞く気はありませんが」

どうかなあ、とわたしは思う。彼女が浦部くんの事件を明らかにしようとする限り、わたしの歴史をさけて通れない。そこに踏み込まれたとき、わたしはどうすべきか。

「葵ちゃん。わかったこと、ぜんぶ本に書くんでしょ？」

「そりゃあそうです。悔しいですが、本居のアンポンタンのいい分も満更《まんざら》じゃないでしょう。遠慮だの容赦だのして話題にならなけりゃオシマイです」

うーん、とわたしは唸る。

「何か問題でも？」

ないと思っていたのか。

「浦部くんについては葵ちゃんの好きにすればいいけど……。わたしのことを書くのはさ、いろいろやっかいだから」

「というと？」

「もしかすると、ふつうに暮らせなくなるかもしれない」

葵ちゃんが眉を寄せた。ブルーの照明に照らされた困った顔は、妙に可愛らしい。

「おじいちゃんとも、離れることになるんじゃないかな」

「あたしは姐さんに迷惑をかけるつもりはありませんぜ」

「うん。でも、そうなるんだよ。誰が悪いっていうんじゃなく、そうなるんだよね。運命みたいなもんなんだ。葵ちゃんがたまたま偶然、浦部くんの妹として生まれたみたいにさ、自分の力ではどうにもならない運命があって、そういうのと、わたしも無縁じゃないんだよ」

「姐さん――」

「仕方ないことがさ、あふれてるんだよ。わたしは仕方ないことのデパートみたいなもんなんだ」

ああ、懐かしい。仁徳パパが、最後に会ったクリスマスの夜に、すき焼きの鍋を囲んでもらした台詞じゃないか。わたしは四年経って、ようやくその意味をわかりはじめているのだ。

「だからたぶん、途中でわたしは協力できなくなると思う」

「途中って?」

「わかんないけど、たぶん近いうちに」

「困ります」

「ねえ、困るよねえ」

葵ちゃんが何かいいかけた。けれどそれが言葉になるより先に、彼女は立ち上がった。視線がまっすぐ、バーの入り口へ向いていた。

「ウレタン！」

葵ちゃんにビシっと指を差され、草取さんと思しき男性がうろたえた。

「おい、こっち来い！」

ヨレたワイシャツを引っ張り、葵ちゃんが草取さんをテーブルへ連れてくる。席についた草取さんは憤慨していた。角ばった広い顔を真っ赤にふくらませ、厚い唇をへの字に曲げた。歳は三十代半ばくらいだろうか。わたしは真剣に彼を見つめたけれど、何がどうウレタンなのかはやっぱりわからなかった。

「乱暴はよしてくれ！　なんだ、いったい。あんたらが遅刻したのが悪いんじゃないか」

めちゃくちゃ正論だった。

「しゃらくせえ野郎だな。十分や二十分、女を待つのは男の務めだろがっ」

無茶苦茶だった。遅刻は一時間だし。

「いいか？　あたしが浦部葵だ。こっちは雛口の姐さんだ」

「なんで偉そうなんだよっ」

「いいから飲め。おごってやる」

ほんとうに偉そうだな、と思いながら、わたしは草取さんのビールをオーダーしてあげた。

「ほら、乾杯だ」

こんなぎすぎすした乾杯は初めてだった。

一気にグラスを空けた葵ちゃんが、「なんで逃げた？」と口火を切る。

「いや、逃げたっていうか、連絡もなくあんなに待たされたら誰だってあきらめるだろ！」

「その点は申し訳ない！」

謝るんだ。

「さあ、きれいさっぱり水に流れたところで、さっそく話を聞かせてもらいましょうか」

草取さんは「えらいのに捕まっちゃったなあ」という表情になっていた。

「話って、浦部のことか」

「そうだ。あのゲロ馬鹿兄貴について洗いざらい吐きやがれ」

「……報酬は？」

「報酬？」

「当たり前だろ。こっちだってあの事件で大変だったんだ。タダで協力する筋合いはない」

「金ならないぞ！」

葵ちゃんは潔かった。

「じゃ、じゃあ――」

ウレタン面が、にへらあ、って感じに笑う。

「一発やらしてくれたら協力するよ」

「よしきた」

葵ちゃんの拳が、草取さんの鼻にめり込んだ。ぎゃふん！　と叫びながら草取さんは椅子とともに背中から引っくり返った。コントでもなかなかお目にかかれない、きれいな仰転《あおてん》である。

「さあ、どうだ。お望み通り一発くれてやったんだ、約束を守ってもらおうか」

「ば、馬鹿か、あんたっ。訴えてやるからな」

「おうおうおう、草取さんよお」葵ちゃんがウンコ座りで、草取さんをのぞき込む。「ずいぶんな威勢でござんすね。訴えてやるだって？　えーえー、好きにしなさいな。こちとら訴えなら間に合ってんだ。訴えまみれてなもんだ。今さら一つや二つ増えたところで、痛くも痒《かゆ》くもありゃしねえ。やるならとことん付き合ってやるからよお」

すっかり毒気を抜かれた草取さん。葵ちゃんから椅子に座るよう命じられ、よろよろ従う。

お店の人やお客さんに頭を下げるのはわたしの役目だった。

おしぼりで鼻を押さえた草取さんがいう。「あの、話と仰られましても、わたし、そんなに浦部くんのことを知ってるわけじゃないですよ」

「あんたんとこで働いてたんだろ？」

「まあ、いちおう、そうですが……」

草取さんと浦部くんは同じ大学のOBだという。

「大学って、門村っちも同じだったんじゃなかったっけ？」と葵ちゃん。

「そうです、そうです。おれも浦部も門村くんも、同じクレー射撃サークルの所属だったんです」

これは一部で報道もされていた。

「そういう縁でふたりを仕事に誘ったというか、自然と集まったというか」

「ふうん。ところであんたら、なんの会社なの？」

そこからかあ、という本音が、草取さんの眉間の皺《しわ》に見てとれた。

「まあ、福祉事業といいますか、民間のソーシャルワーカーと申しますか」

会社とはちょっと違うんですが、と前置きしつつ、草取さんは以下のように語った。

団体名は『つながりキャラバン』。貧困家庭や障害のある方の相談を聞き、適切な行政サービスを提案、手続きの補助などを行う非営利団体。事務所は東池袋にあり、草取さんは創業者にして現代表だ。

「あくどい貧困ビジネスとはぜんぜん違います。恵まれない方々への真摯《しんし》なお力添えこそが活動の原点であり、モットーなのです」

すっかりビジネスライクな口調になっていた。

葵ちゃんが、ビシっと尋ねる。

「儲かるのか？」

「え？　いや、だから社会貢献ですから。儲かる儲からないの話じゃないわけで」

「だったらなんで、そんな面倒な仕事をする？」

「なんでって……」

草取さんは途方に暮れていた。

「まあ、あのゲロ馬鹿兄貴にはぴったりだけどな」

「浦部は熱心でしたよ。ちょっと引くくらいに」

「でもあんたさ、社会貢献とかいいながらポルノ映画で抜いてソープで抜いてギャンブルで抜いて、いいご身分すぎやしない？」

まあ、それは個人の自由じゃないかしらとわたしは思ったけど、草取さんは急に泣きべそみたいな声になった。

「あの事件のせいですよ！　あれのせいでウチの信用はガタガタ。スタッフも辞めちゃうし、補助金もなくなって、事務所は開店休業状態なんです」

よよよ、と泣きながらやけくそみたいにビールを呷る。

「わたしが何をしたっていうんですかっ。みなさんの幸せを少しでも手助けしようと頑張っていただけなんです！　わたしは浦部の親でも肉親でもない、ただの雇用主ですよ。あいつの暴走の責任までとれだなんてあんまりだ。こんなの、抜かなくちゃやってられませんよっ」

「まあ、肉親サイドからしてもまったく同じ意見ですがね」

目の前で腕を組む女性が浦部くんの妹さんだと思い出し、草取さんはちょっと恐縮していた。

「それにしたって社長さん。スタッフのことをぜんぜん知らないは通りませんぜ。だいたいあの事件は千葉の印西《いんざい》市だったでしょう？　池袋に事務所をかまえるお宅さまが、どうしてそんなとこにスタッフを派遣してらしたんで？」

「それは、門村くんの希望だったんです！」

わたしは門村さんの、日に焼けた顔を思い浮かべた。チャラいサーファーと意識高い系政治家をかけ合わせたようなスマイルを。

「門村くんが、どうしても力になってやりたい人がいるといって聞かなかったんですよ。給料もいらないといって。彼は親が資産家だったから平気だったんでしょう」

金にもならない仕事をしながらけっこう優雅なマンションに住み、子どもを二人つくるほどの余裕があったのだ。

「事件の半年くらい前から事務所をあけるようになって。まずいんだよ。二人もいなくなっちゃったらスタッフの数が足りてないってバレるでしょう？　仕事もぜんぶ投げだしやがって、相談者からクレームは入るわ、役所から叱られるわ、ウチとしてはいい迷惑だったんだっ」

草取さんはもう一杯ビールを注文した。ほんとうにやけくそになってるようだ。

「しょせん遊びだったんだ、門村くんにとっては。彼に困ってる人の気持ちなんて実感できるはずもないし」

「門村っちの『どうしても力になってやりたい人』ってのはどなたで？」

「知りませんよ。ほんとうですって！　個人的に興味があるって、それしか教えてくれなかったんだから」

　届いたビールを飲み下してからつづける。

「門村くんは、ちょっと行きすぎなところがあったんだよ。ふつうの貧困や障害者支援より、ネグレクトとかDVとか、そういう刑事事件に近いやつばっかり積極的だったし。ワイドショー感覚だったんじゃないの？」

　あからさまな敵意があふれていた。いくらかの嫉妬もあるんだろう。門村さんはお金持ちの上、すらっとした男前だったから。

「その点は、浦部も似たり寄ったりだったけど」

「といいますと？」

「あいつは途中から、ちょっと宗教がかっちゃったんだ。ほんとうの正しさはお金や法律の外にあるとか、社会には限界があるだとか。幸せを望むことこそ傲慢《ごうまん》だとかって、そんなこといいだしたら仕事にならないだろ？　だからほとんど幽霊部員みたいになってたんだ」

「でもお宅さんに在籍したままだったでしょう？」

「いや、まあ、それは、いろいろ、こっちにも、都合というか、やむにやまれぬ事情というか……」

語尾はもにょもにょ消えていった。

「とにかく、浦部のプライベートをおれは詳しく知らないんだよ」

「なら門村っちについて詳しくお願いしましょうか」

「知らないってば！　最後のころは職場の部下ってだけで、別に仲が良かったわけでもない。訊くなら家族に当たってくれよ」

「それはできん！　係争中だからな」

胸を張ることではないけれど。

「協力してくれないなら、こっちはあんたの監督不行き届きを問題にしてもいいんですぜ」

草取さんは、うぐぐ、と唸り、恨めしそうな目でポケットから鍵を取り出した。

「事務所の鍵だ。門村くんのパソコンがまだ残ってるから、そっちで勝手に調べてくれ」

鍵を投げて寄越し、突っ伏す。

「おれだって被害者みたいなもんなんだ。もうほっといてくれ」

わたしたちは本居さんから『つながりキャラバン』が所属スタッフの数を水増し申告していた噂や、相談者の生活保護費をピンハネしていた疑惑なんかを耳打ちされていたけれど、武士の情けでそれは口にせず、お会計を押しつけ店をあとにした。

地下のバーから『つながりキャラバン』の事務所まで徒歩十分ほどだった。道中、わたしは一行のメモすら取らない葵ちゃんの取材スタイルを「大丈夫なの？」と心配し、彼女はなんでもないふうに「記憶力が天文学的なんで」と返してきた。

うらぶれた雑居ビルの四階の一室はもちろん無人で、室内は無残なほど閑散としていた。向かい合う二組のスチール机、埃っぽいキャビネットにはファイルがならんでいる。応接セットがあったと思しき場所に残っているのはパーテーションだけだ。窓ぎわの、一番奥のデスクが草取さんの席らしい。

「あれですかね」

四つの机のうち、入り口に近い席だけパソコンがなかった。パソコンだけでなく、書類やペン立てすらきれいさっぱり消えている。警察が持っていったのだとすれば、ここが浦部くんの席だったのだろう。

「となりが怪しいですね」

葵ちゃんは机の引き出しを開け、中をごそごそあらためはじめた。なんらかの軽犯罪ではないかと思われた。

「ほら姐さん、ビンゴです」

机の中に名刺のストックがあった。門村さんの名前が印字されている。

葵ちゃんはデスクチェアに座り、パソコンの電源を入れた。草取さんに教わったパスワードを入れると、デスクトップの画面が映った。

小さなドキュメントフォルダのアイコンが、縦に三列ほどならんでいる。フォルダ名はカタカナで「イズミ」とか「サノ」とか「フジタ」とかになっていて、おそらく門村さんが担当していた相談者の苗字だろうと思われた。

ならびの端っこのフォルダに、わたしの目がとまった。

葵ちゃんがインターネットを立ち上げた。ホーム画面はYahoo!。お気に入りには行政関連のホームページや病院、弁護士ネットなどが登録されている。

「ううん？」

と、葵ちゃんが身を乗りだした。

「最近の検索履歴の一つです」

その画面に、わたしも思わず身を乗りだす。

黒い背景に、赤文字で仰々しく『尋ね人ドットコム』と記されている。

「裏掲示板みたいな感じですね」

サイトは、いくつかのスレッドに分かれていた。スレッドタイトルは主に名前——失踪者のものらしい。

「千葉県を見てみましょうか」

十人くらいがいた。スレ主が失踪者の性別に年齢、特徴、失踪時の状況などを投稿し、情報提供を求めている。中には写真をアップしている者もいる。コメントは冷やかしと役に立たない同情が八割くらい、真偽不明の目撃談が二割ほど。

「こんな怪しげなサイトに呼びかけるってのは相当ですね」

でっち上げの投稿もありそうですが、とぼやきながら、葵ちゃんは千葉の失踪者を眺めていった。投稿の日づけが古すぎたり、内容にこれっぽっちも具体性がないものを省いていくと、三件ほどが残った。

「これだけ、電話番号が載ってますね」

090からはじまる携帯番号だ。葵ちゃんは自分のスマホを掴《つか》み、迷わずかけた。

そのすきにわたしは、投稿者の名前を確認する。

榎戸太輔《たすけ》。

「——解約されてますね」

スマホをしまう葵ちゃんを横目に、榎戸さんが投稿した写真を見る。制服姿の女性がほんのりと笑みを浮かべていた。卒業アルバムというやつだろう。撮影日は二〇〇五年。十年以上前である。

「内容は？」

葵ちゃんが、かいつまんで読んでくれた。

記事の投稿日は二〇一二年、一月。写真の女性は沙弓《さゆみ》さんといい、男手一つで育てた一人娘とのこと。高校時代から反りが合わなくなり、卒業とともに沙弓さんは実家を飛びだした。ほとんど連絡も取れなくなった。二〇一一年、三月。大きな地震があり、安否を確かめようと久しぶりに電話をしたが、別人につながった。この人物と沙弓さんは無関係だと、その後の警察の捜査でわかったという。友人、クラスメイト、親戚……、手当たり次第に問い合わせたが、沙弓さんの行方を知る者はいなかった。

「一番新しいコメントがこれです」

『初めまして。東京で民間のケースワーカーをしている者です。お力になれるかもしれません。よろしければこちらまでメールを』

時期からして、これが門村さんの投稿なのはほぼ確実と思われた。

「これが門村っちの、『どうしても力になってやりたい人』だったんですかね」

半信半疑な口調だが、少し緊張している気配もあった。

デスクトップに戻る。人名のフォルダにエノキドの文字はない。一つずつ開けていく。エクセルファイルがあり、個人情報がたんまり記されていた。こんなものを部外者に見せるなんて、草取さんは情報管理に心底興味を失ってしまったらしい。

どんどん確認していくが、全員都内在住だった。失踪者っぽい人もいない。

「ふう」と、葵ちゃんがため息をついた。飽きてきているようだった。

「ねえ、葵ちゃん。この、端っこのフォルダを開いてみてくれる?」

そのお願いに、彼女はちょっと怪訝《けげん》そうな顔をしたが、素直に従ってくれた。

内容を見たわたしは心の中で、「ビンゴ!」と叫んだ。

「この人が何か?」

「うん。住所」

ベリーライフ江戸川一〇〇五号。

「兄貴が落っこちたマンションだよ」

え? と葵ちゃんがこちらをふり返る。

説明するのも惜しみ、わたしはそこに記された情報を読んだ。結婚やら離婚やら、生活保護がどうしたといった記載を読み飛ばし、最後の行に目をやる。『二〇一二年六月、引っ越し』。

それは紛れもなく、兄がベリーライフ江戸川から落っこちた直後だった。

「姐さん——」葵ちゃんがしびれを切らした。「この、ヤマダさんって方とお知り合いで?」

どうかな、とわたしは答えた。

その言葉に嘘はなかった。もしもこのヤマダさんがあのヤマダさんだとしても、わたしは彼女について、母のボランティア仲間であったとしかいえない。顔も見たことがないのだ。

鍵を郵便受けに放り込み、わたしたちは雑居ビルを出た。見たところ葵ちゃんの酔いはさめており、運転に問題はなさそうだ。道交法上はともかく。

むっつり考えごとをしながら歩く葵ちゃんとともにヒンデンブルク号が停めてあるコインパーキングへ。池袋の街はすっかり夜の装いになっていて、路地にけばけばしいネオンの灯りが目立った。

「ようするに――」と、葵ちゃんが口を開く。「どういうことになるんです？」

難しい顔でつづける。

「門村っちが榎戸っちの相談に協力を申し出て、その門村っちのお助けファイルの中に姐さんのお母さまと友だちだったダーヤマさんがいらした――」

それも住まいは、兄が落っこちたマンションだ。

「――ダーヤマさんの下の名前は沙弓」

門村さんのファイルには、はっきりそう書かれていた。

「つまり門村っちは、ダーヤマさんの行方を追って印西市に出向いたってことになるんですか？」

それは正しい。正しいのだ。

「一方、ゲロ馬鹿兄貴は姐さんと出会い、『雛口依子さんが困っているから匿ってほしい』ってなメールをあたしに送ってきた」

そして——。

「救いようのない乱射事件を起こした」

ヒンデンブルク号の前で立ち止まった葵ちゃんが、わたしのほうを向いた。

「姐さん。ちゃんと説明してくれませんか？」

わたしは彼女と見合った。

「ゲロ馬鹿兄貴が姐さんと出会ったのはよしとします。門村っちがいたのもいいでしょう。けど、そのきっかけとなったダーヤマさんと姐さんがお知り合いだったのは、ちょっと見過ごせませんよ」

宝くじじゃあるまいし、と葵ちゃんはいう。

「それに、あの榎戸って苗字は——」

葵ちゃんが、わたしを刺すように見つめてきた。真剣な顔だった。当然だろう。今夜、ついさっき、わたしの嘘はほころびはじめたのだから。

「姐さんは、どこまで何を知ってらっしゃるんです？」

わたしは星のない空を見上げた。

どこまで何を、わたしは知っているのだろう。いろいろ知っているようで、何も知らないのかもしれなかった。げんにわたしは、ヤマダさんがベリーライフ江戸川に住んでいた事実を、今夜初めて知ったのだ。

「葵ちゃん」

わたしは彼女を見た。

「デニーズで話すよ」

おそらくわたしはデニーズの窓ぎわのテーブルに座って、十五階建てのマンションの屋上から落っこちた兄が蘇ったとき、家族の反応は微妙だったところから話しはじめるだろう。

四年前——二〇一三年

時郎くんの誕生日が明日に迫った夜、マリッジブルーを満喫する間もなく、わたしの眠りはふいのノックにさまたげられた。

また兄かとむかつきながら開けたドアの向こうに、雅江さんが立っていた。

「旦那さまがお呼びです」

こんな時刻でも、雅江さんはしっかりエプロンを身につけていた。

「着替えたほうがいいですか?」

寝間着のわたしが訊くと、雅江さんがぼそぼそ答える。「おそらく大丈夫かと……」

わたしはスリッパを履き、部屋を出た。

L字の廊下は暗く、物音のひとつもなかった。見下ろしたリビングにも誰もいない。雅江さんについて母の部屋を通りすぎ、角を曲がり、階段へ向かう。雅江さんの歩みは見事なまでに静かだった。時代劇に出てくる従者か忍者か、もしくは幽霊みたいだとわたしは思う。

伯父さんや時郎くんの部屋がある二階を素通りし、雅江さんは階段を下りてゆく。わたしは漠然と、もっと下へ行くのだろうと悟った。

一階に着いた雅江さんはリビングには目もくれず、もちろんダイニングも無視して、風呂場のある突き当たりへ。左に折れればトイレと風呂場、右に折れれば勝手口と物置だ。

雅江さんは右に折れ、すぐ立ち止まった。扉が二つ並んでいる。右の扉は黄色く、左の扉は紫に塗られている。

どちらも、ふだんは出入り禁止だ。

雅江さんがテンキーのロックをちょちょいと押した。

「こちらへ」

促されたわたしは紫の扉のノブを捻った。扉はすんなり開いて、石造りの階段が、下へ下へのびていた。

「依子さま」

わたしが顔を向けると、雅江さんは目を逸らした。うつむいて、こちらを見ようともしない。話しかけてきたくせに唇をぎゅっと結んでいる。ずいぶん勝手な人だと頭にきたが、わたしは相手にするのをやめた。伯父さんが待っているのだ。早く行かなくちゃ。

壁に埋め込まれた補助灯を頼りに階段を下りてゆく。壁も石だった。ふれた手がひんやりした。

途中で折れ曲がることもなく、階段はまっすぐ地下へつづいていた。ほどなく、ぼわんと広がるオレンジ色の光が満ちた。

「起こしたか？」

色川の伯父さんが大きなソファに腰かけ、茶色い液体の入ったグラスを傾けていた。

「大丈夫です」

「そうか。ほな、こっちゃ来い」

招かれるまま、わたしは歩いた。石の床にふかふかの絨毯《じゅうたん》が敷いてあった。その手前でスリッパを脱ぎ、わたしは伯父さんの前で止まった。

「もとはワインセラーやったのを片したんや」

道楽もんの贅沢や、と伯父さんは皮肉に笑う。わたしはぽっかりとした空間を見回し、あとでワインセラーとは何物か、スマホで調べようと思った。

「どれ」と、伯父さんが身を乗りだす。足のつま先から頭のてっぺんまで、とっくりわたしを見定め、ペロリと髭を舐める。

「健康そうやな」

「ありがとうございます」

「君のことは、ずっと心配しとったんや。前の家のとき、あんな形で離れてしもたからな。駄目になっちゃいないかと、気が気でなかった」

ありがとうございます、とわたしは繰り返す。

「まあ、そんな畏まらんと。久しぶりに診《み》てやるさかい」

「ありがとうございます」

失礼します――、そう断ってから、わたしは寝間着を脱いでゆく。下着も外し、足もとに重ね、背筋を伸ばし伯父さんと向き合う。石造りの地下室は寒々とした見てくれに反して暖かく、鳥肌が立つことはなかった。

「ふうむ」

伯父さんがあらためて、じっくりわたしを観察する。少し、緊張した。

立ち上がった伯父さんが、わたしの身体にふれた。血管の具合まで確かめるように、隅々をさする。時郎くんの荒々しさとは比べようもない、熟練の手つきだ。

「――大丈夫そうやな」

そういわれ、胸をなでおろす。伯父さんは不思議な力を持っていて、この「触診」によって身体の中の濁りやゆがみを探すのだ。濁りやゆがみが見つかれば「治療」をしなくてはならない。

「座り」

わたしはその場に膝を折る。伯父さんの座るソファの近くで三筋ほど、ゆるりと煙が上がっていた。懐かしい香りだった。身体から力が抜けていくような香りだ。

「新太くんに、ひどい目に遭わされてんちゃうかと心配しとったんや」

「それなりには、ありましたけど」

「まあ、無事で良かった」

伯父さんが煙草をくわえ、ふわあっ、と煙を吐く。お香に似た、甘い香りがわたしを包む。

「君は悪ないんや。君は、なあんも悪くない」

わたしは伯父さんを見つめる。伯父さんの声に耳を傾ける。

「君はもう、あまり憶えてはおらんやろうが、小っちゃいころに、君はよくないおっさんのせいで、危うく命を落としかけたんや。あれも、駄目になった男や」

かすかな記憶。丸い顔、丸いお腹、柔らかそうな服。

「奴のせいで、君の友だちが死んだ」

丸い顔、丸い肌。わたしの上に寝転んだ女の子。

「君は悪ない。けど、そういうことはある」

伯父さんが、こちらを見下ろしている。優しいような、怖いような目をしている。彼の声は、わたしの身体の中で響いているみたいだ。

「人間には、生まれたときから毒がある。血液や細胞ではなく、魂にこびりついた毒や。宿業《しゅくごう》とでもいおうか。誰も逃れられんもんなんや。わしかて若いころは、その毒から自由でなかった。人一倍、毒にまみれとったくらいや」

煙草を吹かす。

「つまらん喧嘩もした。他人を貶《おとし》めるような真似もぎょうさんした。あのころのわしは、それを当たり前と思っとった。強く賢い奴が、弱く愚かな者から奪う。それが自然の摂理やとうそぶいとったんや。連中が弱く愚かなのは、そいつら自身のせいや。努力もせず、備えもせず、世の中の仕組みをわかろうともせず、のうのうと幸せに暮らしていけるわけがない。どこまでこいつらお気楽なんや、とな」

伯父さんの口もとに笑みが浮かぶ。

「幸せになりたいなら、力を持たないかん。力を持つには、強い意志を持たなあかん――わかるか、依子ちゃん。これが毒や」

わたしはじっと、伯父さんの目を見つめる。

「自分の意志でどうにかなる――この傲慢こそが、人間の魂にこびりつく毒なんや。どうにもならん。なるわけがない。そこまで人間は偉ない。むしろいたたまれんほどに、ちっぽけや」

伯父さんはお腹のところで両手を組み、天を仰いだ。

「自由意志なんちゅうもんを信仰するから、もっとどうにかできると思い込む。自由意志をいい訳にして、他人と競争をする。自由意志の名のもとに誰かの物を奪い、自分の物を守る」

所有――と、伯父さんが呟く。

「これはわたしの物、あれはあなたの物。所有の概念は、人類の歴史がはじまって以来、一度たりとて覆《くつがえ》ったためしがない。金でも土地でも食べもんでもええ。家に服、家族、友人、恋人、はては名誉。際限のない欲望はすべて、所有の概念が働くせいや」

伯父さんは宙に向かって語りつづけた。遠くから降りてくる言葉を紡ぐように。

「その中でも特にやっかいなんが、意志っちゅうわけよ。意志の所有。やたらと良き事みたいにいわれとるが、わしからすれば冗談もええとこや。意志の所有こそが、わしらを欲望に駆り立てる元凶や。終わりのない、争いの連鎖へな」

身を乗りだしてくる。

「悲しみはどこから生まれる？　憎しみはどこから？　なんとかなる——そういう傲慢な希望のせいやろ。すべてがなるようになっている、なるようになったのだ——そう思えば、悲しみも憎しみも生まれようがない。なるようになることへの悦《よろこ》びだけが、人を幸せにするんや」

人間はな——と、声に力がこもる。

「運命の前で、びっくりするほど無力や。どんだけ権力や才能があっても、とつぜんの事故には勝てん。予期せぬ病には勝てん。あのとき、どうしてあの場所におったんや？　あと少し時間が経てば治療薬が開発されていたのに……なぜ、なぜ、なぜ——。答えなんぞない。世の中は、ただそうなっとるにすぎん。わしらの都合とは関係なくな。わしらが自分の意志でどうにかできることなんて、砂粒より小さい」

口調を重々しく変え、

「運命の法則は、従順を以って和を成す」

試すような目を向けてきた。小さく唾《つば》を飲み、わたしは応じる。

「――『奥義の書』……三十九章です」

伯父さんが目を細める。にかっと笑う。わたしはほっとする。三角屋根の家で、穴があくほど読んだニルヴァーナ菊池先生の書物を、きちんと憶えていた自分をほめたい。

「わしは何年も先生のもとで修行して、運命についての学問を修めた。そらあ厳しい修行やった。人里離れた山奥で、ひたすら奥義を体得せんとする毎日や。頭で追っつくもんとちゃう。大きな流れを、小っちゃな小っちゃな徴《しるし》から読み解く業《わざ》や。学校の勉強なんか比べもんにならん。物理の法則なんぞ、運命の法則のほんの一部にすぎんからな。才能もなくちゃならん。神の子と呼べるくらいの才能がな。誰もが道半ばで挫折する中、わしはやり切った。先生から免許皆伝を許されたのは、わしのほかにもう一人くらいや」

サンダー福助だ。

「そいつも、わしに比べりゃ出来損ないや。あんな奴の占いを信じるアホは救いようがない」

わたしは平静を装った。

「運命を御する極意に達する人間はほんの一握り、選ばれたもんだけなんや。選ばれたもんは、導士として君らを導く。私欲を捨て、ただただ、君らの平穏を願ってな」

「素晴らしいです」

伯父さんが満足そうに微笑む。

「永遠の安定に向かうんが世界の本来や。安定を生むのはすなわち従順。従順を生むのはすなわち滅私。すなわち所有の放棄や。所有の欲望こそが争いを生み、安定を遠ざける。人間は永遠に、この世界の何一つ、ほんとうの意味で所有なんぞできん」

それを認められん奴は——。

「新太くんみたいになる」

乱す者。

「わしは醜い争いから、君らを守ってやりたい。この家に居る限り、君らが安心できるようにな」

はい、ありがとうございます——と、わたしは応じる。

伯父さんの太い指が、立てと命じ、わたしはその通りにした。

「時郎は、まだわかってへん。あいつは明日、君を自分の嫁さんにするつもりや。それ自体はかまわん。そういう経験も悪うない」

指に招かれ、わたしは二歩、伯父さんのもとへ歩む。

「けどそれで、君を手に入れたと勘違いしとるんがいかん。浅ましい所有欲が丸出しや。あんなんでは、まだまだわしの跡は継げんわ」

太い指に促され、わたしはひざまずく。伯父さんが髭をペロリとする。

「まあ、これも勉強や。いずれ時郎も気づくやろ」

手のひらが、わたしの頭をなでる。

「君は誰のもんでもない。君のもんですらない」

せやろ？　依子ちゃん。

もちろんです、伯父さん。

「うーん。やっぱり聖美さんの娘や。筋がええわ」

ありがとうございます——。わたしは心からそう思っていた。この四角い家に来てから、おつとめを求められなかった不安があった。おつとめ自体が久しぶりで、駄目になっていないか心配もしていた。だから伯父さんの賛辞に、ほっとした。

おつとめさえしていれば、この家に居られる。

素っ裸の伯父さんが歌をうたいはじめた。外国語の歌詞で、陽気なメロディだった。こりゃあ長引きそうだと予感し、心の片隅で顎《あご》の筋肉痛をあきらめつつ、わたしは三年前に比べるとふにゃっとしている伯父さんのソレをしゃぶりつづけた。

翌朝、わたしは顔をしかめながら、ぎくしゃくと歯を磨いた。伯父さんは偉大な人だが、やっぱりおつとめはちょっと疲れる。

三角屋根の家のころよりしんどく感じるのは、ブランクのせいだろうか。おつとめも下手になった気がする。伯父さんを満足させられた自信が持てないのは筋肉痛よりやっかいだった。

鏡に映る自分を見つめる。寝不足でしょぼくれた目、肌は荒れ気味。しばらくほったらかしの髪はぼさぼさ、オレンジを黒い部分が侵食している。このみすぼらしさが原因で、伯父さんの反応は鈍かったのかしら。

依子ちゃんは明るい色が似合いそうやな、ショートカットがええんちゃうかな——。伯父さんに導びかれて以来、三角屋根の家を出たあとも気をつけてはいたのだが。

となりに聖美ママがやって来た。歯磨きをはじめた彼女のほっぺはつるつるで、染みひとつない。髪の毛もつやつやだ。ずるい。

うがいをし、「ねえ、ママ」と、小声で尋ねる。聖美ママが歯を磨きつつ、「はに？」と訊き返してくる。

「ハサミとヘアカラーがほしいんだけど」

「はんで？」

「実は昨日、おつとめをして」

聖美ママが動きを止め、わたしを見つめる。

「なんか、いまいちだった気がして」

その目がきつく尖り、わたしは慌てていい添える。

「いちおう大丈夫。ちゃんと果たしたから」

でも——と重ねる。

「でも伯父さんが満足するまで、一時間もかかっちゃったんだ」

「はらほう」

鏡へ顔を戻した聖美ママが、歯ブラシを口に突っ込んだまま返してきた。あらそう、といったらしい。

「はなたはほのへいどへしょ。ほひはんはっへ、ひたいひへないはよ」

「まあ、そうかもしれないけど……」

しかし「その程度」で「期待されてない」なんて、いくらなんでも失礼だ。わたしは聖美ママを睨んでしまう。

「ママはどうなの？　筋肉痛とかならないの？」

「あはひは、はいじょうぶよ。がらがら、ぺっ。わたしは大丈夫よ。ちゃんと鍛えてるもの。スクワットとか腕立て伏せとか、顔面体操とか」

その歳で？　と思わなくもなかったが、わたしはコメントを差し控える一手を選んだ。

「勉強だってしているし、まだまだヨリちゃんには負けないわ」

胸を張る聖美ママに、わたしはいい返せなかった。何せ彼女は、わたしの師匠なのだから。

伯父さんを満足させるテクニックの数々を、わたしは聖美ママから叩き込まれた。握り方、速度、緩急、最適な温度、急所はどこか、息の吸い方から吐き方まで、ネットに転がるハウツーごときでは及ばぬほど、聖美流は奥が深かった。厳しい修行を経て、わたしはおつとめを果たせるようになったけど、免許皆伝にはほど遠い。聖美ママは揺るぎなく、伯父さんのナンバーワンなのである。

「ママには敵わなくてもさ、きれいじゃないのはまずいでしょ？　ハサミがあれば、あとは自分でできるし」

じっさい二階建ての家では自らヘアカットに勤《いそ》しんできた。美容院には通えず、パパもママも下手くそで、兄は論外で、だから一人、伯父さんの教えを守るべく、ちゃんとショートカットを維持してきたのだ。

「カラーリングだって——」

途中から、ただの遊びになっていたけど。

「わがままいわないで」鼻毛をチェックしながら聖美ママがいう。「ハサミなんて、無理に決まってるじゃない」

「でも——」

「ヨリちゃん」

聖美ママが、すっと声を潜めた。

「伯父さんに逆らうつもり？」

思わずはっとした。鼻毛をつまんだ聖美ママが、真剣そのものの顔でこちらを睨んでいた。

狂っていたのだ。

わたしの感覚が。

ハサミは、ない。あり得ない。勝手にさわっちゃ駄目なブツ。刃物や尖ったもの、ふり回したら危ないもの。カッター、トンカチ、五番アイアン。とうぜん、ハサミ。この家には包丁もない。主力はスライスカッターだ。それが伯父さんのルール。

伯父さんと離れていた二年半で、すっかり俗世にまみれていたことを、わたしはあらためて痛感した。

「いい？　わたしたちは生かしてもらってるのよ。それを忘れては駄目。恩返しを忘れては駄目。恩返しは大切よ。恩は返さなくちゃ駄目なの。わかるわね？」

とどめのように付け加える。

「そうしないと、パパみたいになっちゃうのよ」

わたしはうなずく。ああなったら終わりだ、と。

「あなたは、時郎さんと仲良くしていればいいの。ちゃんと尽くすの。全身全霊で尽くし尽くすの。尽くしていれば大丈夫。大丈夫なのよ」

聖美ママは、うっとりしていた。問答無用の幸福が、彼女の内側からあふれているようだった。

「ああ、時郎さんに、とびっきり素敵なバースデーケーキを買ってきてあげなくちゃ」

「行列ができる店で？」

もちろんよ、とうれしそう。

「とにかくヨリちゃん。駄目になったら、絶対に駄目よ」

わたしの頭に、時郎くんと盗み聞きしたぺしんぺしんと肉を打つ音が流れた。

「あのう」

二人同時にふり返る。とっさに唇を嚙んだのは、おしゃべりを咎められたらどうしようと焦ったからだ。

「お食事が、できております」

雅江さんは仏滅みたいな顔でそう告げ、音もなく洗面所を去っていった。

「辛気臭《しんきくさ》い奴」

聖美ママが十三日の金曜日みたいな声で吐いた。

たしかに雅江さんは細胞レベルでエプロンと同化しているきらいがあって、くたびれ感は否めなかった。けどよく見ると、わりかし整った顔立ちをしている。年齢も、たぶん兄と同じくらいだ。

ふと、古田さんを思い出す。三角屋根の家にいたお手伝いさんは、ハサミの代わりに許された安全剃刀《かみそり》で、器用に髪を切ってくれた。針金みたいな彼女も、おそらく雅江さんと似たり寄ったりの歳だった。

「行きましょう、ヨリちゃん。伯父さんをお待たせするのは、駄目よ」

聖美ママが微笑む。この完璧な笑みと超絶テクで、彼女は古田さんからナンバーワンを奪い取ったのだ。


朝食の席で、時郎くんが駄々をこねた。仏頂面《ぶっちょうづら》でハムエッグをつつく伯父さんに、「ええやろ、ええやろ?」と繰り返し、「おつとめがあんねんぞ。無理いうな、くそガキが」とはねつけられてもめげず、「ガキちゃうで、もう十九やで、免許も取れるしパチンコにも行けるし煙草も吸える大人やん」と粘りたおした。煙草はどうだったろうかと思いつつ、わたしは黙ってソーセージをかじった。

最終的に「今日は特別な日やん、特別な日やん」と誕生日特権をふりかざす時郎くんに伯父さんが根負けし、「今日だけやぞ」と許可が出た。時郎くんは「やっほい」と怪気炎をあげ、朝食を平らげた。

「おい、新太。はよ食べてまえ」

時郎くんに命じられ「わかりました」と応じる兄を、わたしはチラリと見やった。地下のやりとりを盗み聞きした夜からこちら、すっかりしおらしくなっている彼が、わたしは少し気がかりだった。

何せ今日、兄を好きに使える権利を得た時郎くんはわたしに宣言した通り、兄と杖のおじいさん——杖爺を闘わせるつもりなのだ。

杉林がつくるトンネル道のわきに身を潜め、杖爺を待つこと三十分、時郎くんは飽きはじめていた。

「おい、新太。杖爺が来たら『このジジイ』って叫ぶんやぞ。そんで殴りつけるんや。負けたら承知せんからな」

ヨリちゃん、行こう——。時郎くんに手を握られ、わたしは杉林の奥へ引っ張られた。ざくざくと落ち葉を踏みしめ、道なき道を進む。急な斜面ではないが足場は悪い。昨夜ずっと正座していたせいで下半身にもだるさがあって、楽しい散歩とはいい難かった。

「杖爺の奴、いっつもうろうろしてるくせしてからに。会いたいときに限って会えんなんて、くそみたいなクリスマスソングやんけ」

時郎くんが枯葉を蹴り上げる。

「どこに住んでるとか知らないの？」

「おとんが教えてくれへんねん。おとんもな、あいつのことはどうにかせないかんて思とるんや。一回、満秀をけしかけたらしいねんけど、こてんぱんにやられたんやって」

杖爺が相当なやり手というよりも、わたしは満秀さんの弱さに思いを馳《は》せた。

「迷惑なら警察とかにいえばいいいんじゃない？」

「そんな格好悪いことできんやろ。第一、ああいう頭おかしい奴は身体でわからせなあかんねん」

そういうものか、とわたしは納得した。

「せやからぼくが、やっつけてやんねん」

正確には兄だけど。

「ヨリちゃんとぼくは夫婦やんか。そしたら新太はぼくの手下やろ？　これが上手くいったら、新太をぼくの側近に昇格させたる。新太なら満秀なんかいちころやし、おとんかて」

そこで言葉を切って、時郎くんは口もとをニヤリとさせた。わたしはその小狡い笑みを見なかったことにする。

いくら待てども、「このジジイ」という合図は聞こえてこない。

「杖爺、この寒さで死んだんかな」

時郎くんに買ってもらったダウンを着ているわたしはともかく、白のトレーナーしか身につけていない兄こそ、ほどなく凍死する恐れがあった。

「ヨリちゃん、知っとる？　冬になるとジジババはよう死ぬねん。体力だけの話やない。たぶんな、もうやってられんて、遺伝子みたいなもんがへこたれるんや」

「元気なお年寄りもたくさんいると聞くけどねえ」

「わかってへんなあ」

ええか？　科学技術が進歩して長生きできるみたいに思っとる連中もおるけど、そんなん嘘やで。今のジジババが死んだら、その先はパタパタ死によるで。今のジジババは、あいつら戦争を生き残った奴らやろ？　今の九十歳とか八十歳とかみんな、生きのびるエリートみたいな奴らやねん。せやからしぶといんや。ぬくぬく育ったもんが、同じように長生きできるわけないわ——。

「そんなもんかねえ」

「そんなもんやで。口でどんだけ長生き長生き、健康健康いうても、細胞やら遺伝子やらが『もうええわ』て思いはじめたら止まらんよ。どんどんどん腐っていくわ」

ふうん、とわたしは感心した。

「さすが伯父さんの息子だね、時郎くん」

時郎くんが立ち止まり、ふり返った。

「ちょうど昨日、伯父さんもそんな話をしてくれたんだよ。難しいことはよくわからなかったけど、似たような話だったたと思う」

「なんでヨリちゃん、おとんとそんな話しとるん？」

じっ、と時郎くんの目が尖って、わたしはヤバいと直感した。

「あ、いや……実は昨晩、おつとめをちょっと」

「おつとめてなんやねん！」

わたしの手を放し、時郎くんは近くの杉を蹴りつけた。

「ヨリちゃんはぼくのもんやろ？　そうやろっ」

「うん、そうだね」

「だったらなんでそんなことすんねん！　おかしいわっ」

しゅんとするふりをしながら、正直わたしは彼の憤りが理解できなかった。だってわたしはおつとめを果たしただけだもの。聖美ママがいうように、恩を受けたら返すのが道理だ。お店でポテチを買うのだってそうだろう。食堂で定食を食べ、代金を払ったら怒られる世界をわたしは知らない。

肩で息をする時郎くんが、こちらを睨みつけてきた。

「もうおとんのおつとめなんかせんでええ。ヨリちゃんにそんなことはさせん。絶対にさせん。ええか、ヨリちゃん。この先、おとんのおつとめは断るんや。約束やで」

答えようがなかった。

「もしも約束を破ったら、ヨリちゃんとは絶交や」

「待ってよ、時郎くん」

「待たん」

時郎くんはわたしの頬を両手で挟み、口づけをしてきた。舌をねじ込んでくる。わたしはされるがままにしておいた。

「——ヨリちゃんはぼくが守る」

やっぱり、わたしにはわからなかった。時郎くんがいう、守るという言葉の意味。それはいったい、何から守るということなのか。結局、伯父さんから時郎くんに乗り換えろという意味なのかしら。カルビーからコイケヤに乗り換えるように。

なんだかいろいろ面倒くさい。わたしはただ、ご飯とお風呂と布団がほしいだけなのに。ちょっとだけテレビと、スマホでユーチューブが観れたら満足なのに。

このとき、わたしは生まれて初めて、なんでわたしは自分でご飯とお風呂と布団とテレビとスマホが用意できないのだろうかと、少しだけ思った。思ったけれど、それはやっぱりほんの少しの物思いにすぎなくて、わたしは漠然と、それらを自分で用意する方法などないと信じていたから、すっと目を閉じたのだった。

「このジジイ！」という、上ずった声が響いた。

顔を合わせ、わたしたちは兄のもとへ駆けだした。

杉林のトンネル道で、兄と杖爺が対峙《たいじ》していた。わたしと時郎くんは木の幹に身を隠し、二人の立ち合いを見つめた。

杖爺は、なんかよくわかっていない感じだった。そりゃそうだ。いきなり上下白いトレーナーの男に叫ばれて絡まれて、納得できる人間なんていない。

一方、兄の背中も、「ちょっとどうしたものか」といった雰囲気だった。昔ならいざ知らず、今の兄は殴れといわれて合点承知と即答できる人間ではなくなっている。

じりじりと、気まずい対峙がつづいた。兄はとりあえず杖爺が逃げないように両手を広げ、右にちょこちょこ、左にちょこちょこ動いている。杖爺は杖爺で、とりあえず身構えて兄の出方をうかがっている様子だ。

案の定、時郎くんが飽きはじめた。

「新太！　さっさとやっつけろや。やっつけへんとお前、駄目になんぞっ」

兄の背筋がのびた。わたしはその瞬間、黒ひげ危機一発の飛び出す人形を連想した。

兄が杖爺に拳をふり上げる。その様は、かつての兄を彷彿《ほうふつ》させるいきおいがあり、わたしは杖爺の死を確信した。お線香をあげなくてはと思った。

目を疑ったのは、兄の突進を杖爺がひらりとかわしたからだ。兄はつんのめりそうな体勢でかろうじて踏みとどまり、杖爺にもう一撃を放つ。杖爺はすんでのところでそれをかわす。

兄のラッシュは止まらず、スピードでは間違いなく勝っているのに、杖爺は最小限の動きでその攻撃をやり過ごしていた。

「何ちんたらしとんねん、ボケ」

時郎くんの苛立《いらだ》ちに応えるごとく、ついに兄が杖爺のジャンパーを摑んだ。こうなったら力勝負だ。兄が負けるはずがない。

ところがどっこい。わたしはやっぱり目を疑うはめになった。兄がくるんと宙で回転したのだ。どたっとアスファルトの地面に落ちたのだ。

わたしの脳裏に、かつてテレビアニメで観た渋川剛気《しぶかわごうき》という合気道の達人が浮かんだ。倒れた相手の喉元に足刀を打ち込めば完璧だったが、そのときは兄のために線香をあげなくてはならなかっただろう。

時郎くんも啞然《あぜん》としていた。わたしの腕を摑んで、軽く震えていた。

杖爺が、倒れた兄に何かしゃべりかけていた。兄は悶《もだ》え、反応できずにいるようだった。

ふいに、杖爺が周囲に目をやり叫んだ。

「どこにいる？」

それが時郎くんに向けられた台詞なのは明らかで、わたしたちは肩を寄せ合い縮こまった。

「出てこい！」

あんな場面を見せられて出ていく馬鹿はいない。兄はともかく、貧弱なわたしと時郎くんがアスファルトに叩きつけられたあかつきには、金魚みたいに口をパクパクさせてご臨終に決まっていた。

杖爺はしばらく怒鳴っていたが、やがてあきらめたように道を引き返していった。

道に大の字になった兄へ駆け寄ろうとしたわたしの腕を、時郎くんが引き止めた。腰でも抜かしているのかと思ったが、青ざめた顔にくっついた瞳は妙に熱っぽかった。

「あとをつけんで」

「えっ？」

「ええから。そっとや」

時郎くんは腰をかがませ、杖爺が向かった方角へ杉林の中を移動した。わたしは仕方なく追った。

その間際、気になってふり返った。兄がこちらを見ていた。遠すぎてわからなかったが、目が合った気がした。何か言葉をかけようかとかすめたけれど、そんなひまはなく、まあ兄は頑丈だから大丈夫だろうと自分にいい聞かせ、時郎くんに追いつくべく足を速めた。

杖爺を追って杉林を進みながら、それにしても、とわたしは思う。あの兄が、ああも簡単にやられるとは。ブランクか。わたしだっておつとめが下手くそになっていた。兄は半年も寝たきりで、記憶もなくしているのだからあんなものか。特に最近はしょぼくれていたし。

案外、時郎くんのいう通り、細胞がへこたれているのかもしれない。「もういいや」と。

それでも何か、納得のいかない感じがぬぐえなかった。

杉林を抜けたわたしたちは慎重に距離を保ちつつ、住宅地を進む杖爺を追った。

わたしは小声で尋ねた。「どうするつもりなの？」

「このまま引きさがれんやろ」

理解はできない。ただ、止めたら嫌われるだろうことは察せられた。

杖爺は茶色い杖をつきながら、とぼとぼ住宅地を進んでゆく。その心もとない足取りは、兄をくるんと引っ繰り返した人物とは思えない。まるで魔法使いだ。

わたしたちは電信柱の力を借りつつ、いつでも逃げだせる距離を保った。やがて杖爺の姿が消えた。家の門をくぐったのだ。

時郎くんとともに、自動販売機の陰から玄関先をうかがう。杖爺は中に入ったらしい。

「ぼろっちい家や」

時郎くんの呟きは正しくて、杖爺の住処はいかにも古臭い平屋だった。門はあっても庭はなく、車や自転車も見当たらない。たぶん耐震構造とも無縁だ。とはいえ両隣は空き家らしく、ぺしゃんこになっても特に被害はなさそうだった。

「どうするの？」

時郎くんはじっと杖爺の家を見据え、ペロリと上唇を舐めた。まるで伯父さんみたいに。

そして自販機のごみ箱を漁りはじめた。

「時郎くん？」

わたしの呼びかけを無視し、杖爺の平屋と相対する。その手に、デカビタCの空きビンが握られていた。

あっと思う間もなく、時郎くんはビンを杖爺の家に投げた。がちゃん、と音が響いた。

時郎くんはすぐに戻って来て、わたしの身体を自販機のそばの民家の軒先へ引っ張った。

わたしの頭に不法侵入という単語が浮かんだ。

門から飛びだしてきた杖爺が、ぎろぎろと辺りを見渡す。門柱から顔を半分出した時郎くんが、らんらんとした目でそれを見つめている。

杖爺が歩きだす。乱暴に杖をつきながら、犯人を探さんとするようにこちらへ向かってくる。わたしたちは顔を引っ込め、杖爺が去るのを待った。

「行くで」

時郎くんが、たたた、と平屋へ走る。慌てて後を追う。時郎くんは迷いなく引き戸を開け、杖爺の家に踏み入った。今度こそ、完全なる住居不法侵入だ。それも土足だ。

まずくない？　とわたしは思うが、逆らおうとは思わなかった。時郎くんに嫌われるわけにはいかないからだ。

「汚《き》ったないのう」

その感想も正しかった。ゴミであふれているわけではないが、どことなく、そして隅々まで、杖爺の家は汚らしい。

時郎くんはずんずん進んでゆく。わたしはいつ何時、杖爺が帰ってくるか気が気でなかった。敵わないのはもちろん、面倒ごとになったら伯父さんに叱られるに違いない。

　そんなわたしの心配などどこ吹く風で、時郎くんは各部屋をのぞいて回る。玄関の左手に台所、右に便所、便所の並びに風呂場。時郎くんのデカビタがぶち抜いたのは風呂場の窓だった。

　玄関から入って突き当たりにガラス戸。その向こうは畳敷きの居間だった。

「底辺やな」と時郎くんは嗤《わら》い、こたつの上のミカンを壁に投げつけた。骨董品のようなテレビの上で、ミカンがべちゃっと音を立てた。

　時郎くんの足が居間の右手の襖《ふすま》へ向かう。うす暗い部屋には布団が敷いてある。

「エロ本見つけて置いといたろ」

　くだらねえ！　というわたしの心の嘆きを置き去りに、時郎くんは寝室の押入れを漁りはじめた。渋々居間を受け持つ。早く帰りたい。

　居間にはこたつとテレビのほか、わたしの胸くらいの高さの箪笥《たんす》が一つあるだけだった。とりあえずガタガタと引き出しを開けるふりをしてみたが、服やらブリーフやら通帳や印鑑があるだけで、興味は引かれなかった。わたしのやる気はゼロなのだ。

　と、箪笥の横に目がとまった。窓のある壁との隙間に、それは無造作に積んであった。うずたかいそのひと塊に手がのびそうになったとき、

「あかんわ」

時郎くんの声がして、わたしは思わず気をつけの格好になってしまった。

「しゃあないからヨリちゃん、ここで初夜していく？」

さすがに断った。

不満げな時郎くんが、おっ、とテレビへ向かう。台の上に飾られている三つの写真立てにかがみ込む。そのうちの一つ、杖爺よりもぜんぜん若い女の人が水着で微笑んでいるやつを、時郎くんは手に取った。

「グラビアの切り抜きやん。やっぱエロジジイや。ぶっかけたろ」

ズボンを下ろそうとするのを止める。こいつ、マジだるい。

そのとき玄関からガラガラと音がして、わたしたちは顔を見合わせた。

「……さあん？」と呼びかける男の声がした。誰かが杖爺を訪ねてきたのだ。宅配か、役所の人間か、借金取りが。

時郎くんの行動は早かった。窓を開け、ぴょんと外へ飛ぶ。手招きされ、わたしも倣《なら》う。一人が身体をよじって通るほどしかない塀と壁の隙間を、わたしたちは息を潜め、玄関へすり足でにじり寄った。

引き戸は開いたままだった。誰もいない。訪問者は中に入っているらしい。

「猛ダッシュやで」

時郎くんを先頭に玄関前を駆け抜ける。ピカピカの車が停まっていたが目もくれず、そのまま住宅地を走る。すぐにわたしの息はあがる。今日は一年分くらい走った気がする。

途中で、こちらへ帰ってくる杖爺と鉢合わせした。

「貴様らっ」と叫ぶ杖爺に、「今日はこんくらいにしといたらあ！」時郎くんはふり上げられた杖をかわし、足を止めずに唾を吐きかけ、あっかんべーをした。

杖爺はぷんぷんしていたが、逃げ足はわたしたちに分があった。

心底愉快げな時郎くんの背中にうんざりしつつ、わたしの頭は、杖爺の居間の隅に積み上がった塊を思い浮かべていた。わたしが愛読していた、オヤジ週刊誌の山を。


一人きりで浸かる湯船の中で、欲望がむくむくとふくらんだ。それは昼間の追っかけっこから四角い家へ戻り、アスファルトに叩きつけられた背中を痛そうにしている兄や、高いお酒で上機嫌な伯父さんや、やたらとはしゃぐ聖美ママ、いつも通りおどおどしている雅江さんや存在感のない満秀さんなんかに混じって、時郎くんの誕生パーティを過ごすあいだも、聖美ママが二時間行列にならんで買ってきたというチョコケーキをほおばりながらも、ずっともやもや、わたしのみぞおちのあたりでくすぶっていた。

杖爺の家で見つけたオヤジ週刊誌の山が、頭を離れない。

この家に移り住んで半月とちょっと。慌ただしさで忘れていたが、すでに三号ほど読み損ねている。おまけに気づいてしまった。この先、わたしはオヤジ週刊誌をそう簡単には読めないであろうことを。

伯父さんの家で唯一の不満は、お小遣いをもらえないことだ。そもそもわたしは兄のお見舞いを通じてあの雑誌に出会ったのであり、買って読むという習慣をもっていなかった。病院でタダ読みがスタンダードだったのだ。

頼めば買ってもらえるだろうか。でも伯父さんはサンダー福助が嫌いなようだから、あまり期待はできない。怒られる恐れすらある。

立ち読みをしようにも、一人で外出というわけにはいかない。それをわたしは許されていない。

兄がもう一度入院してくれたらいいのに。杖爺が徹底的にやっつけてくれたらよかったのに。

湯を顔にかける。

兄が健康でいる以上、時郎くんに頼むしかなさそうだった。買ってくれなくとも、ショッピングモールに出かけたすきにパラパラめくるくらいは見逃してくれるんじゃないか。

風呂場の大きな窓に顔が向く。昨晩伯父さんのおつとめに使った紫の扉の地下室で、時郎くんが待っている。上手におつとめを果たし、オヤジ週刊誌をゲットしようとわたしは決めた。

と、窓の外に人影が映った。

わたしは立ち上がり、窓を開けた。

杉林のあいだで、隠れ損なった相手がびくっとのけぞった。

遠目で向かい合う。

人影の正体は杖爺だった。

何かいわねば、と思った。「さっきはすみません」でも、「きゃあ痴漢」でもない。「冷えますね」、ではもちろんない。もっと違う何かを。

それは杖爺も同じなのかもしれなかった。うろたえて腰を引いているのに、去りがたい様子だ。

しかし声をかけ合うには距離がありすぎた。ここから言葉を届けようとすれば、伯父さんたちに聞こえてしまい、とても面倒な事態になるのは火を見るより明らかだった。

杖爺が、しびれを切らしたようにそそくさと闇に消えた。わたしはそれを見送り、窓を閉めた。


紫の扉の前に、雅江さんがスタンバイしていた。やはりわたしのほうを見ることなく、突っ立っていた。バスローブだけをまとったわたしは、迷いなく階段を下りた。

オレンジの光。暖かな空気。ふかふかの絨毯。

昨晩、伯父さんが座っていた大きなソファに、時郎くんが腰かけている。伯父さんと同じく全裸で。

「こっちおいでや」

ウキウキにあふれた時郎くんの招きに従い、わたしは絨毯を踏みつけ、彼のとなりに座った。おっ勃ったそれははち切れんばかりに元気だ。

「おとんなんて、もう勃たへんやろ」

答えないほうがよさそうだった。たしかに伯父さんのモノは三角屋根の家のときよりふにゃっとしていたが、だとしても男の人は、特に時郎くんみたいな男の子は、ほかの男性との話を聞きたがらないのだとオヤジ週刊誌に書いてあったからだ。

「なあ、せやろ、ヨリちゃん。ぼくのほうが立派やろ」

「時郎くんのは、とても素敵だねえ」

時郎くんの顔が満足げにゆがむ。

唇を押しつけられた。胸をまさぐられた。乳首をくりくりしてくる。唇は頬を、首筋を、鎖骨を、それから乳房にかぶりついて、両手がわさわさと全身をなでつくす。その手つきは伯父さんに比べると荒々しい。もちろん、それもいわない。

「ねえ、時郎くん」

わたしは彼のモノにゆっくりふれながらささやく。

「今日からわたしたちは夫婦なの？」

「せやで」と、声にならない声が答える。

「家族ってこと？」

「せや。ヨリちゃんは、ぼくのもんや」

「……実は、ほしいものがあるんだけど」

「ええで、ええで。なんでもいうて。何がほしいんや」

「あのね、オヤジ週刊誌」

「は？」

時郎くんが愛撫《あいぶ》をやめてこちらを見た。あれ？　まずい？　わたしはちょっと焦りながら言葉を継いだ。

「前の家で読んでたやつなんだけど。その中にさ、連載小説があってね。あれのつづきが気になって」

時郎くんはきょとんとしたままだ。

「いや、無理にとはいわないんだけど。いや、でも、できればというか、ぜひにというか……。あの、立ち読みでもいいんだけど」

「なんでオヤジ週刊誌なん？」

「なんでって……」

「漫画でもええやろ。小説でも」

まあ、そもそも小説が目的なわけだし。

「いや、でも、たぶん、あれは本とかにならない気がするんだよね。ほら、ぜんぜん、その、ただ純粋にアレな感じの話だったし」

「アレって？」

つまりエロくてグロいやつなのだが、わたしはそれを伝えていいのかわからなかった。

「まあ、とにかくさ、ちょっとだけ、ね？」

苦し紛れのお願いをねじ込みつつ、時郎くんのモノをしごく。とにかくおつとめを貫徹しようと思い直す。

時郎くんの頭から、オヤジ週刊誌の存在が瞬く間に消え去るのをわたしは確信した。彼は「ううう」と甲高《かんだか》く呻《うめ》き、身をよじる。身をよじりながらも、わたしの乳房をはなさない。大した根性だが、正直、伯父さんの相手をずっと務めてきたわたしにすれば時郎くんごときは赤子に等しかった。それい、といきおいをつけ、ときにゆるめ、反応を見極めつつ攻めあるのみ。

「あ、あかん。あかんて」

そりゃあ！

「あふっ」

時郎くんが射精して、わたしはとりあえずほっとした。まさかその数秒後に、ばいん、と復活するなんて夢にも思っていなかった。わたしは彼のモノに不死鳥の称号を与えた。

「ヨリちゃん。もう我慢できん」

時郎くんの手が、わたしの股間にのびる。やばい、と思った。

案の定、ん？　と、彼の手が止まる。

「ヨリちゃん――」

「緊張してるからだよ」

「でも――」

「いっつもそうだし」

「いっつも？」

しまった。

「おとんのときは、ちゃんと濡れてるんやろっ」

鬼の形相。やばいやばい。

時郎くんが力任せに指を突っ込んでくる。激しく動かす。しかし変化はない。それをわたしは知っている。

「くそっ」

時郎くんはわたしを仰向けにし、指に唾をべっとりつけ、再び股間に突っ込んでくる。

無理なんだってば――と思いながら、とにかく「あん、あん」とかいうふうに声を出す。

かなり不自然だと我ながら呆れつつ。

「なんでやねん！」

なんでだろう、とわたしは考えた。いつからだろう、と。たぶん、伯父さんへのおつとめを初めてしたのは十三歳か十四歳のころだ。三角屋根の家を出るまで五年間、週に三回くらいはおつとめに励んだ。伯父さんは懇切丁寧におつとめの仕方を教えてくれ、師である母の指導もあって、わたしはみるみる上達した。それと反比例するように、わたしの身体は乾いていった。挿入に苦労しはじめ、便利な薬やヌルヌルのジェルを使ったりするようになり、けれど結局、伯父さんは満足できなくなった。

わたしは駄目になったのだ。

時郎くんが、彼の不死鳥をわたしの中に入れようともがいている。顔が「痛てeither」とゆがんでいる。わたしはじっと、その奮闘が終わるのを待つ。余計な口出しが逆効果なのは、伯父さんのときに学んでいる。

「ふざけんな！」

時郎くんが叫んだ。わたしは彼を見上げながら、ああ、くるな、と予感した。

時郎くんが拳をふり上げる。わたしの顔面にそれが降ってくる。その寸前、わたしはそっと目をつむる。

キタこれ。

わたしの頬に、ぐにゃっという感覚が伝わる。

もう一発。

キタこれ。

鼻がへしゃげそうになる。

キタこれ。キタこれ。キタこれ。

時郎くんが、鼻で息をしているのがわかる。

キタこれ。キタこれ。キタこれ。キタこれ。キタこれ。キタこれ。キタこれ。キタこれ。キタこれ。キタこれ。キタこれ。キタこれ。キタこれ。キタこれ。キタこれ。キタこれ。キタこれ。

やがてお腹に熱いものが注がれ、わたしはようやく目を開ける。

時郎くんは四つん這いで覆いかぶさった体勢で、はあはあ、と荒い呼吸を繰り返していた。

わたしは大の字のまま、たぶんオヤジ週刊誌は読ませてもらえないんだろうなぁ、と考えていた。

「ごめん、ヨリちゃん」

時郎くんの声が聞き取りにくいのは、彼のせいでなく、わたしの鼓膜のせいだろう。彼の顔が滲むのは、腫れた瞼《まぶた》のせいであろう。

「ヨリちゃん、大丈夫？」

「うん。なんとかね」

多少呂律《ろれつ》が怪しいものの、しゃべれないほどではなかった。

「でも――」

「大丈夫。兄貴で慣れてるから。慣れすぎたみたいでさ、あんまり痛くなくなったんだよ」

これもいつからか、憶えていない。ずっと前からかもしれないし、三角屋根の家でそうなった気もする。心を準備さえすれば、感じない。肉にぶつかる感触はあるけど、痛み自体はほとんどない。たぶん、ナイフで腹を裂いてもそうなのだろう。

「お腹を下したときは痛いけどね。筋肉痛も」

「なんやねん、それ」

時郎くんが、可笑《おか》しそうに笑った。

殴られること――。痛みを消せるわたしにとって、それはさしたる問題ではなかった。どうでもいいわけじゃないが、泣き叫ぶほどでもない。セックスもそうだ。わたしは何度となく伯父さんに中で射精されているが、妊娠したことはない。伯父さんは不思議がっていた。そういう体質なのかもしれんとうれしそうだった。伯父さんがうれしそうなら、たぶん悪いことじゃないのだろうと思った。

「時郎くん」

「何?」

「これからも、よろしくね」

あらためていう。これが、わたしのふつうだった。これ以外の生き方をわたしは知らなかったし、価値観を身につけてもいなかった。小学校に入る前に団地から引っ越し、兄の暴力がはじまり、母にも殴られた。お前のせいで！　と怒鳴られ、ぶたれた。

伯父さんが現れて、三角屋根の家に移って、わたしは幸せだった。ご飯が食べられたからだ。布団で寝られたからだ。お前のせいで、といわれなくなったからだ。

殴られるのもさわられるのも突っ込まれるのもしゃぶるのも、ごく自然な営みだった。こうした行為が「嫌なこと」だなんて、誰もわたしに教えなかったし、わたしの身体感覚も、それを嫌とは認識しなかった。面倒だし疲れるが、面倒で疲れるからこそ、おつとめなのだと信じていた。従順を以って和を成せばよいのだ。駄目にさえならなければいいのだ。

そしてわたしは、これらをせずに自分が生きていける可能性を、具体的な方法を、ほんの一ミリも想像できないまま、時郎くんのお嫁さんになったのである。

——深夜。

部屋のベッドに寝転ぶわたしのもとに、人影が寄ってきた。耳も目も馬鹿になっていて、壊れかけの依子みたいな感じだったわたしは、それが誰かわからなかった。

「依子」

兄の声のようだった。それも確信はもてなかった。

「大丈夫か」

この姿を「大丈夫」といえるのは、たぶん、どたばた人が死んでいる戦場の、国境なき医師団とかそういうレベルの人たちだけだろうけど、口は動かなかった。アスファルトに叩きつけられた兄こそ大丈夫なのかとも思ったが、やっぱり言葉にはならなかった。

「ねえ、依子」

声が耳もとに近づいた。

「これが、君の望んでいる生活なの？」

兄の呟きは、ぼやぼやしていた。うっすら開けた視界に映る黒い影も、やっぱりぼやぼやしていた。言葉の意味が、拡散してゆく。

「答えてくれ。君が望んでいるのかどうかを」

必死に首を動かし、わたしはうなずく。

「ほんとうに？」

うなずく。

「ほんとうに？」

うなずく以外になかった。

だって今、わたしは布団の温もりの中にいるのだから。

「そうか……」

そうか、と兄は繰り返す。

気配が遠ざかる。背中が痛いよ……とこぼしながら、すっと消える。

まるで悪霊か、死神のように。

夢かうつつかもあやふやなまま、わたしは目をつむった。

去年——二〇一六年

デニーズの窓ぎわのテーブルはどんよりとした空気に覆われていた。しゃべり疲れたわたしがドリンクバーのメロンソーダで舌を湿らせるのを、葵ちゃんは瞬きもせず見つめていた。

「笑えません」

それが彼女の所感であった。

「まあ、そうだろうけどさ」

と、わたしは認めた。

「でも、わたしとしては、やっぱりそれがふつうというか、つらいとか苦しいとかを思う余地もなかったんだよね。だってママも、ごくごくふつうに伯父さんの相手を務めてたしね」

「三角屋根の家のときも?」

「ときも」

「同じ屋根の下にお父さまがいらしたのに?」

「のに」

　葵ちゃんはしばし白目を剝いた。

「まあ、パパは出張ばっかで、あんまり家に居なかったけど。ほかの人たち――お手伝いさんとか進藤さんの奥さんも、似たような感じだったから」

「色キモ伯父さんにヤリまくられていたと？」

　その呼称に、思わず口もとがゆるんだ。

　わたしが知る限り、女性は全員その種のおつとめを求められている。例外は一人しかいない。

「セックスってとらえ方次第なところがあるでしょ？　そもそも悪いことじゃないわけで、嫌なシチュエーションというか、知識というか前提というか、そういうのを理解して初めて『嫌だ』って思うものじゃない？」

　そよ風ほどの理解すら示さない表情で、葵ちゃんはわたしの言葉を受け止めていた。

「ようするにアレですか。姐さんのご家族さんは、その色キモ伯父さんに乗っ取られてたってことですかい？」

「乗っ取られていたというか、囲い込まれていたというか、まあ、そんな感じだったんだろうね」

「なぜ？」

「初めはたぶん、お金」

葵ちゃんが先を促すように身を乗りだしてくる。

「葵ちゃん、ニルヴァーナ菊池って憶えてる？」

「昔に流行《はや》った占い師でしたっけ。着物着た、胡散臭《うさんくさ》いぶよぶよのおっさんをテレビで観た気がします。たしか捕まったみたいなニュースがあったような」

「そう。いわゆる霊感商法みたいな手口でぼろ儲けしてたんだって」

わたしは「あの事件」のあと、一緒に暮らすようになったおじいちゃんから教わった話を語って聞かせた。色川の伯父さんがニルヴァーナ菊池の弟子だったのはほんとうで、実のところは弟子というより占いビジネスの右腕だったようだ。ニルヴァーナ菊池と伯父さんはけっこうなお金を稼ぎ、そしてニルヴァーナが捕まる直前、伯父さんは彼を捨て大阪から関東へ移住した。移住のさいに、相当な額の資産を持ち逃げした。そのお金で新しい戸籍を買って警察の追跡を免れたのだという。

「持ち逃げのお金を元手にして、伯父さんは闇金をはじめたんだって」

まだ法律の整備も甘く、消費者金融の借金で首をくくる人間がおおぜいいた時代だった。

「伯父さんは、その債務者の中から都合のいい家族を見つけて囲ってたんだと思う」

「ヤリまくるためにですか？」

「だけじゃなく、仕事を手伝わせるためだったんじゃないかって」

「つまり、お兄さんたちのおつとめってのは――」

「取り立てだったんだろうね。満秀さんはもちろん、きっとパパも」

この辺の詳しいやり方は聞いていない。ただおそらく、伯父さんは怖い筋の人たちの人脈ももっていて、そしてその仕事は、決して行儀の良いものではなかったはずだ。

「従業員確保のために、ご家族ごと面倒をみていたと？」

「裏切りが怖かったんだろうって、おじいちゃんはいってた。自分がニルヴァーナ菊池を裏切った経験があるだけにさ」

ううん、と葵ちゃんが唸った。腕を組み、難しい表情を浮かべている。

「すると、姐さんのご家族も色キモから借金をしていたんですね？　つまり、別に血のつながりはないと」

わたしはうなずく。今日からみんなで家族や。わしのことは親戚のおっちゃんと思ってくれたらええ——初めにそんな言葉をかけられて以来、わたしの中で彼は「伯父さん」でありつづけているものの、実はれっきとした他人だ。

「そもそも、姐さんのウチが闇金に手をだした理由はなんだったんです？」

「それは……まあ、いろいろね」

わたしはお茶をにごしながら、おぼろげに残る団地の風景を思い出していた。

あのとき——もう二十年近くも昔、空を飛んだツルちゃんの丸い身体。屋上で痙攣するドラさんの丸い身体。丸い太陽。

ツルちゃんの住まいは団地でなく、もっと大きなお屋敷だった。由緒のある家柄で、だから彼女の死はけっこう大きな波紋を生んだ。連日のように警察や消防や青年団なんかが犯人のドラさんを探し回ったが、ついに彼は見つからなかった。団地の屋上から忽然《こつぜん》と姿を消した。それこそ魔法のように。

すると怒りの矛先は、わたしへ向いた。嘘が苦手なわたしはドラさんにツルちゃんを紹介した一部始終を刑事さんに伝えており、その話は一瞬で町の人たちに広まって、カップラーメンができるよりも早くツルちゃんの親御さんの耳に届いた。麺をかき混ぜるころには、ツルちゃんのお母さんの口から「人殺し！」という台詞がわたしに向かって浴びせられた。

家族は団地に住めなくなり、父は仕事も辞めねばならず、夜逃げのごとく引っ越して、けれど仕切り直しとはいかなくて、わたしたちの生活は荒んでいった。両親の喧嘩に加え、ほどなく兄が荒れた。学校で暴力事件を起こし、近所で暴力事件を起こし、街で暴力事件を起こし、家庭内でもめきめき、暴力事件を起こすようになった。

わたしはひたすら縮こまっていた。お前のせいだ。お前のせいだ。お前のせいだ。ぶたれ殴られ、ご飯を食べさせてもらえない日もあった。兄の素行のせいもあり、学校もろくに通わせてもらえなかった。家にこもり、お昼間の、家族がいない時間だけ、こっそりテレビを観て過ごした。

だから伯父さんがわたしたちを三角屋根の家に招いてくれたとき、「依子ちゃんは悪ない。

すべては運命なんや」と父や母をさとしてくれたとき、わたしは心の底からうれしかったのだ。三角屋根の家でもわたしは引きこもって、外に出ることはなかったけれど、だけど充分に幸せだった。おつとめなんて、どうってことはなかった。

「ちょっと確認させてください」

わたしの回想を葵ちゃんが遮《さえぎ》った。

「姐さんが三角屋根の家に移ったのはいつごろで？」

「十二歳くらいだね。いちおう小学校は卒業して、そのあとだったから」

「それから十七歳まで暮らしなさった？」

「うん」

「で、二階建ての家に引っ越した」

兄が壁に穴をあけまくった家である。

葵ちゃんが首を傾げた。

「どうしてそんなにあっさり、色キモから離れることができたんで？」

「あっさりじゃないよ。ぜんぜん、あっさりじゃなかった。ひどかったんだよ」

「色キモたちがですか？」

「ううん。兄貴が」

三角屋根の家で、兄は比較的従順に馴染んでいた。伯父さんのルールに反発したり、わめいたり暴れたりはあったけれど、かわいらしいものだった。

それが最後の数ヵ月で、すっかり変わった。

「何か理由が？」

明白な理由がある。進藤さんが駄目になったせいだ。

三角屋根の家で一緒に暮らしていた進藤さんは、プロレスラーみたいな体格をし、ふだんは無口で内気な熊みたいな人だったけど、ひとたび伯父さんの指令があるや豹変《ひょうへん》し、その卓越した格闘術を惜しみなく披露した。さしもの兄も、かつて自衛隊で鍛えていたという進藤さんの前では喧嘩自慢の小僧にすぎず、いわば厳然たる強さのヒエラルキーに従わざるを得なかったのだ。

そんな進藤さんが駄目になり、兄を封じていた枷《かせ》が消えた。

どうなるかは、火を見るより明らかだった。

「姐さん？」

「あ。ごめん。ぼうっとしてた」

わたしはつくり笑いを浮かべる。

「ともかく、兄貴のせいでわたしたちはあそこを追い出されたんだよ」

葵ちゃんはあまり納得していないようだった。やっぱりわたしは、嘘が苦手だ。

「二階建ての家に引っ越した二年後に、お兄さんはダーヤマさんが住んでた江戸川区のマンションから落っこちたわけですか。そして姐さんたちは再び色キモを頼った……」

その年の秋に「あの事件」が起こるまで。

「お母さまが、ダーヤマさんと仲良くなったのはお兄さんの落下のあとですか？」

「たぶん、それくらいだったんじゃないかな」

「ふうん……」

葵ちゃんの思案顔に、わたしは落ち着かない気分になった。

「ねえ、葵ちゃん。なんでわたしが自分のことを本に書いてほしくないか、わかってくれた？　こんな半生が明らかになっちゃったらさ、まともに生きていけなくなっちゃうでしょ」

「大丈夫っす。姐さんは、もうとっくにまともじゃありませんから」

絶句するよりなかった。特に、あなたにはいわれたくなかった。

「けど真面目な話、いろいろ腑《ふ》に落ちませんよ。まだ門村っちも登場してませんし、事件も起こっちゃいないですからね。ただ、書く書かないってのは横に置いて、一つ、どうしてもはっきりさせておきたいことがあるんでさあ」

葵ちゃんの目つきが鋭さを増した。

「姐さんは、何がしたいんです？」

わたしはきょとんとしてしまった。

「なんだかんだ、あたしの取材に付き合ってくれてますでしょ？　書くなというなら、はっきり断ったらいい。違いますか？」

なんと身勝手な！　と思ったが、言葉にはならなかった。

「もしかして姐さんには――」葵ちゃんの声に確信が漂う。「本に書かれちゃ困るけど、でも知りたい何かがあるのでは？」

「考えすぎだよ」

わたしは苦笑する。

「たんに流されやすいだけ。断れない性格ってだけ。今の話を聞いたらさ、葵ちゃんだってわかるでしょ？　わたしは今までずっと、こんなふうに生きてきたの。誰かにいわれるまま、従順に馴染もうとして」

「つまり、あたしは姐さんにとって、色キモさんと変わらない存在ってわけですかい」

「――まあ、そうだね」

すっ、と彼女の顔から表情が消えた。前のめりにしていた身体を引いて、背もたれに背中をあずけた。長い瞬きをし、大きく息を吐いた。

「哀しいことを、仰ってくれますねえ」

返事ができなかった。知り合ってまだ一ヵ月くらいの女の子の哀しみがわかるほど、わたしは人間に詳しくない。

彼女の視線を避けるように、窓の外を見る。暗闇を、ヘッドライトが横切ってゆく。その数もだいぶ少なくなっている。深夜と呼んで差しつかえない時刻だ。

「つづき、聞かせてください」

葵ちゃんは有無をいわせぬ態度で、残念なことに、わたしたちが居座っているデニーズは二十四時間営業だった。

四年前――二〇一三年

時郎くんの十九歳の誕生日に彼の妻となったわたしは、その初夜のドメスティックバイオレンスの影響で一週間ほどベッドに寝つづける生活を送った。こんなハネムーンはゼクシィにも載っていないのではなかろうか。

痛みを感じない体質と見た目のグロさは比例しないし、まったく無痛なわけでもない。ここぞという場面でスイッチをオフにできるにすぎず、ふだんの日常においては足の小指をぶつけただけで当たり前に悶絶《もんぜつ》する。ゆえに初夜の翌朝は、とても人間らしく、顔面が火を噴くような痛みとともに目覚めたのである。

いちおう、時郎くんは叱られたらしい。伯父さんからゲンコツをくらい、こぶができたと愚痴っていた。いい気味だとは思わなかった。この件で嫌いにならないでほしいと、わたしはそれだけを願っていた。

「ごめんなあ、ほんまごめんて、ヨリちゃん」

看病を任された時郎くんが、冷たいタオルをおでこにのせてくれたり、汗をふいたりしてくれた。そのたびに彼はおっぱいを揉むことを忘れなかったが、もとよりわたしに抵抗の意志はなく、また、そうするだけの体力もなかった。

「ママ、は、どう、してるの？」

自分でもたどたどしい口調で尋ねるわたしに、時郎くんは親指を立てた。

「安心し。聖美さんは、おとんとよろしくやっとるから」

良かった、とわたしは思う。

「兄、貴は？」

「ああ——」時郎くんが、さらに力強く親指を向けてくる。「出張や。しばらく帰らん」

ふうん、とわたしは返す。

「お詫《わ》びにぼく、なんでもいうこと聞くで」

時郎くんがいつになく殊勝な面持《おもも》ちで訊いてくる。「何か食べたいもんある？」

三倍にふくらんだ唇に、食べ物を求める余裕はなかった。

「したいことは？」

「……テレビ」

「それはあかん。ウチには一台しかないもん」

ぜんぜん「なんでも」ちゃうかった。

「セックスする？」

それは、ない。

「じゃあ……」と、わたしは必死に声をあげた。「オヤジ週刊誌、読みたい」

「う〜ん」って、この程度で悩むのか。

「しゃあないなあ。こっそり買うてきたるわ」

腐乱死体の体で内心、わたしは小躍りしていた。

夕方、時郎くんからショッピングモールで購入したそれを受けとった。ぎぎぎ、と身体を起こし、わたしは四倍くらいに腫れた瞼を無理やり開いた。

「おもろいん？」

時郎くんがのぞき込んでくる。少なくとも彼に、わたしの求める連載小説を読ませるべきではないだろう。なぜなら『毒母ＶＳメンヘラ娘』の主人公たちはあくなき快楽の徒、いわば欲望の求道者であって、物語にはＳＭだとか露出プレイだとかドラッグプレイなんかまで、ふんだんに盛り込まれているのだ。この性欲モンキーに与えてはならない刺激であった。

なのでわたしは、政治記事と経済記事をじっくり眺めるふりをした。二秒で眠たくなったが、それは時郎くんも同じで、すぐに「テレビ観てくる」と残し部屋を出ていった。

やっと、このときがきた。わたしはこぼれる笑みを我慢できず、そのたび「痛てて」と顔をゆがめ、ゆがんだ顔がまた痛みを発する無限ループに陥りかけた。

雑誌をめくる。めくる、めくる。

そしてたどり着いた誌面を見て、わたしはびっくりした。ぐぬぬ、と呻いた。

『毒母VSメンヘラ娘』は「新世紀母娘戦争勃発編」を終え、「世界一周黙示録編」に突入していたのだ。しかも第二回だ。

マジかっ、と冷や汗が流れた。一行目から、まったく知らない登場人物が、さも当然のごとくメンヘラ娘と青姦《あおかん》している。それも台北《タイペイ》で。

『前ノ男ハドウナッタンダ？』と耳もとにささやくニュージーランド人のマイケルに向かって、『あの人は――』と答えるメンヘラ娘の台詞のつづきを、わたしは読めなかった。ばしっと雑誌を閉じた。世にいう、ネタバレ回避というやつだ。

なんてこった。急展開すぎるだろ！

ナンパ塾のカリスマ講師の金玉を潰し終え、メンヘラ娘と毒母がさる銀行マンをめぐって完全犯罪を仕掛け合う展開までは読んでいる。知略をつくした殺し合いの結末はどうなったのだ？　母娘の五人目の標的である銀行マンくんの運命は？　つーかメンヘラ、なんで台北にいるんだよ。たしか三人目の魚屋を自殺に追い込んだアレコレで、執行猶予の身だったはずなのに。

無駄とわかっていながらも、わたしは推測をやめられなかった。新章にあたり、ずいぶん時間が経過したのだろうか。毒母はメンヘラ娘の「びっくり箱作戦」で死んだのか？　いや、だったらメインタイトルも変わっているはずだ……。

悶えずにいられなかった。あまりに中途半端すぎて、ぜんぜん読んだ気にならない。じっさい、五行くらいしか読めていない。しかしこのまま物語を読み進めるのは、世界を欠落させたまま生きるに等しい。そんな馬鹿な話はない。

絶望がわたしを包んでゆく。どう考えても、『毒メン』が本になるとは思えない。なっても三日か四日で発禁になりそうだ。するとわたしに、欠落を埋める手立てはない。

それは覚えのない感情だった。このままベッドに埋もれて沈んでしまいたくなる一方で、もしも元気があれば、穴があくほどの力で壁を殴りたくなるような。

いや、待て。

でも――。

とめどない悶々をごまかすべく、わたしは占いコーナーを探した。そしてため息をついた。サンダー福助は、別の人間に替わっていた。

ようやく顔の腫れが引き、わたしはベッドをおりた。久しぶりに顔を合わせる雅江さんは完璧に雅江さんで、相変わらずエプロンとともに生きていた。満秀さんのしょぼくれ具合も変わりなく、枯れた中年のオーラをぞんぶんに発散していた。

「あら、ヨリちゃん、ようやくお目覚めなのね」

聖美ママは陽気だった。台所は彼女の領土と化し、てきぱきと野菜をちぎるかたわら、残るすべての作業を任された雅江さんのちょっとしたミスに目くじらを立て、盛大にため息をつき、「ほんと雅江さんは駄目ねえ」と、うっすら微笑みながらいうのであった。

色川の伯父さんからは、「まあ、堪忍してや」と言葉をかけてもらった。怒っているふうでなく、ほっとした。

「ヨリちゃん、聞いてや」

ダイニングテーブルに拳をのせた時郎くんが不平をもらす。

「今日からぼくもおつとめやねんて。修行なんてアホらしいわ。おとんにいうたってや。ぼくにそんなん必要ないって」

「やかましいわ。お前も嫁さんもろたんや。することせんかい」

ぶすっとしつつ、時郎くんは満更でもないふうであった。わたしは彼が伯父さんの地位を虎視眈々《こしたんたん》と狙っているのを知っていたけど、もちろん気づかないふりを通した。

「じゃあ今日も、しっかり生きようや」

この日から、わたしも家事を手伝うこととなった。野菜ちぎりは母がゆずってくれず、わたしの仕事は掃除と洗濯に決まった。雅江さんが汚れ物を集め洗濯機に放り込んだあと、スイッチを押すのがわたし。庭で干すのは雅江さんで、その手ぎわを背後から監視するのがわたし。掃除機をかける雅江さんを背後からつけ回し、床に埃を見つけたら容赦なく罵声を浴びせなさい——これが母の教えであった。

はっきりいって楽しいもんじゃない。そして無駄だ。掃除も洗濯も、二人でさっさと終わらせたら、テレビは無理でも、スマホでユーチューブを観る時間が増える。昼寝だってできる。だがこれが伯父さんのルールである以上、わたしがとやかくいうことではなかった。

時郎くんとの関係は変わらなかった。お出かけの回数が減った代わりにおつとめの愚痴と、満秀さんがいかに頼りないかをいい募る回数が増えたくらいだ。夕食が終われば一緒に風呂に入っていちゃいちゃし、風呂をあがると時郎くんの部屋に招かれるようになった。わたしよりも二回りは大きな部屋で、家具も立派、ベッドはふかふか。時郎くんは毎晩、なんとかわたしと合体すべく奮闘したが、やっぱり上手くいかなかった。わたしは手と口を巧みに使い、彼を満足させるのが日課となった。

「今日は惜しかった気がする。明日こそは！」時郎くんは燃えていた。難攻不落のゲームに挑むみたいなその情熱が、できるだけ長つづきすることをわたしは祈った。

こうした日々が一ヵ月、二ヵ月と繰り返され、春がきた。まずまず平和だった。安定していた。わたしはその平和で安定した日々の中にあって、ときおり暴れだしそうになる悶々と折り合いをつけねばならなかった。オヤジ週刊誌はあれ以来手にしていない。わたしの与《あずか》り知らぬところで営まれているであろう物語の放棄は、この平和と安定を保つためのささやかな犠牲なのだった。

たまに、杖爺はどうしているのかと考えた。時郎くんがおつとめをはじめ、わたしは四角い家をほとんど出なくなったから、とんとお目にかかっていない。風呂はいつも二人で、人影を探すこともしなかった。

ちなみに兄は、ほとんど家に帰ってこなくなった。

四月の陽気、物干しざおに洗濯物を干す雅江さんの背中。催眠効果というならば、これほど抜群な組み合わせはなかった。

庭のベンチに座り、その仕事ぶりを監視していたわたしは、眠気をふり払うべく声をかけた。

「七並べでもしませんか」

一心不乱にシーツを干していた雅江さんが動きを止め、心底びっくりといった顔でこちらを向いた。わたしから雅江さんに話しかけることはめったになく、話しかけたとしても「そこに埃が残っている」だとか、「シーツの皺が目立つ」といった事務的な内容に限られており、だから雅江さんのびっくりにはそれなりの説得力があった。

「退屈すぎて」と、正直に告白した。「スマホもなんだか」ちょうどユーチューブ疲れの周期だった。

「伯父さんもいないことですし」

伯父さんは母と連れ立ってドライブに出かけていた。帰りは夕方くらいだろう。少なくとも三時間、二十回はプレイできる。

雅江さんは答えずに前を向き、まるでわたしの提案などなかったかのように、一心不乱にTシャツを干しはじめた。

「テレビでもいいんですけど」

実はこちらが本命だったが、きっと伯父さんにバレるからあきらめていた。

「たまには息抜きも必要だと思いますし」

もちろん息を抜きたいのはわたしで、雅江さんを誘ったのは告げ口防止のためだった。というか、一人きりのトランプはさすがにつらい。

「――わたしは修行中の身です」

雅江さんがぼそりと答え、ああ、そうなんだ、とわたしは合点した。安全剃刀で髪を切ってくれた古田さんもそういっていた。伯父さんのもとで修行をしているんです、と。

「旦那さまの教えに背くことはできません」

「でもこないだ、わたしとママのこと、黙っててくれたじゃないですか」

時郎くんの誕生日の朝、洗面所のおしゃべりを。

雅江さんは黙って伯父さんのブリーフを干しはじめる。退屈は少しも解決されず、わたしはなおも話しかけた。

「順調ですか、修行」

下着を掴んだまま、雅江さんが動きを止めた。

「早く伯父さんみたいになれるといいですね」

「旦那さまみたいに？」

棘のある声だった。

「なれたらいいですね？」

ふり返った雅江さんはいつもの「おどおど」ではなく、どちらかというと「わなわな」していた。どんな修行で、なんのための修行か、わたしはよく知らなかったけど、良きことには違いない。むしろご機嫌をとっていたつもりのわたしは、その「わなわな」の理由がわからなかった。

「ほんとうに、そう思ってらっしゃるんですか？」

ボルテージが、噴火間近のベスビオス火山のように上がっていくのが見てとれた。

「あんな男にっ！」

雅江さんは手にした布を地面に投げつけた。わたしのスポーツブラだった。

「あっ」と、雅江さんが我に返った。「……すみません。すみません、すみませんっ」

叫ぶように謝ってブラを拾い、バシバシ叩く。土を払うというよりも、ぶん殴るいきおいで。

「すみません！　すみません！　依子さま、どうかこのことは――」

「あの――」わたしは立ち上がった。「平気ですから。それ、もう古くて駄目になってるんで」

「駄目にっ！」

烈火のごとくあたふたし、涙を浮かべ唾を飛ばす。

「駄目じゃありませんっ。わたしはまだ、駄目なんかじゃあ！」

駄目だこりゃあ、とわたしは思う。

「旦那さまは素晴らしい！　素晴らしい方です。聖者です。偉大で、偉大な……」

雅江さんが崩れ落ちた。地面に手をつき、そして絞りだすように呟いた。「こんなはずじゃあ……」

むせび泣く雅江さんを見下ろし、もしかしてこの人は母からいじめられておかしくなっちゃってるのかしらとわたしは思った。

「まあ、従順を以って和を成せ、ですよ」

雅江さんが驚いたようにわたしを見た。

「あなたは――」声が震えていた。「何も知らないんですね。この家の正体を」

ふふふ、と気味悪く笑う。「……のんきな人ですね。気づいたときには、もう遅いのに」

首を傾げるわたしに、雅江さんはちょっと得意げな笑みを浮かべた。

「――４７６５」

「4765？」

「テンキーの暗証番号です。定期的に旦那さまが変えていますが、今はこの番号です」

「紫の扉ですか」

「黄色のほうです」

「わかりました」

行ってごらんなさい——。そんな目つきだった。

ようやく見つけた退屈しのぎにうきうきしながらわたしは家の中へ戻り、一階の廊下を進んだ。

どんつきを右に折れ、黄色い扉の前に立つ。ワインセラーだったという紫の地下室と違い、黄色いほうはかつてホームシアターの設備があったのだと時郎くんから聞いていたが、まだ足を踏み入れたことはなかった。

4765を押してテンキーロックを解除する。紫の扉と同じように、石の階段がのびている。わたしはそれを下りてゆく。オレンジの灯りはない。青白い蛍光灯が、うすぼんやりと石の床と壁を照らしている。

底にたどり着いたとき、真っ先に目に入ったのは三角木馬だった。わたしは「ほう」と唸った。『毒メン』に出てきたやつのまんまだったからだ。

それから頑丈そうな木椅子があった。腰や手すりにベルトが備えつけてある。これも似たようなものが『毒メン』で、メンヘラ娘の拷問シーンに登場していた。たしか身体中にろうそくを垂らされ、メンヘラ史上最高に危機一髪という場面だった。

ほかにもさまざま、鞭《むち》やら木槌やら鉄の針、十字の磔《はりつけ》板なんかが無造作に散らばっていた。真ん中のあれは火鉢だろうか。天井からにょきっと生えた首吊りロープの下に、薄汚い洗面器が置かれている。

そして部屋の奥に、鉄の格子。

「ご飯？」

闇の中から、か細い声がした。

「ご飯ですか？」

わたしは格子に近寄った。

畳を四つばかし並べたくらいのスペースの隅っこに、裸の女性が仰向けに寝転んでいた。長い髪を床に這わせ、ぴくりとも動かない。

「ご飯ですか？」

繰り返される声の主は、その女性のそばに座り込んだ女の子だった。

「あなたが――」わたしは当て推量で呼びかける。「リツカ？」

「はい」と、彼女は返事をした。「……あなたは？」

「依子。よろしく」

はあ、といった感じでうなずく彼女も髪はのび放題で、そして真っ裸だった。

「お母さん？」

ぴくりとも動かない女性を指さし尋ねると、「はい」と答えが返ってくる。

「駄目になっちゃったの？」

「いいえ。大丈夫です」

強い口調に、そう、とわたしは応じた。

「でもここは、駄目になっちゃった人用の場所だよ。駄目になっちゃった人はいないほうがいいから、こうして離しておくんだよ」

リツカは唇を結んで、泣きそうな顔をした。

「……わかってます」

「でも、たまにだけど、駄目じゃなくなる場合もあるよ」

えっ？　とこちらを見つめてくる。

「ほんとにたまにらしいけど。たとえば、わたしみたいに」

信じられないという顔で、リツカが目を見開いた。

「……出られるんですか？　ここを」

「努力次第だね」

「どんな努力ですか？」

「『奥義の書』を憶えたり」

眉をひそめるリツカに訊く。「持ってないの？　『奥義の書』」

リツカがこくんと頭を縦にふり、わたしは「あらら」と嘆いた。

「なら、あとは運かな。ともかく伯父さんのいうことをちゃんと聞くのが第一だね」

はい……、と消え入るような返事をし、顔を上げる。

「お母さんも、出られますか？　元気になりますか？」

たぶん無理だろうとわたしは思う。伯父さんによると、大人はいったん駄目になるともう駄目らしい。でもそれは、わたしが教えることじゃない。

「満秀さんが頑張ってるうちは大丈夫だよ、きっと」

「お父さん……」

リツカがめそめそと泣きだした。

わたしに、その感覚はわからない。

「じゃあ、バレたら怒られるからもう行くね」

「あ。ご飯は――」

「じゃあね」

わたしはリツカに背を向け、階段へ戻った。

なんだ。拍子抜けだ。雅江さんがさんざん脅すものだから、何かすごく変なものがあるのかと思っていたのに、ただのペット小屋ではないか。三角屋根の家にあった小屋が地下に移ったただけだ。驚くことなど何もない。

それでも、階段を上がる足は速くなった。少しだけ、動悸《どうき》も慌ただしい。

あれは、嫌な場所だった。それだけは、間違いない。

黄色の扉をくぐるわたしを、雅江さんが迎えてくれた。お腹のところで手を重ね、姿勢良く直立したその格好は、まるで立派な執事を思わせた。いくぶん鼻が高くなっているようにも見えた。「どうだ」といわんばかりに反らした胸は、なかなかたくましかった。

「雅江さん」わたしは話しかけた。「明日から、リツカたちのお世話はわたしがします」

「え？」

「伯父さんも認めてくれると思います。わたし、慣れてるので」

こちらを見下ろしていた雅江さんが、急にしぼんだように背を丸めた。「あの……、依子さま」と、おどおどしはじめた。「わたしは——」

「これからは、一人で掃除と洗濯をしてください」

畏まりました……。

逃げるように去っていく雅江さんを見送りながら、あの人は近いうちに駄目になっちゃうかもしれないと、わたしは思った。

伯父さんは初め渋った。いつもならそこで話は終わりだが、わたしはちょっと粘った。

「わたしは『奥義の書』を暗記しています。なのでリツカにも教えられます。リツカはまだ十二歳ですから、もしかすると駄目じゃなくなるかもしれません」

「ううむ」伯父さんがリビングのソファで唸った。母が選んだと思しきケバいアロハシャツはあんまり似合っていなくて、わたしはなるべく伯父さんの顔だけを見るよう努めた。

「いろいろ大変やで。飯を運ぶだけちゃうからな」

「わかっています。三角屋根の家で経験がありますから」

一番はオマルの処理だ。たいていみんなこれを嫌がるが、わたしは平気だった。鼻をつまむか息を止めればいい。わたしは意外と、息を止めるのが得意なのだ。

「わたしもちゃんと、おつとめがしたいんです」

本心だった。雅江さんの金魚の糞《ふん》は楽だけど、いつ何時、用なしの烙印《らくいん》を押されるかわからない。内心びくびくしていたわたしは、リツカたちの存在を幸運とさえ思っていた。

「お願いします。伯父さんのお役に立ちたいんです」

「――その言葉、信じてもええんか？　依子ちゃん」

「もちろんです。だってわたしは、時郎くんのお嫁さんですから」

せやな、と伯父さんはうなずき、「ほな、明日からそれでいこう」と認めてくれた。

「しかし雅江の奴、勝手なことしてくれたのう」

そのぼやきは聞こえなかったふりをする。礼を述べ、わたしはリビングを出た。すると聖美ママに呼び止められた。スケスケのキャミソールは店員よりも年齢と相談すべきだったろう。

「あなた、何を考えてるの？」

「だって雅江さんの監視なんてつまんないもん」

「馬鹿ねえ」

心底呆れた調子であった。

「まあ、しっかりおやんなさい」

聖美ママと別れ、部屋へ戻った。ベッドに寝転び、じめじめしたペット小屋を思い出す。

三角屋根の家で、わたしは一度、駄目になっている。身体が乾き、伯父さんのおつとめが充分に果たせなくなったせいで、「治療」に入った。

リツカのように、わたしも数え切れないほど「ご飯は？」と口にした。空腹はつらかった。暑かったし、寒かった。暗かった。ここの地下室は電気もある。空調も効いている。まだマシだ。

リツカより恵まれていたのは、『奥義の書』を与えられたことだろう。壁の隙間から差し込む光を頼りに、わたしはあの本を読みつづけた。それしかすることがなかった。

そして母がいた。おつとめの、偉大なるマスターが。彼女がテクニックを教えてくれたおかげで、あそこを出られた。一年と半年くらいで、わたしは駄目じゃなくなった。

今でも憶えている。わたしは伯父さんの前で『奥義の書』を頭からお尻まで暗唱し、それから地面に額をこすりつけ、懇願した。「どうかわたしをお導きください」と。そして身につけた技の限りを、ありったけの心を込めて披露した。わたしの手と口は、伯父さんをわずか三分で満足させた。

翌日、ペット小屋から母屋に居場所が移った。あのときの安堵は筆舌につくしがたい。あったかいご飯を口にしたとき、真っ白な布団に寝転んだとき。

もう一つ、わたしとリツカの違い。ハナコの存在。

進藤さんの娘さんだったハナコは、リツカと同じく、駄目になっちゃった母親と二人で、わたしのとなりの小屋にいた。夜中のいっとき、寝る前に、わたしたちは壁の穴を通じて、少しだけ話をした。だいたい、その日の夕食についてだ。

天井を眺めながら、わたしはハナコの姿を思い浮かべようとしたけれど、直接会ったことは一度もなく、ぼんやりとしたイメージがせいぜいだった。ハナコはわたしよりも幼くて、よちよち言葉に毛が生えた程度の語彙《ごい》しか持っていなかった。ヨリちゃあん、寝てるう？　憶えているのは、そんな甘ったたるい呼びかけだけだ。

わたしたちが三角屋根の家を出たあと、ハナコたちは完全に駄目になったのだと、時郎くんはいっていた。

わたしとハナコの差は、なんだったのか。

わたしはおつとめが不充分で駄目になったが、ハナコはおつとめができる年齢じゃなかった。彼女は母親の道連れで駄目になったのだ。するとハナコより、わたしのほうがタチが悪い気がする。なのに今、わたしは温かいご飯を食べ、ベッドで眠り、時郎くんのお嫁さんになっている。

なんだか、よくわからない。

しかし世界とは、つまりそういうものなのだ。

わたしは役に立ちたかった。役に立つとはすなわち、あったかいご飯とふかふかの布団を意味していた。寒いのも暑いのも空腹も、わたしは嫌だった。それ以上に大切なことを、わたしは知らなかった。

――びっくり箱作戦。

ふいにそんな単語が浮かび、頭をふる。深呼吸をする。『毒母VSメンヘラ娘』を脇へ追いやり、『奥義の書』を序文から暗唱する。

時郎くんから「ウンコ臭いからやめとき」と反対されたが、まだまだ伯父さんのほうに権力があった。わたしは無事、リツカとその母親の世話を仰せつかった。満秀さんからこそっと、「よろしくお願いします」とささやかれた。よくよく考えてみると、このイケてないおっさんに話しかけられるのはこれが最初だった。

朝食と夕食は満秀さんが運ぶので、わたしの仕事は昼食と掃除だった。昼食は食パンの耳と一杯の牛乳と決まっており、これはわたしのときも似たようなものだった。

食事のトレイを鉄格子の下にある受け渡し口から押しやると、リツカは飛びつき、そしてまず、横たわる母親に食べさせた。わたしは火の入っていない火鉢に腰かけ、彼女たちを見張った。伯父さんの「治療」でもっとも警戒すべきは「反抗」であり、その次が「死」だった。

「大丈夫？」

わたしの質問に、「大丈夫です」とリツカが返してきた。「お母さんは駄目じゃないです」

「まあ、それを判断できるほどわたしは偉くないんだけど」

「ありがとうございます」

リツカは空になったトレイを受け渡し口に戻し、頭を下げた。

「掃除するよ」

「お願いします」

リツカが立ち上がり、オマルを運んでくる。ぎりぎり受け渡し口を通るサイズで、汚物は丸見えだ。わたしは息を止めた。

オマルを抱え、地下室の隅にある排水溝に流す。蛇口の水で、オマルと排水溝を洗う。ホースをつなぎ、鉄格子の中へ向ける。両手を広げるリツカに、水をぶっかける。わざわざ指示しなくても、リツカは自分から身体を回転させた。

「お母さんはどうしてるの？」

「貸していただけますか？　できれば、その、水を弱めていただけると助かります」

わたしはその通りにしてやり、ホースをリツカに握らせた。リツカはそれをぶっかけることはせず、自分の手を水で浸し、母親の身体をさすった。

彼女が母親を洗っているのを横目に、わたしは火鉢を鉄格子の近くへ動かした。掃除が終わり、リツカと向かい合う。リツカは素っ裸で正座した。

「いつからここに居るの？」

「……たぶん、二年とか」

わたしたちが三角屋根の家を出た時期だ。どうやら伯父さんは兄の暴動のあと、すぐに引っ越したらしい。

「ニルヴァーナ菊池先生は知ってる？」

「少しだけ。お母さんが、偉い人だといってました」

「うん。じゃあ『奥義の書』は？」

リツカが首を横にふる。「お母さんは読んでましたけど、わたしはまったく」

「そりゃあ駄目だよ。だからリツカ、『治療』させられてるんだよ」

「でも……」と、リツカが首を捻った。「お母さんはちゃんと読んでたのに、ここに入れられています」

「それは、そういうこともあるよ。伯父さんは偉いからね。ほんとうに駄目か駄目じゃないか、ぜんぶわかってるからね」

「ぜんぶって、どれくらいぜんぶですか？」

「どれくらいって……よくわかんないけど、とにかくぜんぶだよ」

リツカは眉を寄せ、さらに首を捻った。

「ニルヴァーナ菊池先生が仰るにはさ、世界ってのはいろんな物質に満たされてるんだって。コンクリートとか中性脂肪だけじゃなく、原子とかニュートリノとか電磁波みたいな、目には見えないやつでいっぱいにね。人間にわかってるのはそのほんの一部で、だから科学は大したものじゃないんだよ」

「けど、電子レンジとか、すごく便利です」

「うん、そうなんだけど、ちょっとその話は置いておこう」

わたしだって電子レンジは超便利だと思っていたし、テレビやスマホも素晴らしい発明だと疑っていなかったが、そこを突っついていくのは危険な気がした。

「ともかく、だから、ようはさ、わたしたちにはわからないいろんな要因がこの世の中にはあって、それがものすごく複雑な関わり合いの中で現実を形作っているわけだよ。それはほんとうに複雑すぎて、ふつうの人間にはまったく理解できないんだけど、でも、やっぱり法則はあって、そのぜんぶを理解できたなら、この先の出来事だってすっかり見通せちゃうんだよ」

「天気予報みたいなものですか」

うなずいちゃいけない気がするが、どうだろう。

「世の中には顧客のニーズを予測し先取りするビッグデータという技術があるとも聞きますが」

いったい誰から聞いたんだよ。

「まあ、まあ、まあ。そこいらへんはいいんだよ」

ぜんぜん納得していなそうなリツカに向かって、わたしはつづけた。

「ニルヴァーナ先生や伯父さんは、それを理解できる人なんだよ。だから偉いの。で、偉いから、わたしたちを導いてくれるわけ」

サンダー福助の名は出さずにおいた。

「どこに導いてくれているんですか」

「幸せ」

リツカがいよいよ眉をひそめた。

「あの、幸せっていうのはね、世の中でいわれているようなお金持ちとか、モテモテとか総理大臣とか、そういうのじゃないんだよ。わたしたちには見えない運命っていうのがあってさ、それはほとんど決まっていて、動かしようがないわけさ。でもわたしたちは傲慢だから、動かせると思っちゃうじゃない？　自由意志があると勘違いしちゃうじゃない？　それが良くないの。自由意志なんて結局、運命に比べるとフケみたいなもので、実はぜんぜん自由でもなんでもないんだよ。わたしたちにできるのは受け入れて、馴染むことだけ。従順を以って和を成すの精神こそが大切なんだよ」

「しかし――」リツカが、学者みたいな口調でいう。「今の話は矛盾していませんか？　わたしたち人間には自由意志がない。けれど従順を以って和を成す精神は持てる。ここで使われる『精神』の定義はなんですか？　意志とは違うんですか？」

こんな十二歳を、わたしは知らない。

「だから、それは、つまり、あのね――、わたしたちにわからないだけで、伯父さんみたいな偉い人はわかっているんだってば。伯父さんは、わたしたちがふさわしい場所にふさわしい気持ちで居られるように導いてくれてるんだよ」

「わたしとお母さんが、ここでこうした生活を送っているのも、ふさわしいのですか？」

わたしは黙ってしまった。腕を組み、うーん、と唸る。

「まあ、その途中、みたいな？」

「でも！」リツカはゆずらなかった。「このままだとお母さんは死んでしまいます。死んだら途中も何もありません」

泣きだしそうなリツカの様子に、わたしは焦った。

「大丈夫、大丈夫。死なないから。リツカたちがここでこうしているのは、伯父さんに深い考えがあってのことだから」

「ほんとうですか？　依子先生は、この家で誰かが死んでしまうのを見たことはないのですか？」

依子先生という響きにうっとりしつつ、わたしは困っていた。

「ないよ。ぜんぜんない」

疑いの眼差しはなくならない。

「マジマジ。激マジで」

「そうですか……」

鉄格子の向こうで安堵するリツカを眺めつつ、わたしは思う。

ほんとうに、死んだ人間なんて見ていない。この家では。

「えーっと、じゃあ——」

『奥義の書』の序文を暗唱しようとして、ためらいが生じた。さっきの調子でやり返されたらたまらない。

「——今日のとこは勉強はお休みにして、面白いお話をしてあげるよ」

わたしは先生の威厳を保つべく、『毒母VSメンヘラ娘』新世紀母娘戦争勃発編の第一回を語りはじめた。

リツカとの「お勉強会」は時郎くんがおつとめに出かけた日の昼間、たいてい二時間くらいが目安だった。四時から夕食まで、母と一緒にリビングのテレビを観てもよいという許可がおりたので、それ以上の時間は割けなかった。どうやら母が直々に、「時郎くんのお嫁さんになったのだから、依子にも世の中のことを教えなくてはならない」と伯父さんを説得したらしい。それまでわたしたちが勝手に観てもよい番組は『ミナミの帝王』シリーズだけだったから(これはむしろちゃんと観て伯父さんに感想を伝えるのが決まりだった。萬田銀次郎《まんだぎんじろう》について語るとき、伯父さんはとても楽しそうになる)、さすがに飽きていたのだろう。母に上手く利用されている気がしなくもなかったが、そこは持ちつ持たれつだ。もちろん、『ミナミの帝王』が優先される状況は変わらなかった。

リツカがわたしに対して、心を開いていないのは明らかだった。昼食を食べ終わるときちんと正座し、話を聞く態勢をつくるにはつくるが、『奥義の書』を聞かせたとたん、疑わしげな目つきをするのである。そして二分もせぬうちに、「先生、ちょっとよろしいでしょうか」って、挙手しやがるのだ。

「何?」

「質問です。先ほど出てきた『盲目の民』は、わたしたちのような世界を見通す能力を持たない人々を指しておられるのだと理解します。こうした人々を安定へと導くのが世界の法則を体得した『導師』たるニルヴァーナ菊池先生や色川先生であると」

リツカの声はハキハキしていて、耳に痛い。

「ところで、導師がなんら見返りを求めずに盲目の民を導くのは、それを己の崇高な使命と任ずるがゆえであり、すなわちそこには一般的な意味での交換原則は存在しません。にもかかわらず、先ほど依子先生が暗唱してくだすった箇所には、『すこやかなる安定の理《ことわり》を説き、ふさわしい幸福を与える』とありました」

「ふんふん」

「つまりこれは、ある種の変形した贈与論だと思うのですが」

「ほうほう」

「たしかに贈与の場は交換原則によって動く市場経済の外にあるとみなされるのがふつうです。しかしながら、この、『与える』という動詞をその語義に照らして考えますと——」

「いやいやいやいや」

わたしは慌てて遮った。

「あのね、世界の本質はそういう小難しい理屈を超えたところにあるんだよ。昔の偉い人がいってたじゃない。考えるな、感じろ！　ってさ」

リツカはひたすら眉間に皺をよせ、精いっぱい小首を捻っていた。

「まあいいや。お勉強はこんなとこにしとこう」

「え……また、あのお話ですか」

「うん。ついにメンヘラ娘が毒母に牙を剝く場面からだよ」

「でも……」

リツカはお尻がむずむずするみたいに身をゆらす。

「『奥義の書』を早く憶えないと、ここから出られないんですよね？」

「それはまあ、そうだけど」

「お母さんにちゃんとしたものを食べさせたいし、遊んでいる場合ではないと思うんですが」

はっきりいいやがる。

「勉強のほうを、ぜひつづけてくださいっ」

「いやいや、いや」その剣幕に気圧《けお》されつつ、わたしは頑張った。「今のリツカの理解力だと、一日一ページでも手に余るんじゃないかな。うん、そう。文字面を憶えたってしようがないからね。伯父さんはそういうの、すぐ見抜くから」

しゅんとするリツカを励ます。

「リツカはまだ子どもだから、いくら知識を詰め込んでも基本的なとこがわかっていなくちゃしようがないと思うんだよ。だからわたしは、『毒母VSメンヘラ娘』を使ってそれを教えようとしているわけだよ。決して、遊びではないんだよ」

リツカは「でも……」とゆずらない。

「お腹が減ってるから、頭が回りません」

「わかった、わかった。じゃあ、明日からお菓子とかジュースとか持ってくるから。ね？　だからメンヘラの話をさせてよ」

「はい、喜んで！」

わたしはその満面の笑みになんとなく釈然としないものを感じつつ、でもまあいっか、と思ったのであった。

日増しにリツカの要望は増えていった。記憶力の向上にはたんぱく質の摂取が必要だと説かれ、理解力の向上にはヨーグルトが必要だと熱弁された。

「わかった、わかった」

わたしはそれが口ぐせのようになっていた。伯父さんや雅江さんにバレないよう、お菓子やジュースをこっそりくすね、地下室へ持っていくと、リツカはきちんとお礼をいってからまず母親に食べさせ、自分のぶんは勉強のおともにした。目立ったら困ると冷や冷やしたが、さりげなくお菓子を口へ放り込むことにかけて彼女は天賦の才をもっていた。

リツカは根が真面目らしく、ヨーグルトのおかげもあってか、みるみる『奥義の書』を暗記していった。もちろんわたしの教え方が素晴らしいのだろうけど、しかし不満もあった。一向に、『毒メン』に興味を示さないのだ。まるで無関心で固められた要塞《ようさい》のごとく、わたしの語りを聞き流しているふうなのである。

先生として由々《ゆゆ》しき事態に直面し、わたしは真剣に悩んだ。夜、時郎くんとともにするベッドの中でも、ひたすらリツカの壁を越える方法を模索した。

「ああ、くそお。またいってもうたあ」

彼はまだわたしの中で果てることができず、手淫口淫《しゅいんこういん》に甘んじていた。

「何があかんねやろ。ヨリちゃん、ぼくのこと大好きなはずなのに」

「そうだねえ。ほんとにそうだねえ」

時郎くんの精子がぶっかかったお腹をティッシュでぬぐいながら、体質じゃない？ と教えたかったが、それでは身も蓋《ふた》もなかった。わたしは時郎くんに捨てられるわけにはいかないので、希望を持たせねばならないのだ。

「明日こそきっと、上手くいく気がするけど」

「いっつもそれやん。まあ、ええけど」

時郎くんは、おっぱいを揉み揉みしながらわたしを抱きしめてきた。

「セックスの快感は身体だけちゃうくて、脳みそのドーパミンが関係してるらしいで。せやからコスプレとかで萌《も》えるわけやん」

「ふんふん」

「露出プレイとかもそうやん？　赤ちゃんプレイとかも」

「なるほど」

「ぼくとヨリちゃんにも、もっとこう、そういうシチュエーションみたいなのが要るんちゃうかな。ぼくら、初めから相思相愛やから、障害とかなかったから、それで刺激が足りひんと思うねん」

「つまり？」

「大切なのはストーリーや。起承転結いうやん。たんなるセックスではなく、これこれこういう立場の男と女がおって、こういう感情を互いに持っててっちゅう設定があったほうが、気持ちが盛り上がるやろ？」

「それだ」

「え？」

わたしは身体を起こし、時郎くんに向かって叫んだ。

「それだよ、時郎くん！　さすがだね」

時郎くんはぽかんとしていたけれど、とりあえず彼のイチモツが元気になってしまったので感謝の気持ちを込めて全力のおつとめを行い、一分で処理してあげた。

翌日、わたしは適当に『奥義の書』の勉強を切り上げ、リツカと相対した。正座する彼女を仁王立ちで見下ろし、おほん、と空咳《からせき》をひとつ放つや、そもそも――、と切り出した。

「あなたは、メンヘラなるものをちゃんと理解しているの？」

リツカが「しまった」という顔になった。

「実は……あまり」

「毒母は？」

「……ほとんど意味がわかりません」

「笑止っ！　そんなんで世の中をわかった気になってたなんて片腹痛いよっ」

縮こまりながら、リツカはキットカットをかじった。

「いい？　今日から基本的なことをあなたに教えていきます。まずはメンヘラと毒母について頭に叩き込みなさい。これはウィキペディアという便利なサイトに載っていたのだけど――」

およそ一週間。わたしは『毒メン』を楽しむために必要な基礎情報をリツカに与えるべく、自らもまた勉強に打ち込んだ。ウィキペディアはとても便利だった。

やっぱりリツカは真面目だから、みるみる上級者に育っていった。「ヤオイとは何か」といった問いかけにも即答できるようになった。

するとがぜん、わたしのやる気に拍車がかかった。

「あのう、先生。『奥義の書』第二章、第三十一節についてわからないところがあるんですが……」

「え？　ああ、いい、いい。とりあえず丸暗記しとけばさ。わたしもぜんぜん意味わかってなかったけど、それでも駄目じゃない感じになれたし」

　やる気にともない、わたしはだいぶぶっちゃける感じになっていた。

「それより『毒メン』の第七回のほうがヤバいから。こっから、マジヤバいから」

　リツカの目が輝く。わたしもきっと、同じような顔をしていたはずだ。

　まだこのとき、いずれ直面する難題を、わたしは予期していなかった。


「リツカはちょっと、その、あまり賢い子ではないようで」

　わたしはその夜、リビングでくつろいでいる伯父さんを見つけ、彼の膝もとに正座した。

「やっぱり、一日二時間で憶えるのは難しいみたいなんです」

「ふうん」と伯父さんは気のない返事をしてきた。

「で、お願いなのですが、ノートとペンを与えてもらえませんでしょうか」

　伯父さんが眉根を寄せた。

「いえ、無理にとはいいません。ただ、わたしの暗唱を書き写すほうがはるかに効率がいいですし、あとで読み返すこともできますし」

「ノートにペン、なあ」

「そうすれば馬鹿なリツカでもニルヴァーナ菊池先生の教えを身につけ、先生を——いえ、伯父さんへの尊敬をたくましくするはずなんです」

ううん、と伯父さんは渋っていた。

「せやったら本を渡せばええやろ。まだあれ、何冊かウチにあるし」

「いえいえそんな、もったいない」

先の尖ったペンが伯父さんのルールで禁止されているのを承知で、わたしは必死に抵抗した。「やはり自分の手で書くのが、血肉になる早道ですし」

まあなあ、と興味のない応答。伯父さんの目は、テレビで歌って踊る美少女アイドルグループから離れない。

「あの、リツカもいい具合に発育していますから、そろそろきちんとした女性としてお役に立つころだと思いますし」

伯父さんの目がようやくこちらを向く。ペロリと髭を舐める。

「わたしが、きちんと世話をしますので」

「せやな。依子ちゃんがそこまでいうなら、しゃあないわ」

ここまでしなくてはならなかったのは、わたしの教育の行き詰まりに端《たん》を発していた。

ペンとノートを渡し、「じゃあこれに、ここまでの勉強の成果を書いていってね」とリツカに命じる。

リツカは「はい！」と返事をしながら、本日の差し入れであるところのじゃがりこをくわえた。

「いちおう、伯父さんへの感謝みたいなのも書いておきなよ」

「依子先生」

ふぁい！　とじゃがりこを咀嚼《そしゃく》しながらリツカはペンを走らせた。

「何？」

「『毒メン』も書いていいんですよね？」

「ん。まあ、目立たない程度にね」

いつ何時、伯父さんがのぞきに来るかわからないのだ。

「とにかく、これまでの復習を完璧にやってもらうから」

「じゃあ、それまで、つづきはお預けなのでしょうか」

「ん。そうね。リツカがちゃんと理解してると確認できるまではね」

「そうですか……」リツカは、心底がっかりといったふうに声を落とした。「一番いいところなのに……」

「これも修行だから、耐え忍んでよ」

「わかっていますけど、でも、気になってしょうがないんです。『びっくり箱作戦』がどうなるのか」

百パーセント同意する。わたしだって気になっているのだ。

そう。このときわたしが直面した危機は、『毒メン』の物語が尽きてしまったことだった。この先を、わたしは知らない。ゆえに教えることができない。せっかくリツカが興味を持ちつつあるのに！

知らないと知られるのは教師の敗北だ。ノートとペンを与え、復習の時間を設けたのはつまるところ、たんなる時間稼ぎにほかならなかった。

それからしばらく、わたしは真面目に『奥義の書』の暗唱をし、リツカがそれを黙々と書き写すという、何一つ面白くも可笑しくもない日々がつづいたのである。


チャンスはとつぜん訪れた。

「あー、めんどくさ」

ベッドの中で時郎くんが嘆く。「明日、出張になってもうたわ」

「出張？」

「うん。おとんがさ、新太を迎えに行けゆうねん」

ああ、ここんとこリツカにかかりっきりで兄のことをすっかり失念していた。

「あほらしい。あんな奴、勝手に歩いて帰らせたらええねん。なんでぼくが行かなあかんのよ」

ほんとうだねえ、大変だねえ――などと相槌を打ちながら、わたしは密かに興奮していた。

「せっかくの休みがぱあや。明日こそ、ヨリちゃんと森ん中で一発やろう思てたのに」

そんな予定があったとは。

「いつ帰ってくるの？」

「明後日。ぼくにそんなんさせといて、おとんたちは温泉やって。勝手にもほどがあるわ」

その言葉の通り、時郎くんは翌朝、満秀さんが運転する軽トラに乗って四角い家を出ていった。伯父さんと母は伯父さんのワゴンで出発した。

わたしはそれを見送ると、となりに立つ雅江さんにお願いした。

「ちょっと部屋で勉強したいので、リッカたちの世話をお願いできますか？」

少しだけ怪しむ気配を感じたが、ここのところわたしに対してもびくびくしている雅江さんが逆らわない自信はあった。案の定、ただ一言、「畏まりました」と返ってきた。

わたしは自分の部屋に戻って、寝間着から外行きの格好に着替えた。水色のTシャツと、パステルピンクのピチピチパンツ。伯父さんの方針で、外着は一着しか許されていない。下着以外、ズボンにせよインナーにせよコートにせよ、新しいものを買ったら古いやつは処分だ。もったいないとは思うけど、何か偉大な考えがあってのことなのだろう。「下手に外へ出られんようにするためや」と時郎くんは解説してくれたが、意味がよくわからなかった。

ただわたしに限っては、しまってある秘密の一着があった。兄からもらった革ジャンだ。

伯父さんはその卓越した能力で、わたしたちの行動を驚くほどよく知っている。廊下もリビングも寝室も風呂場も、リッカが居る地下室も、とにかくなんでもお見通しで、ふいに「依子ちゃん、下痢か?」なんて気遣ってくれたりもする。

変なことをすれば叱られる。下手をすれば「治療」になる。リッカへの差し入れだって、わたしは細心の注意を払っているのだ。

伯父さんの千里眼と同じくらい気をつけなくてはならないのが、家中に張り巡らされた防犯カメラだ。しかしこれも時郎くんから、秘密を教えてもらっている。物置の辺りは大丈夫だと。

つまり、たぶん、物置のそばの勝手口も大丈夫ということだろう。開けても杉林があるだけの代物だが、今日ばかりはこいつの存在に感謝した。

勝手口の前で革ジャンを羽織り、わたしは杉林のしげる斜面へと分け入った。ざくざくと服がすり切れる音がするが、革ジャンにいくら傷がつこうと、この外出がバレることはないはずだ。

やがてまともな道に着く。葉っぱをふり払い、四角い家を大きく迂回《うかい》し、緑のトンネル道に出る。わたしに迷いはなかった。ずんずん進んだ。住宅地があらわれても、足取りは変わらなかった。むしろふつふつと、やる気がみなぎった。

自動販売機を過ぎた。一軒の平屋が目に入る。わたしはさりげなく様子をうかがいながら、そこをやり過ごした。

さて、どうするか。

いささかギャンブルめいてはいたが、ここまで来て引き返すわけにもいかないわたしは、満を持し、杖爺の平屋に忍び込む決心をつけた。

表玄関に駆け込み、ゆっくり戸を引く。かららら……。鍵はかかっていない。中から物音はしない。テレビの音も聞こえない。濁った空気に目をこらす。人の気配はない。

するりと身体を、中へ滑らせる。後ろ手で引き戸を閉め、鍵をかける。杖爺が帰ってきたとき、このひと手間で逃げる時間が生まれるかもしれない。

脱いだズックを手に持ち、そっと廊下を踏んづける。奥の居間へ。立ちはだかるガラス戸を、一ミリずつ開ける。中へ目をやる。誰もいない。

ほっ、と息をつき、しかし慎重に戸を動かし、わたしは居間に侵入した。

以前、時郎くんと忍び込んだときと変わらない、殺風景でどこか荒んだ室内の、目当ての場所へ。箪笥と壁の隙間で、それは窓から差し込む光を浴び、まるで宝物のように輝いていた。

オヤジ週刊誌の山だ。

わたしはおごそかに正座し、うやうやしく一冊ずつ雑誌を畳の上にならべていった。必要なのは新春特別号のあとからだ。ざっと十冊以上ある中に、はたしてそれがちゃんとそろっているのか。杖爺の勤勉さが問われていた。

あった。すべてあった。

わたしは引っくり返りそうになるほど感動し、呼吸困難になるほど興奮した。ありがとう、杖爺。これ、もらっていくね。電車の網棚がフリーダムであることからも明らかなように、オヤジ週刊誌はみんなのものだから許してね。

自分でも無理ムリな理屈をつけ、わたしは必要な号を選り分けた。そして焦った。多すぎたのだ。こんなに抱えて帰るのは、さすがに目立つ。

この非常事態にも、わたしは慌てなかった。それどころか冷静に閃《ひらめ》いた。持って帰れないのなら、読んでしまえばいいじゃないか。——まさしくコロンブスの卵的発想だった。

新春特別号の次の号を手にし、そそくさとページをめくる。

『毒母VSメンヘラ娘』、新世紀母娘戦争勃発編、第二十五回。ついに毒母とメンヘラ娘の、それぞれの秘策が激突する問答無用の山場回だ。期待の針がふり切れる。

……おおっ。そうくるのか。待て待て、それはまずいぞ、メンヘラ……。ああ、やっぱり毒母、見抜いてる！　やべえよ、やべえよ。

「やべえよ」

人は極度の集中状態にあっては五感が麻痺《まひ》するものらしい。そして自制とは、五感が働いていればこそなのだ。

「おい」

この呼びかけに、わたしの心臓は数秒間停止した。体感的には。

「何をしている」

わたしの身体は、心臓以上に固まっていた。

「貴様、誰だ」

ゆっくりとふり返る。杖爺が、杖もなく立っている。居間とつながった寝室の襖に手をかけ、つるっぱげの頭の下に、いかめしい顔を浮かべて。

「貴様——」

わたしはびっくりしすぎて、身構えることすらできない。

「あの家の人間か？」

暴力の予感。そしてわたしは、杖爺に敵わないという確信。

去年――二〇一六年

窓の外がうすぼんやり明るくなったころ、わたしと葵ちゃんはデニーズを追い出された。正確には強制された退店ではなく、空気を察してくれ的な視線に耐えかね、ついでに葵ちゃんの眠気がピークに達しお開きとなったのだ。

長い長い瞬きをしながらヒンデンブルク号を運転する葵ちゃんに、左折優先や一方通行の概念はなく、さすがに何度か死の予感を覚えるくらい、わたしは世間一般の道路事情を身につけつつあった。

「あのう、姐さん」

寝言のように、葵ちゃんが呻いた。

「姐さんのお話、長すぎません？」

あくびを嚙み殺しつつ捲し立ててくる。「一晩かけてまだ、事件が起こる予兆すらないんですぜ？　門村っちの登場は来年の夏ごろですかい？」

そんなことをいわれても困る。こちらはあなたの希望通り、頭からお尻までできる限り正確に伝えようとしているだけなのだ。

「朝ドラでもあるまいし、日常の悲喜こもごもは割愛して、ちゃちゃっと進めるわけにはいきませんかね」

「事件の話だけでいいならそうするよ」

三分で終わるから、わたしも楽だ。

「でも、それじゃあきっと面白くないんじゃないかな。だってやっぱりこういうのって、登場人物がどういう人で、どういう人生を送ってきたかとか、わかってないと盛り上がらないでしょ」

不服なのか眠いだけなのか、葵ちゃんはぶすっとしていた。そんな彼女の様子に、思わず苦笑がこぼれた。

何も別に、面白さを求める必要はないのだ。葵ちゃんは事件を調べて本にしたいだけなのだし、そもそも笑えるような内容でもない。けれどわたしは今夜、彼女に自分の半生を話すうち、不思議な気分に囚《とら》われていた。

リツカと過ごした日々、勉強と称して『毒メン』を語り聞かせたあのころ、わたしは確実に、彼女を楽しませたかったのだ。彼女のためだったかは疑わしい。それなら伯父さんに直訴するなりして、さっさとあの地下室から出してあげるべきだっただろう。もちろんこの反省は今だから思いつくことで、当時のわたしは「治療中」のリツカがあの場所で寝起きするのは当然だと信じていたわけだが、実のところ途中から「治療」もへったくれも関係なくなっていた。

たぶん、初めての感覚だった。

誰かに何かを語ること。その誰かを楽しませたいと願うこと。

わたしの周りに、そういう人間はいなかった。まったくいなかった。この人を楽しませたいと思える誰か。自分の好きなものを、遠慮なく話せる誰か。きっとリツカが、最初だった。

「葵ちゃん」

「なんれす？」

葵ちゃんの眠気はピークを迎えつつあった。

「また話すよ。ちゃんと詳しく、長々と」

そりゃあ、もう、ありがたくてあくびが出まさあ――。そうもらす葵ちゃんをわたしはチラ見し、窓の外に視線を移した。そろそろ朝日が顔をのぞかせていた。


デニーズから帰った葵ちゃんは、陽が沈むまで惰眠《だみん》を貪《むさぼ》りつづけた。うつらうつらとしながらも、わたしが葵ちゃんのように眠れなかったのは、気が昂《たかぶ》っていたからだろう。四角い家の記憶を掘り起こすのは久しぶりだった。マスコミはもちろん、警察にだって話しちゃいない。おじいちゃんは、「もういい」とわたしにいった。「もう、忘れてしまえ」と。

わたしはその通りにした。それ以上に、やることがたくさんあった。まず、いろいろ身につけなくてはならなかった。世間一般の常識というやつを。

おじいちゃんが教えてくれた。まさしく嚙んで含めるように、とても親身に一から十まで。欠落は広範囲におよんでいた。わたしの知識はテレビとスマホとオヤジ週刊誌で見聞きしただけの、いわば「言葉」にすぎなくて、社会の仕組みや営みの当たり前がまったく抜け落ちていた。

たとえば倫理とか道徳というものを、わたしはほとんど理解していなかった。三角屋根の家や四角い家では伯父さんこそが倫理であり、二階建ての家では兄が、兄が落っこちたあとは母がそれだった。

なぜなら、彼らは強かったからだ。

そういうものじゃないんだ、世の中は、それだけではないんだ——。おじいちゃんは何度も何度も、わたしにいい聞かせたが、ピンとはこなかった。だって強い人間に弱い人間は敵わない。お金を持っていたりルールをつくれたり、強さにもいろいろあるけれど、突き詰めるとパンチやキックにいき着く。それがなければルールに従わせるなんてできやしない。

伯父さんもそこは承知していて、だから自衛隊あがりの進藤さんや兄を手もとに置いていたのだろう。殴り合えば兄や進藤さんの圧勝に違いないのに、伯父さんは彼らを従わせた。お金と言葉とルール。それが伯父さんの強さだった。

でもやっぱり、断トツは暴力だ。お金は奪えばいい。言葉は無視すればいい。ルールは破ればいい。

それを最初に実践したのは、三角屋根の家の進藤さんだった。彼はある夜、ペット小屋に閉じ込められていた奥さんと娘のハナコを連れ出し、伯父さんのお金をくすね、三角屋根の家から逃げようとした。伯父さんの外出時を狙った行動だった。母は伯父さんの付き添いで、父は出張中だった。

ペット小屋の世話をしていた古田さんが母屋の廊下で殴りたおされるのを、ちょうどお風呂からあがったわたしは目の当たりにした。針金みたいな古田さんが、バスケットボールみたいに右から左にまっすぐ飛んで、壁に激突した。

熊みたいな身体をいからせた進藤さんが、わたしに気づいて睨みつけてきた。ふうふう肩で息をして、食いしばった歯の隙間から唾がこぼれ落ちていた。

彼が近づいてきた。拳をふり上げた。殴られると思った。

――黙ってろ。

進藤さんはいった。

――そこに立っていろ。いいな？

湯あがりのわたしはうなずいた。

――変なことをしたら、殺すぞ。

わたしはもう一度、うなずいた。

それを確認した進藤さんは拳を下ろし、気を失っている古田さんのエプロンからペット小屋の鍵を奪い、母屋を出ていった。

わたしはすぐさま二階へ駆け、眠っている兄を起こした。

事情を話すと、兄は飛び起きた。ここで待っていろといわれた。わたしはそうした。

ほどなく、庭のペット小屋から叫び声がした。悲鳴がつづいた。ハナコの悲鳴だった。

やめて、やめて、お父ちゃん死んじゃう！

……大きく息を吐く。すぐそばで、葵ちゃんが大の字で寝ている。

あのとき、わたしが進藤さんの命令に背いた理由は明白だ。伯父さんはわたしに温かいご飯や布団を用意してくれるけど、進藤さんはそうしてくれない。ただそれだけだった。

兄の不意打ちによって成敗された進藤さんは、とてもぐったりしていた。

……葵ちゃんが、剝きだしのお腹をぽりぽりかいている。

わたしは、間違ったのだろうか。兄を起こすべきではなかったのだろうか。

しかしそうしなければ、わたしはまたあのペット小屋に戻されたかもしれない。兄もそれなりの仕打ちを受けただろう。もしかすると父や母も、古田さんだって。

わからなかった。正解がわからなかった。いまだに、わたしはわかっていない。

おじいちゃんはいう。――自分を犠牲にして、誰かを助けるのは難しい。本当に難しい。

けれどそれをできるのが、人間なんだ。

じゃあ、わたしは人間ではないの？

──そうじゃない。依子は人間だ。他人よりも自分を守るのが人間だ。それが当たり前だ。

けれど、とおじいちゃんはつづけた。

──けれど、その先がある。きっと、あるんだ。

やっぱり、わたしにはわからない。その先とやらに、わたしは出会ったことがなかったから。

……わたしは眠るのをあきらめ、壁にかかる革ジャンの前に立った。ポケットを漁り、長方形のケースを取りだす。父が残していった、パパトラだ。

ちゃぶ台のそばで膝を折り、わたしは何年か振りに手にしたパパトラを、ゆっくりならべた。

わたしのせいで仕事を失くし、団地を追い出された父。人生が上手くいかなくなって母と口論をし、いつもやり込められ、へらへら笑って赦しを請うていた父。兄の暴力になすすべもなかった父。荒れた生活で借金を重ね、伯父さんに頼った父。母やわたしが伯父さんに抱かれるのを見ないふりしていた父。二階建ての家に移ってからも、兄に逆らえず、やっぱり借金を重ね、挙句に兄を殺し保険金をせしめようとしていた父。クリスマスの夜、ぼこぼこに腫れあがった顔で笑い、すき焼きをしようとスーパーの袋を掲げた父。

一枚一枚、わたしはトランプをならべてゆく。

ろくでもない男だ。客観的にそうなのだと、今のわたしは理解していた。クズだと。

しかしクズというならば、わたしだって大差ない。おじいちゃんははっきりいわないけど、たぶんそれは、間違いない。

「姐さん？」

葵ちゃんに声をかけられ、手が止まった。彼女は寝惚《ねぼ》けまなこでこちらを見て、「何を遊んでらっしゃるんで？」と、やっぱり寝惚けた口調で訊いてきた。

「トランプ。最後に会ったとき、パパが置いてったんだ」

クリスマスプレゼントと称して。

「お父さま、どうなさってるんでしょうね」

「さあ。でもたぶん、生きてないと思う」

寝惚け面でわたしを見つめていた葵ちゃんが、ふうん、とことさら興味なさげにこぼした。

「さみしくなったら神経衰弱でもしろってさ。でも見てよ。このトランプ、後ろがぜんぶ微妙に柄が違うんだよ。ポーカーもできないんだよ」

ふうん、と繰り返し、葵ちゃんはこちらへ這い寄ってくる。

「まあ、でも、せっかくなんでやってみますか」

「神経衰弱を？」

「ええ。最初の一回なら柄の違いも関係ありませんから」

たしかに、とわたしは思い、対面にあぐらをかく葵ちゃんの前にカードをならべる。部屋の中はうす暗くて、もうすぐ完全な夜に覆われそうであった。

「ほんとにこりゃあ、適当ですねえ」

あらためて五十二枚のカードがならぶと、そのちぐはぐさがきわ立った。

二人して、ペロリペロリと順番にカードをめくってゆく。

「いっときますけど、あたしの記憶力はウルトラなんで。姐さんにゃあ逆立ちしたって負けませんぜ」

「じゃあ逆立ちしてやってよ」

「寝起きなんでご勘弁を。低血圧なんで」

そのくせ、葵ちゃんの手つきはきびきびしていた。

「ときに姐さん」

四巡目にして葵ちゃんがペアをとった。

「三角屋根の家から逃げだした経緯を教えてくれませんか」

つづけてペアをとる。目ヤニがついた瞳を、カードに注いでいる。

「――かまわないけど、重いよ」

「今さらでしょう」

葵ちゃんがミスって、手番が回ってくる。適当に二枚を選ぶ。

「進藤さんが逃げ出そうとしてから、何ヵ月も経たないころだったと思う。夏が終わりかけたころ。ある夜にね、兄がとつぜん部屋にやって来て、起きろっていわれて」

わたしの二枚はミスだった。

「兄はパパとママも起こして、三人でなんか相談しはじめて、口論になって、兄が二人を殴って」

葵ちゃんも今回はミスだ。

「兄に逆らうことはできなくて、だから支度をして。三人でこっそり階段を下りたら、そこに時郎くんがいたんだ」

わたしは今度も適当に二枚めくってミスを重ねた。

「兄はね、時郎くんをぶん殴ったの。何発も何発も。時郎くんは初めびっくりして言葉もなかったけど、火を噴くみたいに泣きだしてさ。それで伯父さんも起きてきた」

葵ちゃんがペアをとる。

「兄は伯父さんも殴った。金を出せって叫んだ」

車のキーも。

「で、その夜のうちに三角屋根の家を抜けだしたわけ」

「ふうん」

葵ちゃんは三組ペアを重ね、ようやくミスった。

「きっと兄は、自分が王さまになりたかったんだろうね。伯父さんのもとで学んだノウハウを活かして、二階建ての家でわたしたちを従わせてやろうって」

「王さまになりたいなら色キモ伯父さんをやっつけて、乗っとっちまえばよかったでしょうに」

「そう上手くはいかなかったんじゃない？　伯父さんには怖い知り合いがたくさんいたはずだから」

兄はおつとめを通じて、そうした事情を把握していたのだろう。

わたしは、やっとペアをとった。完全な山勘だったけど。

「しかし変だなあ。お兄さまは二階建ての家で引きこもってらしたんですよね？」

二枚目をめくる手が止まった。引っ繰り返すまでもなくミスだとわかり、そっと伏せる。

「家族なんか支配したって楽しくもなんともないでしょうに。おまけに家の壁に八つ当たりとは、ずいぶんケチなキングじゃないですか。そのくせ姐さんにスマホを買い与えたり、さっぱりわけがわかりませんよ」

手番が回ってきた葵ちゃんが、身を乗りだした。ものすごいスピードでカードに手をのばし、次々ペアを成立させてゆく。

「お兄さまは、何をそんなに苛立っていたんでしょうねえ」

「さあ。変な人だったから」

「なあんか、釈然としませんや」

最後の二枚をペロリとめくり、ゲームセットとなった。

「葵ちゃんの気持ちはわかるけど――事件には関係ないでしょ？」

「まあ、そうですが」

葵ちゃんがカードを集め、シャッフルしはじめた。もうひと勝負する気らしい。いよいよ部屋は暗く沈んでいる。

「ちなみに、進藤のとっつあんはどうなったんで？」

「――死んだよ」

葵ちゃんは、顔を上げずにカードをならべる。

「殺しちゃったんだ。兄が」

駄目になっちゃったから。

「驚かないの？」

「今さら、でしょう」

そう。今さらだ。

人が死なないはずがない。あの家の、あの暮らしで。

「とっつあんの奥さんと、ハナコさんは？」

「わからない。少なくともわたしが三角屋根の家にいたころは、まだ生きてた」

アキレス腱《けん》を切られて歩けなかった奥さんは、虫の息だったそうだけど。

「駄目になっちゃった——って時郎くんはいってた」

そうですか、と葵ちゃんはやっぱり顔を上げなかった。

暗い。電気を点けないと、葵ちゃんだってもうカードを覚えられないんじゃないかしら。

「姐さん」

「何？」

「針金みたいな古田さん——あの事件の被害者の中に、同じ苗字の人がいましたよね。頭を吹っ飛ばされた男性です」

わたしは答えない。暗いから、葵ちゃんの表情がわからない。

「不思議なんですよ。姐さんの話は嘘なんかじゃないって、あたしは信じてます。ひどい話だ。完全完璧、犯罪でさあ。なのになぜか、そこは問題になっていない。色川の名前すら、ろくに報じられてない。あの事件と四角い家は、無関係なんかじゃないのに」

葵ちゃんがカードをならべ終える。わたしはじっと、彼女の手つきを見つめている。

「これはあたしの勘ですが——」

そこで葵ちゃんの声がやんだ。

葵ちゃんの影が、ちゃぶ台に整然と並ぶ五十二枚のカードに覆いかぶさる。

「姐さん……電気を」

わたしはいわれるまま立ち上がり、電気のひもを引いた。明かりに照らされる葵ちゃんの後頭部を見下ろした。つむじ、整ってるな、と思う。

「こりゃあ……」

葵ちゃんは興奮したように、カードをいじった。「これは、こっち？　すると、こいつは――」ぶつぶついいながら慌ただしい作業をつづける彼女を、わたしは黙って見下ろしていた。

「姐さん」

その声が、ちょっとばかし上ずっていた。

「このカードはトランプじゃなく――」こちらを見上げ、両手を広げる。「パズルです」

ちゃぶ台の上で、五十二枚のカードが長方形をつくっていた。つながり合った背面の柄は、水墨画みたいなモノクロの絵を描いている。

「地図です」

濃淡で表された等高線、うっすら細い線で表されているのは道路か。

「見てください。ここと、それと、あれ」

葵ちゃんが指さしたのは、染みのように打たれた合計三ヵ所の丸い点だった。

「印刷ミスとは思えません。お父さまが意図的に残された、目印でしょう」

食い入るようにトランプの地図――トラ地図に顔を近づけた葵ちゃんが、ふいに隅っこのカードを人差し指で叩いた。

「細い線が集まっています。たぶん、主要道路の交差点かと」

そこから逆側に向かうにつれ、線は拡散し、徐々にカードは見分けがつかないくらい個性を失ってゆく。

「見たとこ半分以上が山の中って感じですが、どこでしょうか」

「奥多摩《おくたま》」

え？　と葵ちゃんがこちらを見上げた。

「たぶん」

「どうして？」

地理に弱いわたしに、わかるのか。

「埋めたから」

「何を？」

「自衛隊あがりの進藤さん」

葵ちゃんの瞳が広がる。

「まさか――」

「うん。わたしも手伝った」

葵ちゃんは、わたしをしっかり見ていた。

「ほかに、誰かを埋めたご経験は？」

「ないよ」

「四角い家では？」

わたしは首を横にふる。たぶん無駄だと、覚悟しながら。

「――亡くなった人がいるんですね？　あの事件で撃たれた人たち以外にも」

やっぱりわたしは、嘘が下手だ。

四年前——二〇一三年

寝室からとつぜん現れた杖爺にびっくりしたわたしは、正座のまま動けずにいた。もちろんここは杖爺の暮らす平屋であるから、わたしがびっくりするのはお門違いではあったけど、そんな小賢しい常識はなんの役にも立たなかった。

黄ばんだパジャマを身につけた杖爺は、いかめしい顔でわたしを見下ろしていた。開け放った襖に寄っかかる足もとは頼りなかったが、その身体つきはお年寄りと思えないほどたくましく見えた。杉林のトンネルで兄をぶん投げたのは、決してまぐれではないようだった。

つるっぱげの蛇に睨まれ、わたしはこの窮地を切り抜けるアイディアを探したが、気の利いた方法は浮かばなかった。助けを呼ぼうにも両隣は空き家だ。その上わたしは明確に不法侵入者である。とりあえずできることといったら、すね蹴りくらいかと思われた。

杖爺の視線が、わたしの手もとに注がれていた。

「返します」

わたしはオヤジ週刊誌を畳に置いた。隙をついて投げつけてもよかったが、週刊誌に罪はないのでやめておいた。

「帰ります。すみませんでした」

「待て」

腰を浮かしかけたわたしから、杖爺までは三歩くらい。相手が兄なら蹴り殺されている距離である。

「何しに来た」

いいながら杖爺はこちらへ一歩にじり寄り、箪笥にもたれた。よぼよぼのようでいて、目つきは鋭い。全身からぎすぎすした空気を発している。

「……ちょっと寄っただけです。好奇心で」

「嘘をつくなっ」

ビンタみたいな声だった。

「嘘をつくんじゃない。つまらない嘘は見抜くぞ。そういう仕事を長くしてきたんだ。だから嘘をつくな。嘘をつくなら、容赦はしない」

嘘偽りない恫喝に聞こえた。

「前にも、ここに忍び込んだな？」

「……はい」

わたしは観念し、座り直した。

「あのガキと一緒にか」

あのガキが時郎くんを指しているのは明白だったが、わたしは黙ってうなだれた。

「お前の名前は」

「……依子です」

「あのガキは？」

「えっと、雅江です」

とっさについた嘘の、よりによってのチョイスが悔やまれた。

「女の名前じゃないか！」

「いや、男の子でもそういう人はいるんで。キラキラネーム的な」

杖爺はいい返してこなかった。お年寄りにキラキラネームは意外にパワーワードだったらしい。

「お前は、あの四角い家の人間だな？　歳は？」

「二十歳です」

「あそこで暮らし始めて何年になる？」

わたしは唇を結んだ。

「ふん。あの家のことだけはしゃべらないつもりか」

杖爺が、威圧するように声を張る。

「あの家の主に会わせろ。直接、話をつけてやる」

「それは、駄目です。やめてください」

「お前に決める権利はない。警察を呼べばどうせ――」

わたしは動いた。杖爺の弱っていそうなほうの足にしがみつき、彼を倒そうとした。杖爺は「むっ」と唸って踏ん張った。わたしはかまわず、「おりゃあ！」と牛のように突進した。するっと手応えがなくなって、ずざっと畳につんのめった。身体を起こそうとした瞬間、上から押さえつけられた。むぎゅう、と這いつくばった。

「見え見えだ」

肩をつかまれ、仰向けにさせられる。馬乗りになった悪人面が迫ってくる。

わたしはじたばたした。身をよじった。けれどなんら効果はなかった。両手を頭の上で組まされ、手首をがっしり握られた。

「無駄だ」

仰る通りだった。杖爺の手ぎわは見事で、すっかりまな板の上の鯉《こい》状態になったわたしは小さくため息をもらした。

「おい」苛立った声がした。「なぜ目をつむる?」

「なぜって――」うんざりと目を開け、わたしは答えた。「だって、無駄だから」

杖爺が、理解できないというふうに顔をしかめ、わたしは文句をいいたくなった。無駄だって、先に口にしたのはあんたじゃないか。

わたしの抵抗は失敗した。あっけなく返り討ちにあった。わたしはこの先、殴られ、おっぱいを揉まれ、セックスを強要されるのだろう。テレビドラマでよく見るアレだ。

でもまあ、痛みはオフすれば感じないし、セックスは待っていれば終わってくれる。杖爺のモノが、乾いたわたしに挿入できるかもわからない。殺されなければ御《おん》の字だ。

だからわたしは、目をつむる。

抵抗はいつだって、敗北の宿命を背負っているのだ。そもそも抵抗とは弱い人間の特権で、強い人間のそれを抵抗とは呼ばない。せいぜい闘争、あるいはイジメ、もしくは虐待。そして弱い者が強い者に勝つことはない。勝った時点で強いと弱いが逆転するからあり得ない。よって抵抗は必ず敗北する。Q.E.D.。

この完璧な抵抗敗北論を、毒母がメンヘラ娘に説いたのは連載の何回目だったたっけ。

わたしの視界に、オヤジ週刊誌が入った。ちぇっ。結局、半分も読めなかったよ。

「あれを読みたいのか」

杖爺が、畳の上の雑誌に顎をしゃくった。

「あ……はい、そうです」

「どうしてだ」

「どうして？」

わたしは小首を傾げた。

「サンダー福助か」

思わぬ名前が飛び出した。

「知ってるぞ。あの家の主はニルヴァーナ菊池の仲間なんだろ」

わたしはだんまりを決め込んだ。

「答えろ。サンダー福助の占いが目的か」

「……最初はそうでしたけど。でも、あの、サンダー福助は大した人物じゃないと最近知り」

「じゃあなんで読みたいんだ」

「……連載小説が」

「連載小説？」

「つづきが読みたくて」

杖爺が、いよいよわからんという顔をした。

「買ってもらえないので。それに読み損ねているぶんもあるので」

「そんなことのために、コソ泥の真似をしたのか」

「だって……、面白いから」

杖爺はぽかんとし、呆けたように天を仰いだ。手首の圧力が弱まった。今ならこの上下関係を引っ繰り返せるかもしれなかったが、わたしは待つことにした。

窓からぼんやり差し込む光が、杖爺の白い無精髭を照らしていた。肌はしわしわで、シミも多かった。突き出た喉仏が、首にくっきり影をつくっていた。

強いんだか弱いんだか、よくわからない人の顔に見えた。

「――取り引きだ」

杖爺の発した言葉を、わたしは理解できなかった。

「あの雑誌を読みたいんだろ？　だったら読ませてやってもいい。その代わり――」

「おつとめですか」

「おつとめ？」

「あ、えーっと、つまり、セックス的な」

「馬鹿もん！」

杖爺が怒鳴った。摑まれた手首に痛みが走った。

「ふざけるんじゃないっ。汚らわしい女め」

わたしは途方に暮れた。怒られる意味も汚らわしいの意味も、さっぱりわからない。

杖爺はぷんぷんしていた。ゆでだこみたいに顔を真っ赤にしていた。お風呂を覗いていたぶんざいで、それはちょっと勝手すぎる気がした。

「あの家のことを教えろ。そしたら雑誌を読ませてやる」

無茶をいわないでほしかった。伯父さんの家について話すことは禁止されている。それは伯父さんが決めたルールの、一丁目一番地みたいなものだ。

「安心しろ。お前のことは助けてやる」

「助ける？」

「救い出してやる。お前の家族もあそこに住んでいるんだろ？　ひどい目に遭っているんだろ？」

「ひどい目？」

たぶんわたしは、ほんとうにきょとんとしていたのだろう。杖爺の、太い眉毛が吊り上がった。

「まさかお前は、あの家に住みつづけたいとでもいうつもりか？　おつとめとやらをさせられているのにっ」

「誰でも仕事くらいすると思うんですが……」

主婦だって家事をするし、子どもだって手伝いをする。当たり前じゃないか。

ところが杖爺は「馬鹿もん！」と理不尽に叱りつけてきた。

「そんなものを仕事とは呼ばん！　お前らは洗脳され、奴隷のようにコキ使われているだけだ。だから週刊誌すら自由に読めないんだろっ」

「それはたしかに、ちょっとアレですけど……」

でもテレビは観られるし、スマホもある。

「もういい」

肩で息をしながら、杖爺が独り言のように吐き捨てた。

「取り引きに応じるなら今日のことは内緒にしておいてやる。嫌なら、警察を呼ぶ」

足もとを見られていた。じっさい馬乗りで見下ろされていた。

「先に雑誌を読んでもいいぞ。どうする？」

わたしは少しだけ考えるふりをして、「じゃあそれで」と返した。

くうううっ。悶えるような痺《しび》れとともに、わたしは雑誌を閉じた。

メンヘラもメンヘラなら、毒母も毒母だった。「びっくり箱作戦」に対抗すべく用意された「ティラノ計画」の完成度たるや！　すさまじい執念と知略のぶつかり合いが、まさに佳境を迎えた場面で、物語は次号につづくのであった。

わたしの手が次の雑誌にのびそうになったところで、「待て」の声がかかった。煙草を吹かしてくつろいでいた杖爺が、ちゃぶ台を拳で打った。「つづきは質問に答えてからだっ」

「いや、でも、もう時間が――」

「駄目だ」

ケチかよ！

仕方なく、わたしは杖爺と向き合った。

「あの家には何人住んでる？」

「五人くらいです」

「適当にいうな。嘘は見抜くといったはずだぞ」

「えっと……、わたしも入れて九人だと思います」

「思います？」

「空き部屋もあるので。そこに誰かいても、わたしにはわからないので」

じろりと目を剝き、「まあ、いい」灰を缶カンに落とす。

「住人の名前と年齢は」

色川の伯父さんはたぶん五十歳くらい。時郎くんは十九歳。兄は今年二十六歳になるはずで、雅江さんも似たりよったりだろう。母は四十代。満秀さんもそんなもんだ。

「リツカは、十二歳です」

「十二歳……。母親は？」

「わかりません」

「わからない？」

「ずっと寝てるので」

「病気なのか」

「まあ、似たような感じのような気がしなくもなく」

「そうか……」一瞬考え込んだ杖爺が、「名前は?」と重ねた。

「知りません」

疑わしげな目が向けられたが、リツカの母親の名前を知らないのは嘘じゃない。

杖爺が、あきらめたようにかぶりをふった。

「写真がほしい。その母親の」

「カメラなんて持ってません」

「携帯があるだろう」

「カメラは禁止なんで、潰してあります」

それがスマホを持つ条件だった。

「電話も停まってます。なので迷惑メールもきません。ユーチューブは観れますけど」

Ｗｉ-Ｆｉ様さまだった。

杖爺が立ち上がった。よろよろと簞笥に歩み、引き出しから小さなライターを取り出した。

「小型カメラだ。ここのスイッチを押すと写真が撮れる。メモリーの関係で三十枚までだが」

スパイ映画か。

「これでその、病気の女性を撮ってこい」

「それは、ちょっと無理だと思います。伯父さんは千里眼の持ち主なので絶対バレます」

「千里眼なんぞあるものか。どうせ監視カメラでも付けているんだろ」

防犯カメラなら、と訂正したら「それだ、馬鹿もんっ」と怒鳴られた。

「写真と引き換えに、次の号とその次の号を読ませてやる」

「……何卒、もうひと声」

むう、と杖爺が唸った。「……世紀末なんちゃら編の終わりまで読んでいい」

新世紀母娘戦争勃発編ですよ！

「じゃあ、まあ、やるだけやってみます」

わたしは腰を上げた。そろそろ帰らないと、ほんとうにまずい時刻である。

「あのう……次はいつ、読ませてもらえますか」

「写真が撮れたらいつでも来い。昼はだいたいここにいる」

「いなかったら？」

「遠出はせん。鍵は開けっぱなしだから、待っていたらいい」

「散歩はしてないんですか」

「午前中に少しだけだ」杖爺がむすっと顔をしかめた。「最近、足の調子が悪くてな」

ふうん。兄と戦ったせいかしら。

まあ、どちらにせよ良いことを聞いた。鍵は開けっぱなし。午前中に散歩。

現実問題、写真の撮影はマジ無理だ。バレたら絶対「治療」行き。下手したら「処分」だってされかねない。無謀な指令の遂行に、わたしは一ミリたりとて関心がなかった。

残された道は一つ。杖爺が散歩に出ているあいだにこっそりここに参上し、こっそり雑誌をいただくのである。くっくっく。

午前中に外出する口実を考えながら廊下に踏み出したとき、

「いい忘れたが——」

杖爺に呼び止められた。

「雑誌は隠しておくからな」

「やばい」

リツカの興奮に、わたしも興奮した。

「でしょ、でしょ？　これはやばいよね」

杖爺の家を訪ねた翌日、わたしはさっそく『毒メン』の第二十五回をリツカに語った。

そしてすぐさま行き詰まった。

「……じゃ、ま、つづきはまた今度ね」

「え」リツカがハッピーターンを口にしたまま動きを止めた。

「明日は？」

「明日は、復習だね」

肩を落とし、べそをかきそうになっている。「……つづきはいつですか？」

「それは、リツカの復習の進み具合で——」

「わたしもう、『奥義の書』ならぜんぶ憶えました」

「うっそだあ」

「ほんとうです。暗唱します」

ほんとうに暗唱しやがった。つっかかりもせず、完璧に。

「いやいや、『毒メン』の清書もしなくちゃなんないし」

「終わっています。そっちも頭に入っています」

貧すれば鈍するなんて言葉は嘘だ。切羽詰《せっぱつ》まった貧者こそ、もっとも勤勉な動物なのだとわたしは悟った。よくよく我が身をふり返ってみれば、わたしも三角屋根の家で『奥義の書』を丸暗記したのだった。

「つづきを！」

いつかの時代、どこかの国で、たぶんロシアとかその辺で、「パンを！」と叫んだ民衆の熱がリツカにはあった。

うむむ、とわたしは腕を組んだ。ポケットには杖爺のライターカメラが忍ばせてあるけれど、これでリツカの母親を写すのはやっぱり相当にリスキーだ。

しかし鬼気迫るリツカの眼差しにはそんな弱気を糾弾する力があって、何よりわたし自身、つづきを死ぬほど読みたいのだった。

「じゃあ、まあ、なんとかしてみるからさ。リツカも協力してよ」

「……先生、もしかして、物語のつづきを知らないのでは？」

「いやいやいやいや。そういうのは企業秘密なんで」

疑いの眼差しをごまかすように空咳をし、わたしは彼女に一つ質問をした。


「やっぱり写真は無理です。ミッションインポッシブルです」

わたしは畳に正座し、杖爺にはっきり告げた。

「どうしたって不自然な格好になってしまうので、絶対バレます。伯父さんはそういうの見逃さないんです。こうして家を出るのも、けっこうマジで危険な橋なんです」

前回の訪問から二週間が経っていた。リツカの不満は日に日に高まり、わたしはそれをなだめるべく差し入れのお菓子の量を増やさねばならなかった。

杖爺は不満げに鼻を鳴らした。煙草をくわえ、火をつける。

「ならば雑誌はお預けだ」

なんとケツの穴の小さき男であることか。

しかしへこたれている場合じゃない。こっちだって無理やりチャンスを捻りだし、ここまでやって来たのだ。成果をあげずしては引き下がっちゃいられないのである。

「代わりに、名前を聞いてきました」

ぴくり、と杖爺の肩がゆれた。

「リツカの母親の名前です」

「教えろ」

「雑誌が先です」

断固たる決意を込めた宣言だった。

「……いいだろう」

杖爺は寝室に入り、がさごそしてから雑誌を二冊持ってきた。

「二冊だけ？」

「当たり前だっ。約束と違うんだからな」

いいながらゲホゲホと咳をする。

やむを得ない。わたしは雑誌を受け取り、すぐさまページをめくった。

「……何がそんなに面白いんだ？」

杖爺が煙を吐きながら尋ねてきた。

「少し読んでみたが、くだらない小説だ。もっと身になる小説はいくらでもある。娯楽小説の中にもマシなのはたくさんある」

「ちょっとお静かに。いいところなので」

杖爺は聞く耳を持っていなかった。

「むやみに残酷で、劣情を煽《あお》っているだけの代物じゃないか。性欲に物欲。どいつもこいつも欲まみれの変態ばかりだ。こんなものを書く奴も、それを好んで読む奴も、恥知らずだ」

杖爺のテンションはぐんぐん上がっていった。

「くだらん雑誌にふさわしい、くだらん小説だ。見てみろ。グラビアだかなんだか知らんが、女の裸ばかりだ。女の裸にうつつを抜かす男ども、媚《こび》を売る女ども、金儲けをする連中。そんな人間があさましい世の中をつくっているんだ。ピアスにタトゥーにドレッドヘアーだ」

ラッパーに恨みがあるらしい。

「大切なのは情だ。信じ合い、支え合い、敬うことだ。親は子を愛し、子は親を敬う。それが健全な社会なんだ」

相手をしている場合じゃなかった。怒濤《どとう》の展開に、「やばいやばい」と心の中で狂喜しながら文字を追う。

「人間には尊厳がある。人間を人間たらしめる尊いものだ。それを失った奴はもう人間とは呼べない。わかるか？　その絵空事の世界には、尊厳がないんだ。男も女も自分の欲望のまま他人を陥れ、貶め、殺し合う。そんな世界はふつうじゃない。そんなもんばかり読んでいたら、ろくな大人になれん」

「あのう」

わたしは耐えかね、顔を上げた。

「尊厳ってなんですか？」

杖爺が、ぽかんとこちらを見た。

「よくわからないんですけど、それがないとどうなるんですか？」

ぽかんとしたままの杖爺に、わたしは重ねた。

「わたしにはそれがあるんですか？　ないんですか？　あるとかないとか、誰がどうやって決めるんですか？」

杖爺は固まっていた。煙草の灰がちゃぶ台に落ちた。たぶん調子にのって難しい言葉を知ったかぶっていたのだろうと思われた。

「ちなみに、ろくな大人っていうのは、どんな人なんでしょうか」

「うるさいっ！」

怒鳴り声に、わたしは肩をすぼめた。

「……手遅れだ。お前は」

顔を逸らした杖爺は、わたし以上にしょんぼりしているように見えた。

「あのう」

「今度はなんだっ」

「次の号をください」

畳に放り投げられた雑誌に、わたしは飛びつく。いよいよメンヘラ娘と毒母が相まみえる号である。

杖爺は煙草を吹かしつづけ、わたしは小説を読みつづけた。杖爺はもう無駄口を叩かなかった。勝手に一人で苛々していた。

「読み終わったな？」

「いや、まだ、もう一周」

ふん、と荒い鼻息が応じる。

「理解できん。そんなものを貪るお前も、あんな家に住みつづける連中も」

もういちいち反応せず、一字一句を頭に叩き込んでゆく。

「……お前らは、あの家で何をしているんだ」

「――掃除とか洗濯です」

「そうじゃない。男たちはどうしているのかを聞いてるんだ」

「食事とセックス以外にですか？」

杖爺が頰を膨らませた。ほんとにこの人、怒ってばっかだ。

わたしは文字を追いながら答えた。「兄貴は最近、出張ばかりです。こないだようやく帰ってきたと思ったら、すぐまたどっかへ行きました。ずいぶん頑張っておつとめをしているみたいです」

すっかりやつれた様子からも、それは察せられた。

「ようやく馴染んだみたいで、ほっとしてます」

「馴染んだ？」

杖爺の拳がちゃぶ台を叩いた。

「馴染むなんて言葉を使うなっ」

わたしはびっくりして杖爺を見た。情緒不安定すぎるだろ、と思った。

「馴染むというのは、それは、もっとちゃんとした社会に対して使う言葉だ。お前らのそれは、まるで違う」

「……どう違うんです？」

杖爺は答えなかった。唇を嚙んでいた。小さく頭をふった。全身が震えていた。発作であってくれと祈ったが違った。

「もういい。さっさと読んで名前を教えろ。そして帰れ」

わたしはその通りにした。完全に自分のものとするまでに、都合三回読み直した。

「満足か」

「はい」答えてからひと息つく。「ああ——」心の声がもれる。「面白かったあ」

杖爺がこちらを見ていた。その、何か奇妙なものを見るような目は、たいへん失礼だった。

急にそっぽを向き、煙草をくわえる。

「さあ、教えろ。名前はなんだ」

「律子《りつこ》さんだそうです」

杖爺の動きが止まった。血流まで止まったかのようだった。

「……嘘じゃないだろうな」

「さあ。リツカに聞いただけなんで」

「嘘をつく理由もない、か」

杖爺はライターの火をつけたままぼうっとしていた。くわえた煙草とライターの火はだいぶ距離があった。

「ほかに、女性はいないのか？　大人の」

「わたしが知る限りでは」

「――そうか」

「あのう」

わたしはおずおずと尋ねた。

「次は、どうしたらいいですか？　できれば写真以外だと助かるんですが」

うん、と杖爺は生返事をした。ボケちゃったのかしらと、わたしは思った。

「もういい。もう来るな」

「え」

「雑誌は捨てる」

「ええっ」

「帰れ」

まるで意味がわからない。

「いや、帰るのは帰りますけど……っていうか、捨てるんならください」

「黙れ！　もうお前に用はないっ」

帰れ——と、杖爺は繰り返した。とりつくしまなど寸分もなかった。

あんまりだ。やり捨てだ。ひどすぎる。あと三回で新世紀母娘戦争勃発編の完結なのに！

杖爺はこちらを見もしない。

ああ今、この手にマシンガンがあったなら！　現実は、爪楊枝《つまようじ》の一本とてわたしは持っていなかった。

とぼとぼ廊下へ向かう。こうなったら忍び込んで奪うしかない。——いや、駄目だ。捨てられちゃったら手遅れだ。

事の重大さに気づいたわたしは心底がっかりし、廊下への一歩を踏みだせず、しばらくうなだれ突っ立っていた。

「——仕方のない奴だ」

声のほうをチラリと見やる。

「何か情報があれば教えに来い。少しなら、読ませてやる」

杖爺は、やっぱりこちらを見ず、火のついていない煙草を灰皿に押し当てた。

外出する口実の確保が急務であった。杖爺はケチなので、一回の訪問でたくさんは読ませちゃくれない。まごまごしているあいだも連載はつづき、世界一周黙示録編の未読回が増えてゆく。原理的にいえば、週一で通わなくては追っつかない勘定なのだ。

「ねえねえ、雅江さん」

掃除機をかけていた背中がピョンとのびた。雅江さんはひと呼吸おき、おそるおそるこちらをふり返った。

この二ヵ月ばかし、たった一人で飽きもせず黙々と四角い家の埃退治に勤しんでいる雅江さんに向かって、わたしはベッドの上から渾身の可愛らしい微笑みを浮かべた。

「いつもお掃除ありがとうございます」

雅江さんが、おぞましい殺人現場に遭遇したごとき顔をした。

「す、すみません」わなわなと震えながら、祈るように手を合わせる。「いたらぬ点があるのは承知しています！　わたしなどが依子さまのお部屋をお掃除させていただくなどおこがましい！　わたしのようなバイ菌が！」

雅江さんは涙を流しはじめた。

「ですが、おつとめなのです！　仕方なく！」

「いや、感謝を伝えたかっただけで」

「とんでもない！　とんでもないことです！　どうかどうか、感謝なぞしないでください。後生ですから」

付き合ってられない。

「まあ、まあ。感謝と恩返しは伯父さんのモットーですから。でも、大変だと思うんですよ。この家は案外広いじゃないですか。洗濯物もけっこう多いじゃないですか。その上、買い出しまでさせられたんじゃやたまんないですよね」

雅江さんが小首を傾げた。「買い出しは、奥さまがされてますが？」

「え？　ママが？」

「はい。わたしは修行中の身ですから、庭より外へ出ることは禁止されています」

「なんだ。じゃあいいや」

「いい……とは？」

「あ、こっちの話。どうぞおつとめをつづけてください」

はあ、と雅江さんは掃除機を握り直した。わたしはベッドに寝転んでスマホをいじり、ネットニュースを眺めながら時間の無駄を悔いた。

ふと、雅江さんの右手が目に入った。

「それ、不便じゃないですか？」

ビクリと背筋をのばした雅江さんが、右手に巻かれた包帯にふれた。血が滲んでいた。

「と、とんでもない。わたしの粗相が原因ですので……」

「母に注意しておきますよ。おつとめに支障がでてるって」

「やめてください！　お願いですからっ」

四月のあの日、わたしがリツカの教育係を名乗り出た日から、雅江さんの身体には生傷が絶えなくなった。右手だけじゃなく、頬は腫れてるし、青みがかった右目の瞼は二倍ほどにふくらんでいる。鼻にはガーゼが当てられている。歯も何本か見当たらない。唇から血が垂れている。駄目になる兆候だらけだ。

雅江さんがどんな粗相をしでかしているかは知らないが、彼女を「指導」しているのは母だ。時郎くんがわたしを殴りまくったときと違い、伯父さんも認めているのだろう。ならば雅江さんに非があるわけで、せめて「治療」にランクアップしないよう祈ってやるしかできない。

雅江さんは血まみれの右手で掃除機を、慎重に慎重に操っていた。痛めつけられて身体が不自由になり、身体が不自由だから粗相が増える。粗相が増えたらまた痛めつけられる。因果応報とはこういう場合に使う言葉に違いない。

げんに今、掃除したばかりの床に雅江さんの唇から垂れた血痕が張りついていたけれど、わたしは面倒なので知らんぷりをする。

しかし炊事と掃除と洗濯しかおつとめがないのに、このクオリティはいかがなものか。

「雅江さん」

「はいぃ！」

やりにくい。

「雅江さんって、なんで修行しようと思ったんですか？」

その瞬間、雅江さんの青たん面から表情がなくなった。ミシッと掃除機を握る音が聞こえた気がした。その力みはすぐに影を潜め、いつものおどおどしたエプロン星人に戻る。

「……もう忘れました」

失礼します——。そう残し、雅江さんはわたしの部屋を出ていった。

台所で聖美ママにお願いする。「買い出しを任せてほしいんだけど」

「どうして？」聖美ママが、回鍋肉に入れるキャベツを豪快にちぎりながら訊いてきた。

「社会勉強というか慈善事業というか。だってわたしも、いずれママみたいにならなくちゃいけないわけでしょ？　買い物の一つや二つ、ひょひょいっとこなす訓練をしておくべきだと思うんだよね」

「じゃあ一緒に行く？」

「いや、初めてのお使いはたいてい子どもだけと相場が決まっているし」

そうねえ、と聖美ママは手を止めた。

「でも、一週間ぶんの買いだめよ。あなたの手には余るでしょ」

「ママにできるならわたしだって平気だよ」

「わたしは車の運転ができるのよ」

「じゃあまず、免許を取りに行くところからはじめるというのはどうだろう」

さすがに怪しまれ、わたしはウェイパァーを探すふりをした。

「まあ、伯父さんに相談しといてあげるわ。あなたにはまだ早いと思うけど」

望みはうすそうであった。

「ところでヨリちゃん」

聖美ママの声が妙に優しくなり、わたしは警戒した。

「最近お菓子のストックの減りが早いんだけど、心当たりはない？」

「えーっと、夜寝る前とか朝起きてすぐとか、わりと食べちゃってるかも」

「そのわりに、あなたぜんぜん太らないのね」

「体質だと思う」

「ママもパパも太りやすいほうだけど？」

「兄貴に似たんじゃないかな」

じろりと睨まれ、わたしはへらへらしておいた。

次の日の朝食のあと、伯父さんから書斎に招かれた。

本棚にはいろんな本がぎっしりつまっていた。

「興味あるか？」

伯父さんは肘掛のついたソファにゆったり座っていた。

「経済学やら心理学やら、参考にならなくもないが、しょせんは漫画と変わらん」

いちおう棚には、漫画もたくさんあった。

「本なんてもんは、たいてい都合よう書かれとる。ほんとうに大事なことを他人に教える馬鹿はおらんし、馬鹿が書きゃあ中身がスカスカになる」

わたしは伯父さんの前に正座した。カーペットのおかげで膝は痛くならなかった。

伯父さんの背後にはパソコンの大きなモニターと、その横に小さなモニターがいくつも置いてあって、まるで科学特捜部の指令室みたいだと、わたしは思う。

「結局、実践経験に勝るもんはない」

伯父さんが目を細めた。

「依子ちゃんは、外に出たいんか？」

「外というか、役に立つことを学びたいと」

「実践で、か」

「はい。時郎くんのためにも」

口から出まかせを、純真無垢《むく》で装った。

「リツカはどうや？」

「まずまずです。お母さんのほうは、ぜんぜんしゃべってくれないのでわからないですけど」

「しゃべれんねん。喉が潰れとる」

なるほど、とわたしは合点した。

「昔はアレも素直やった。よく一緒にカラオケに行った。歌が上手くてな。だが、反抗的になった。おつとめを断るようになったんや」

「それは、良くないです」

「そう。良くない。良くない人間はどうなる？」

「駄目になります」

伯父さんが、満足げにうなずいた。

『指導』もしたが、あかんかった。それで『治療』や」

「リツカは大丈夫だと思います」

ふうん、と伯父さんが、わたしをまじまじ見つめた。背中に汗が滲んだ。

「免許はあかん。まだ早い」

「はい」

「が、息抜きくらいはええやろ。君は賢い。何をすればどうなるか、わからん子やない」

「ありがとうございます」

「とりあえず、月にいっぺん、美容院に通ってもええ」

「美容院」

「時郎がやかましくてな。ちゃんとしたとこに行かせんから、どんどんみすぼらしくなってるってきかんねん」

赤面ものだ。思わず自分の、ざんぎり頭に手がのびそうになる。

「雅江は髪を切ることもろくにできん」

オレンジに染め直してもいいですか？　好きにしたらええ。できればネイルも。しゃあないのう——。

「くれぐれも忘れんでくれ。何をすれば、どうなるか。それを忘れたらいかん」

わたしは丁寧にお礼を述べ、それから口でおつとめをし、「時郎には内緒やぞ」といった言葉に送られ書斎をあとにした。

わたしが雑誌を読むあいだ、杖爺はいつもちゃぶ台でもくもくと煙草を吹かした。ときたま咳をした。彼はもう、わたしにあれこれ求めてこなかった。写真はもちろん、あれを教えろとかこれを持ってこいとかもない。わたしが雑誌の見返りに提供する四角い家の情報は、たいてい昨晩の献立になった。忍耐のにらめっこがあるとしたら、先に大笑いしたのは杖爺だったわけだ。

平屋に寄るのは月に二度、美容院とネイルサロンの日だ。四時に帰宅がルールだったからまとめ読みはあきらめて、わたしは二号ずつ、じっくり読み込む道を選んだ。そして翌日、リツカに語って聞かせた。

夏真っ盛りのころ、ついに新世紀母娘戦争勃発編がフィナーレを迎えた。暑さも忘れ、わたしは四角い家へ全速力で走り、どうしても今すぐ教えなくてはならないことがあると母を説き伏せ、黄色の地下室へ飛び込むや、リツカと二人でその衝撃的な大どんでん返しをたたえ合った。

メンヘラ娘は死ななかった。危機一髪の状況に追いつめられ、しかしそれを悪魔的機転で切り抜けた。手痛いしっぺ返しを毒母にくらわせ、マレーシアへ飛び立った。ブラボー！

毒母も大したタマだ。「真・びっくり箱作戦」でもがれた片腕を愛《め》でながら、復讐を誓ってほくそ笑む。こうしてファーストシーズンは幕を下ろしたのである。

心から満足し、ただ唯一不満だったのは、メンヘラ娘が死なない展開を事前に知っていた点だった。ネタバレの罪深さを身をもって知れたという意味では、尊い実践経験といえた。

杖爺は、あれだけ罵倒したオヤジ週刊誌を買いつづけた。とじられたままの袋とじを見るたびに、この老人の正気を疑わないでもなかったが、まあ趣味は人それぞれだ。重要なのは世界一周黙示録編の面白さであり、語るべきは高齢化社会の行く末ではなく、マイケルの殺され方の芸術性だったのだ。

そうこうしているうちに秋になった。

その日、美容院もネイルもないのに四角い家を抜けだしたわたしは杖爺と向かい合い、四号くらいまとめて読ませてくれまいかと頭を下げた。杖爺は「なんでだ」と素っ気なく訊いてきた。

「リツカに、多めに聞かせてやりたくて」

「どうしてだ」

「必要な気がするので」

杖爺は何もいわなかった。不機嫌そうに五冊、雑誌を放り投げてきた。

リツカの母親が亡くなったと最初に気づいたのは、当然リツカだった。明け方からわたしが訪ねた昼過ぎまでずっと、彼女は助けを求め叫びつづけていたという。けれど地下室の防音はNASAもびっくりのクオリティで、誰もその叫びに気づかなかった。

お勉強会は中止になった。伯父さんの命令に従いわたしは自分の部屋へ戻ったから、下で何が行われたかはわからなかった。ただ夕食のとき、「満秀が出張中で良かった」と伯父さんがもらしていた。「もう少し、向こうにいてもらうか」とも。

　杖爺の家で五回分の連載を読んだ次の日、わたしは五日ぶりにリツカに会った。地下室は何も変わっていなかった。三角木馬も十字の磔板も、首吊りロープと洗面器も、火鉢も、すべてそのままだ。相変わらずリツカは鉄の柵の向こう側にいて、全裸で、ホースを向けると自らその場で回転し身体を洗った。寝たきりで喉の潰れた律子さんが消えているだけだった。オマルの汚物がちょっと減っただけだった。

　わたしは『奥義の書』の勉強はお休みだと告げ、『毒メン』のつづきをたっぷり五号ぶん話した。リツカは正座し、差し入れのチュッパチャプスを舐めながら泣いた。泣きながら、わたしが語る物語を聞いた。哀しい場面なんかなかったし、わたしにはリツカの涙の理由がわからなかったけど、たぶん今、この子にはたくさんの物語が必要なんだろうと思った。

「どうよ、この展開」「やばいです」「しかもこの次、こうなるんだよ」「いや、先生、先にいわないで」……。リツカは容赦なくせがんできた。「もっと、聞かせてください」ぐじゅぐじゅに泣きながら、「もっと、もっと」と。

　四時を大幅に超えてしまい、母にこってり叱られ、こういうときこそ『奥義の書』のありがたみがきわ立つのだ、ゆえに一からぜんぶおさらいしていたのだとわたしは主張し、「それも一理あるわね」とねじ伏せることに成功した。

　夕食のおり、伯父さんに「そろそろリツカは大丈夫だと思います」と告げた。

まあ、そのへんはゆっくり考える——伯父さんはそう応じた。わたしが気になったのは、伯父さんの手の甲に浮かぶ噛み跡だった。これがリッカの仕業なら、とうぶん彼女の「治療」は終わらないだろう。

この夜は、時郎くんと満秀さんは出張で、食卓には兄がいた。しばらく姿を見ていなかった兄はやせこけ、うす汚い作業服をまとった身体からもやっと汗の匂いを放っていた。

「ガラは？」

「大丈夫です。ちゃんとやっておきました」

「よっしゃ。やっぱ新太くん、頼りになるのう」

「ありがとうございます」

伯父さんとの会話を聞くにつけ、いよいよ彼は馴染んだのだと確信した。

「ねえ、兄貴」

うす暗い三階の廊下で、わたしは部屋に入りかけた兄を呼び止めた。

「律子さんを、どうしたの？」

兄は少しだけこちらを向き、目を細めた。

「進藤さんみたいに？」

わたしの質問に、彼は答えなかった。

ふいに、みぞおちのあたりが騒いだ。

それをごまかすように、わたしは尋ねた。

「明日はどうするの？」

「出張だ」

「いつまで？」

兄は答えない。じっとりした目つきは疲れ切っているように見えたし、興奮で血走っているようにも見えた。暗い穴のようでもあったし、ちりちり燃えているようでもあった。

「もしかして――」訊かずにいられなかった。「記憶が戻ったの？」

「依子」

ひゅん、と拳が、わたしの頬をかすめた。

「私語禁止だ」

突きだした拳を開くと、小さな羽虫が潰れていた。兄はそれを作業ズボンにこすりつけ、部屋の中へ入っていった。

扉が閉ざされたあとも、わたしは動けなかった。みぞおちのざわざわが速度をあげ、それは心臓の鼓動にまで伝播していた。

兄だ――と思った。あの、ためらいのない拳。痛みをオフにできるわたしでさえも、怖気づいてしまう暴力の気配。

けれど兄の様子は、わたしの記憶とは違っていた。

好き放題に暴れていたころ、兄は常に苛立ち、近寄りがたい野獣に等しかった。そこには発散というか解放というか、ともかく外へ向かうエネルギーの流れがあって、彼の危うさは、いわばピンの外れやすい手りゅう弾の危うさだった。

しかし今しがた目にした男は、不発弾だった。地中深くに埋まり、壊れたタイマーが当てもなくカチコチ時を刻んでいるような。

十五階建てのマンションから落っこちる直前の兄に似ていた。

あの日、二階建ての家の穴ぼこだらけの廊下をふらふら歩む兄の姿をわたしは見ていた。白いTシャツの背中に向かって、どこへ行くの？　と尋ねた。兄は黙ったまま、さっきと同じように少しだけこちらを向いた。洞穴《ほらあな》みたいな目をしていた。何しに行くの？　重ねた問いかけに、呪いみたいな声が返ってきた。取り戻しに行く――。

兄は裸足《はだし》のままコンバースをはき、玄関を出ていった。なんのこっちゃわからなかったわたしは、その一週間くらい前に兄の手で階段の上から放り投げられたばかりだったので、このまま二度と帰って来なければいいのにと願っていた。

結局、再会は翌日に果たされ、寝たきりになった兄は半年後、虫も殺せぬ好青年として蘇った。

それが今、彼は再び洞穴みたいな目をしている。

兄は、記憶をとり戻したのだろうか。それとも別の順路をたどって、裸足でコンバースをはいたときの兄になったのだろうか。どちらもあり得るし、たぶん、どっちでもいい。なのにわたしのみぞおちは、ざわざわしたままだった。

もしも、記憶が戻っていないなら。伯父さんに頼られ、馴染んだはずの兄が、どうして不発弾の顔をしているのだろう。二人で乗った電車の中で、『毒メン』の三つ子のエピソードを語り合った兄は、どこへ消えてしまったのだろう。

兄がいなくなったうす暗い廊下に立ち、置いてきぼりをくらった気分で、ふと、この家は何か間違っているんじゃないかと、わたしはそんな予感をもった。


次の木曜日、ネイルの帰りに杖爺の平屋を訪ねた。「なるべく手短に磨いてください」という雑なオーダーで所要時間の削減に励むのは美容室でも同じだ。伯父さんや母には、「シンプルなものにこそ手間がかかる」で押し通していた。なけなしの時間を確保し、じっくり『毒メン』を読むつもりで出向いた足が、その日は止まった。

杖爺の平屋の前に、車が停まっていた。ダンディな俳優さんのＣＭが似合いそうなピカピカの車は、たぶん杖爺の平屋より高価だろうと思われた。

嫌な予感がした。けれどこの程度で二週に一度のチャンスを逃すわけにはいかなかった。

地下室のリツカは腹をすかせたドラゴンみたいにいきり立ち、その点はわたしも似たりよったりだったのだ。

意を決し、玄関をくぐった。チラリと車のナンバープレートへ目をやった。練馬ナンバーだった。

引き戸を開け、そろりと靴を脱ぐ。見慣れない革靴とスポーツシューズが置いてあった。キッチンには誰もいない。奥の居間、ガラス戸の向こうから会話が聞こえる。テレビではない。

ガラス戸をそそっと開ける。会話がやむ。テレビを背に座っていた杖爺が、こちらを向いた。来たか、という顔をした。

「座れ」

ちゃぶ台の一番近い場所に、わたしは膝を折った。

「この人たちに、お前のことを話すんだ。そしたら雑誌をぜんぶくれてやる」

杖爺の正面に、二人の男性が正座していた。

ワイシャツの男がわたしを見て、にっこり微笑む。ハツラツとした表情だった。

その横に、黒いTシャツの男がいた。アルマジロみたいな猫背で、上目遣いに、どうも、という感じで頭を下げてくる。

「初めまして」ハツラツとした、ワイシャツのほうがいう。「門村です」

去年——二〇一六年

ある朝、夢に現れた釈迦如来のお告げを受け、葵ちゃんは東京タワーとお寺さんの位置関係に隠された秘密を探る壮大なライフワークをはじめた。曰く「歴史的使命感に駆り立てられた」彼女の情熱は東京スカイツリーの誕生とともにうやむやになり、曰く「歴史とは今ここで営まれる現在のことである」という悟りにいたったそうだが、たぶんこれはどうでもいい話だった。

重要なのは、葵ちゃんがその時期に愛用していたグーグルマップだ。

パパトラに描かれたトラ地図とグーグルマップを突き合わせ、結論が出るまでに五分とかからなかった。わたしの助言通り、五十二枚のトランプの背面に潜んでいた図は奥多摩だったのである。

朝から夕方までたっぷり惰眠を貪った葵ちゃんのテンションはぶっ壊れた火災報知機をしのぎ、わたしの寝不足に出る幕はなかった。スーパーで買い込んだ食材でこしらえたお弁当をたずさえ、午後十時過ぎ、ヒンデンブルク号は検見川を出発した。

中央自動車道を使えば二時間少々というグーグルマップの情報は、「金がありません」という葵ちゃんの一言でゴミくずとなった。

「そのために、こんな時間に出たんでしょうが」

カーステから流れるイギー・ポップのリズムでハンドルを叩く葵ちゃんのウキウキした様子に、わたしは居眠りをあきらめた。気がついたら事故死となりかねない。

下道《したみち》はすいていたけれど、どう頑張っても到着は明け方になりそうだった。千葉を抜け、東京に入り、夜中だというのにそこここに灯りがあって、闇にそびえる高層ビルなんかが物珍しく、少しだけ楽しくなってしまう自分が悔しい。

「まず、どこを目指すかですが」

トラ地図に残された三ヵ所の丸印は、すべて西多摩郡《にしたま》に記されていた。近いのは瑞穂町《みずほ》、残り二つは大岳山《おおだけさん》、三頭山《みとうさん》の辺りだろうと思われる。一番離れた三頭山を越えて進めば山梨《やまなし》県。わたしの感覚では外国に等しい。

「ふつうは奥からでしょうね」

「先に近くを潰しておくほうがいいんじゃない?」

「するといったん瑞穂町に寄り道、ってな順路になっちまいます」

「回れ右の準備も必要な気がするけど」

何せあの父のすることだ。丸印はたんに行きつけのパブでしたったってオチもあり得る。

「理に適《かな》っちゃいますが、大丈夫でしょう。さしあたり重要なのは二つの山です。このどっちかが、無名墓地なのは鉄板ですよ」

さらりといってのける葵ちゃんの横顔を、わたしは見つめた。

「だってそうでしょう？　姐さんが奥多摩を出してきたのは、進藤のとっつあんを埋めた記憶のおかげなんですから」

「――ちゃんと憶えてるわけじゃないよ。奥多摩って看板を見た気がするだけで」

「地図はぴったり一致してました。たんなる偶然てのはあんまりです」

「じゃあ、残り二つはなんなの？」

もう片方の山と、瑞穂町。

「問題はそこです。いいですか？　ポイントは、これがお父さまの残した暗号ってとこです。つまり、四角い家とは関係ない。たとえばリッカ氏の母上って可能性はないわけです」

進藤さんの奥さんやハナコ、針金の古田さん、彼女たちが駄目になったのはわたしたちが三角屋根の家を去ってからだ。

「姐さんのお話によると、三角屋根のおうちで亡くなったのは進藤のとっつあんだけですよね」

「わたしがペット小屋で『治療』されてたあいだは知らないけど」

しかし期間は一年と半年くらい。そうそう駄目になる人間があらわれるとは思いにくい。

「色キモが快楽殺人鬼ってんなら話は別ですが」

それにしてはけっこう長く、わたしは生きつづけたことになる。

「アブナイ商売の何かって可能性もありますけど——」

闇金に揉め事はつきものだ。少なくとも『ミナミの帝王』ではそうだった。あるいはもっとダーティな仕事を請け負っていて、父は「出張」を通じ、それらに加担していたのかもしれない。

「まあでも、たぶん違いますね」

葵ちゃんは前を見たまま言い切った。その自信の根拠が、わたしにはわからない。

いつの間にかカーステから流れる歌声が変わっていた。

「ニール・ヤングの『ハート・オブ・ゴールド』です」

もちろん知らない。

「葵ちゃん」

わたしも前を向いた。

「怖くないの？」

道路沿いの街灯が過ぎてゆく。

「わたしのこと」

狭い車内に、じっくりした歌声が響いている。

「なぜです？」と、葵ちゃんが訊き返してきた。

「だって、わたしの両親や兄は人殺しみたいなもんなんだよ」

「それならこっちも同じでしょう。殺《や》っちまった数でいやあ、ウチのゲロ馬鹿兄貴が勝ってんですから」

「そうじゃなく。そういうことじゃなくて」

「色キモにさせられていたんでしょう？」

「だとしても。あの人たちにはまだ、まともな生活の時間もあって、それがどっかでおかしくなって——」

殺してしまった。

「わたしは違う。わたしは十二歳で三角屋根の家に住みはじめて、その前だってほとんど引きこもりだった」

社会とのつながりはテレビだけだったのだ。

「わたしは、それ以外を知らないの」

伯父さんのルール以外を。

させられたという感覚すらなかった。そういうものだと信じていた。暴力もセックスも、すべてはそのようなものなのだと。

葵ちゃんは答えなかった。じっと道の先へ目をやっていた。

「ファミレスで話したエピソードを憶えてる？　三つ子が電気椅子に座らされるやつ」

それぞれ赤、青、白の色を与えられ、その三色を配したボタンを持たされ、一つ押せと命じられる。二つ以上押された色の人間に電気が流れ、死ぬ。

「小説の中の三つ子はみんな、ほかの兄弟を助けたくて自分の色を押したんだよ。それがふつうだって、兄はいってた。当たり前なんだって」

けど——。

「わたしは違う。わたしはたぶん、適当に押す」

その理不尽を受け入れ、考えることを放棄し、目をつむる。

「わたしには、『ふつう』がないの」

法律はおじいちゃんが教えてくれた。世間の常識ってやつも仕込んでくれた。人を殴るのは良くないだとか、悪口は醜いだとか、セクハラは卑劣だとか、ハイレグは人によるだとか。けどきっと、わたしが身につけたそれらはとても表面的で、薄っぺらく、紙でできた仮面のようなものであり、ひと皮剝いた根本は、四角い家のときとなんら変わっていないのだ。

「今でもわたしは、三色のボタンを前に、きっと目をつむる」

「姐さん」

面倒くさげな声がいう。

「そういうの、ちょっとうざいです」

わたしは黙る。ハーモニカの音色が耳をなでる。いい曲だと思う。けれどニールさんが歌う英語の歌詞を、わたしは翻訳できない。

車窓から、高層ビルが消えた。


空が明るくなりかけたころ、ヒンデンブルク号はさびれた道沿いの片隅にぽつんとたたずむゲームセンターに飛び込んだ。破裂しそうなお腹を抱えた葵ちゃんがお手洗いに駆けてゆくのを見届け、わたしはゲーム機の椅子に座った。

ベンチに寝転ぶオジサンは駐車場に停まったトラックの運転手さんだろう。あとは人っ子一人いやしない。カウンターの中で坊主頭の店員さんが、口を開けていびきをかいている。まるで休憩所みたいなこの場所は、いったい誰がなんのために営む慈善事業なのかしら。

そんなふうにぼんやりしていると、おじいちゃんのことを思い出した。

四角い家を出て検見川に移り住んだころ、わたしとおじいちゃんはぎくしゃくしていた。それまでほとんど他人だったのだから当然だろう。

会話はなかった。たまに交わすのは色川の伯父さんについてとか「あの事件」の話くらいで、テレビさえあれば平気だったわたしと違い、おじいちゃんは居心地が悪そうだった。

そんな生活がつづいたある日、外に出ようと誘われた。二人して無言のままバス停まで歩いた。バスに乗り、やっぱり無言のまま降りた。

大きな建物が、目の前にあった。なんとなく団地のような雰囲気だった。おじいちゃんに促され、わたしは建物の中に入った。

ごつ、ごろろん。

その光景に、唖然とした。きれいな木目のレーンがいくつものびて、その先に十本の白いピンが立っていて、何人かのお客さんが色鮮やかなボウルを投げるたびピンが弾け、歓声があがる。

わたしはこのときまで、ボウリング場という場所を知らずに生きてきたのだ。

——わたしが若いころは、みんな遊んだもんだ。

おじいちゃんはそういって、借りたシューズを寄越してきた。

——いいか、依子。まっすぐ中央に当てようと思っちゃ駄目だ。少しカーブをかけて、一番手前のピンとその横のあいだを狙うんだ。ポケットと呼ばれる場所をな。

わたしは下手くそだった。鬼ごっこくらいしか運動の経験がなく、筋力もなく、ボウルを抱えるところからして一大事だった。

——水平と垂直だ。それが身につけば、安定した投球ができるようになる。

おじいちゃんは上手かった。歳が歳だから頼りなさはあったけど、放たれたボウルは正確にポケットを目指し、倒すピンが七本を下ることはまずなかった。

翻《ひるがえ》ってわたしは、両手で抱えたボウルを両手のまま放る始末で、二投に一投はガターを記録した。

――難しいか？　だから面白い。

わたしは夢中でボウルを投げまくった。こんなに明るく広々とした場所で、思いっきりボウルを投げるなんて初めてだった。

――いいか、依子。ボウルを投げた瞬間に結果は決まっている。手を放すタイミングに角度、スピード。物理の法則だ。それでもわたしたちは期待する。何本倒れるだろうか、と。

嚙んで含めるように、おじいちゃんはつづけた。

――摩擦は湿度とも関係する。レーンのゆがみだってある。アマチュアにはわからない。プロだってぜんぶは無理だ。人間ごときが、何もかもをわかろうなんて不可能なんだ。

正しく理解できた気はしなかったけど、それが事実なのは実感した。どれだけ狙ってもストライクにならなかったし、ストライクにならないとわかっていても、わたしは期待をやめられなかったから。

――だからいいか？　よく聞きなさい。運命は決まっているかもしれない。しかしわたしたちにはわからない。わからないんだ。

その日を境にボウリング場通いがわたしたちの日課となった。キリがないほどおじいちゃんと投げ合って、みるみるスコアは上昇し、いよいよ初勝利のウキウキが最高潮に達したところで、おじいちゃんは体調を崩した。

「おそらく明太子の賞味期限が原因ではないかと」

すっきりした顔の葵ちゃんがお手洗いから戻ってきて、わたしのとなりに腰を下ろした。

「シューティングゲーム、やったことは？」

「ほとんどない。というか、まったく」

「やりますか？」

返事をする間もなく、葵ちゃんが百円硬貨を放り込んだ。

「さあ、どうぞ」

勘弁してほしかった。よくわからない宇宙船を操作して、よくわからない敵の軍勢と闘うわけだが、多勢に無勢もいいとこだ。三百対一どころの騒ぎじゃない。なんで地球防衛軍の上層部がこんな単騎突入を許可したのかさっぱり解《げ》せぬまま、ものの三分でわたしの初陣は終わった。

「ひどい」葵ちゃんが嘆き、「お手本をお見せします」とレバーを握った。四分間、わたしは彼女の奮闘を観戦した。

作戦に無理がある。それがわたしたちの結論だった。

「そろそろ行きましょうか」

「ねえ、葵ちゃん。トラ地図の丸印が『埋葬』の場所だとしてさ。でも見つけるのは無理じゃないかな」

遺体を隠すため、わざわざ山に埋めたのだ。見つけやすいほうが驚きだ。

葵ちゃんはしばし考え、「まあ、いいじゃないっすか。ピクニックだと思って満喫しましょうや」と答えた。「せっかくお弁当までつくったんですし」

そのほとんどが葵ちゃんの胃袋にしまわれ、ついさっき水に流れたばかりだった。

「行きましょう。姐さんは、行くべきです」

葵ちゃんが歩きだす。わたしは初めて会ったとき、彼女が十本のピンに向かってボウルを投げた姿を思い出す。下手くそのくせして、迷いのない投球だった。

ゲームセンターをあとにし、山道を登ってゆく。都道２０６号線から見える景色の大半は森の緑に占められて、道端に立つ白い看板が朝日に映えて眩《まぶ》しかった。そんな中にもぽつりぽつり、民家や店舗の集まりがあり、わたしはここでの生活がどんなものか想像し、けれどテレビとスマホ以外にイメージが浮かばなかった。途中、でっかい酒蔵を通りすぎた。神社の石垣を通りすぎた。ヒンデンブルク号はどんどん高度を上げ、そのたび緑が濃くなった。はっと開けた眺望に目を奪われたそばから、ふっと山の中に閉じ込められる。そんな道行きだった。

ああ……、とわたしが声をあげたのは、温泉宿の看板に出くわしたときだった。

「ここ。ここに寄った気がする」

葵ちゃんがスピードをゆるめ、道の真ん中に車を停めた。

「たぶん埋めた、帰りに」

父に母に伯父さん、兄もいた。みんな汗だくの泥だらけだった。ひとっ風呂浴びていこうと伯父さんが提案し、けれど宿は閉まっていた。外はまだ真っ暗で、瞼は死ぬほど重かったはずだから、深夜も深夜、三時とか四時だったんじゃなかろうか。

宿の前で伯父さんが立小便をし、わたしたちは車に戻った。三角屋根の家に着いたのが何時ごろだったか、ぐっすり眠ってしまったから憶えていない。

ヒンデンブルク号が走行を再開する。いよいよ建物がなくなった。アスファルトの道と森と岩、ガードレールと道路標識だけがこのドライブを彩っていた。

『ようこそ、奥多摩』

その看板に、やっぱり「ああ……」と声がもれた。かつて目にしている。間違いなく。

道はくねくね、あちらへ曲がりこちらへ曲がるを繰り返し、もう、いったいここがどこなのか、わたしにはわからない。山からせり出した枝がアーチを作って、四角い家のそばにあった緑のトンネルを思わせる。

道の先に、黒い手すりの短い橋が現れた。それを渡り切る直前、「停めて」わたしは葵ちゃんの肩に手を置いた。

「そこの、看板の前」

道路標識の下に、『走行中の皆様へ』と記された四角い看板が立っていた。居眠り運転や野生動物の横断を注意するその看板の横を、アスファルトの道から逸れた土くれの林道が下っている。

「ここだと思う」

まるで記憶の答え合わせだ。現実が追いついてくる感覚だ。少しだけ、鼓動が痛い。

「通れる幅です。行きましょう」

葵ちゃんが、ヒンデンブルク号を発進させる。がたごとと車体が揺れる。もはや山道でなく、山だった。

「次の目印は何ですかい？」

「どうだろう。ぜんぜん自信ないけど」

正直な感想だった。このお尻の揺れはなんとなく記憶にあるが、どこで停まったかまでは憶えちゃいない。思い出すべきかも、わからない。

「遺体があったら――どうするの？」

葵ちゃんは前を向いていた。下りの坂道は傾斜が激しく、下手に道を外れると山肌を転がるはめになりかねなかった。おまけに葵ちゃんの運転スキルは微妙だ。

それでもわたしは、尋ねずにいられない。

「これも本に書くの？」

葵ちゃんは答えなかった。前だけを見ていた。

見渡す限り建物はなく、村人も山賊もヒッチハイカーも見当たらない。ここでわたしたちが行方不明になったとして、誰が見つけてくれるのだろうか。きっと世の中にはそんな死体が腐るほどあり、たぶんおおよそ、それは仕方がないことのように思われた。

「ぐるっと歩いてみましょうか」

車を停め、わたしたちはヒンデンブルク号を降りた。そのさい、ざくっと枯れ木を踏んだ。片側は急斜面になっていて、反対側はなだらかな勾配《こうばい》の森だ。見渡す限り自然しか目に入らない。

「静かですねえ」

たしかに車の音も、人の気配もない。風もやんでいる。まるで真夜中の、一人ぽっちの部屋の中みたいだ。

あの夜はうるさかった。わたしを含めた五人の足音と息遣い、体温。伯父さんが手にした懐中電灯の灯りすら騒がしい気がした。汗の音が耳障《みみざわ》りだった。

「この道のどっかから、森の中に入ったんじゃないかと思うんですが」

坂になった獣道を進みながら、葵ちゃんがわたしをふり返った。

「たぶん、こっち」

わたしは進行方向の左手へ目をやる。なだらかな斜面の森に道らしい道はないけれど、歩けないほどではない。

あのときも、みんな何度もつまずいた。兄も母も父も、こけそうになっていた。わたしはそんな頼りない背中を見ながら、自分もよろけながら、たまに伯父さんをふり返った。懐中電灯は地面に向けられていたけれど、伯父さんの口もとはよく見えた。白みがかった口髭が夜にくっきり浮かんでいて、わたしはおしっこを漏らしそうになった。

「あそこ――」

ほとんど吸い寄せられるように、わたしはその場所へ駆け寄った。森に面する道沿いに、二本のぶっとい木がならんでいる。お互い避け合うようにぐいんと曲がり、真ん中にゲートのような空間ができている。

「これを、くぐったと思う」

記憶では帰り道だ。懐中電灯の灯りが照らすそれを、早くくぐらなくては、とわたしは思っていた。ここは良くない場所だ。早く、出なくちゃいけない。

「行ってみましょう」

葵ちゃんが軽やかにゲートを越え、斜面の森に分け入った。彼女の金色の髪に導かれ、あとへつづく。そこら中に枝や枯葉が落ちていて、根っこがぼこぼこせり出していて、幹で身体を支えながらわたしたちは進んだ。

「どのくらい歩いたとかは？」

「――そんなに遠くへは、行っていないと思うけど」

「熊みたいな進藤のとっつあんを抱えてですからね。姐さんもいらしたわけだし」

進藤さんは何かにくるまれていた。銀色の、ビニールの、寝袋か何かだ。兄が先頭で、母が真ん中を持ち、最後尾に父がいた。わたしはその後につき、伯父さんが照らす灯りに目を凝らしていた。この灯りをたどっていけばいいのだと、自分にいい聞かせていた。

そして今、わたしは葵ちゃんの金髪を追っている。

「不思議なのは――」

周囲に目をやりながら、葵ちゃんが話しかけてきた。

「お父さまがこんなトランプを用意した理由です。いってしまえば罪の告白ですが、それにしちゃあ中途半端です。警察に行くでもなく、きちんと説明するでもなく、暗号みたいにして寄越すなんて、遊び心がすぎますぜ」

葵ちゃんが、根っこのハードルをぴょんと飛び越える。わたしは手をつき、よっこらせとまたぐ。強烈な木漏れ日。とめどない汗。

「お父さまは小心者で甲斐性《かいしょう》がなく、自主性がなく、流されやすく、おまけに世間知らずだったとお見受けします」

さんざんな評価であったが否定はできない。そもそもわたしの話をもとにした印象なのだ。

「けれどお兄さまが蘇って、考えが変わった。これまでの間違いを、正す気になった」

「――あくまで本人のいい分だけどね」

「口からでまかせだったなら、このトランプは必要なかったはずです」

答えようがなかった。だって現実問題、父はいなくなってしまった。わたしたちを置き去りにして。

「お父さまを最後に見たのはクリスマスの夜だった。そしてお父さまは、ダーヤマさんに連れられて、どこかへ行った可能性が高い」

あなたあ、ヤマダさん、いらっしゃったわよお――という母の呼びかけ。

ああ、行くよ――という父の返事。

「姐さんたちに逃げられた色キモのおっさんは、何を考えたでしょうか。姐さんたちがその気になったら自分の悪行三昧《ざんまい》がバレちまう。闇金はいいとして、進藤のとっつあんの遺体はまずい。完全アウトです。気が気でなかったでしょう。間違いなく、探したはずです」

「わたしたちを？」

葵ちゃんが華奢《きゃしゃ》な背中を向けたまま、同意を示した。Tシャツに汗の地図ができている。

「ヤマダさんってのはたぶん、色キモの仲間です」

それで母に近づいた？　ボランティア活動に引き込んで、様子を探っていた？

そして兄は、ヤマダさんが住むマンションの屋上から落っこちた……。

ふっと足が止まった。

「姐さん？」

わたしたちは木の幹と、根っこがぐちゃぐちゃに入り組む森の、少しだけ開けた場所に立っていた。

ここだ。この開けた場所の土くれのどこかに、進藤さんが眠っている。

わたしの様子にうなずき、葵ちゃんが金髪をかき上げた。

「進藤のとっつあんの反乱は想定外だったはずです。彼が死んじまって、ろくな準備もなく、ともかく遺体を処分しなくちゃと、ここまでやって来たんでしょう。お父さまやお兄さまは人手として必要だった。お母さまもわからなくない。けど、姐さんは要らなかったはずです。むしろ足手まといになりかねません」
十七、八の少女だ。重いものは運べないし、泣きだす恐れもあったのだ。
「それでも色キモは、姐さんを連れてった。びびったんでしょう。進藤のとっつあんと同じように、姐さんたち一家にまで逃げられちゃかなわない、と」

ゆえに全員、連れ出した。

わたしは憶えている。目の前で行われた進藤さんの「治療」を。いや——「処分」を。

「姐さんも打ったんですね？　進藤のとっつあんを」

金属バットで。

「まだ生きていたんですか？」

「――さあ」

首を横にふる。本当にわからなかった。生きていたのかもしれない。頭の形は変わって、血まみれではあったけど、ごふっ、とか声をもらしていた気もする。

事実は一つだ。父も母も、そしてわたしも、伯父さんの命令で彼の頭を金属バットでぶん殴った。最後には兄が、めった打ちにした。それを伯父さんが、ビデオカメラで撮っていた。「処分」が終わり、協力して埋めた。べったり指紋のついた、凶器のバットと一緒に、「埋葬」した。

罪を共有し、逃げられないようにしていたんだ――。おじいちゃんはそういっていた。

「あまり意味はなかったけどね。結局その数ヵ月後、兄は暴発しちゃったから」

葵ちゃん――。

「書くの？」

進藤さんを打ったこと、埋めたこと。家族の犯罪。わたしの犯罪。

もう忘れなさい――。おじいちゃんの声がする。今さら警察に告白したって、どうにもならないんだ――。

もう関わるな。依子には依子の、幸せになる権利があるんだから――。

葵ちゃんは特に返事もしてくれず、地面に視線をさまよわせていた。わたしの存在を忘れ、探し物をするかのように。

たぶん今、すきをつけば、わたしでも勝てるだろう。

「姐さん。ここ」

葵ちゃんが指さした場所へ、わたしは目をやった。

「埋め直したように見えませんか？」

たしかにその土の色合いは、わずかに不自然だった。

「掘ってみる？」

「いいえ」葵ちゃんが、きっぱり否定する。「暑すぎます」

まったくその通りだった。

「次へ行ってみましょう」

すれ違いざま、彼女の金髪が鼻をくすぐった。


わたしたちは道を大きく迂回し、丸印のついた二つ目の山——大岳山へ向かった。幸先よく三頭山は「当たり」だったが、たまたまにすぎない。父が残した三つの印の、はたして残り二つが何を意味しているのか、わたしは見当もついていない。

葵ちゃんには勝算があるのだろうか。鼻歌混じりにハンドルを握る姿から、本心は読み取れない。カーステから流れるナンバーガールという日本のバンドの、シャウトする歌詞はよく聞き取れない。

特に弾む会話もなく、睡魔が襲ってくる。少しだけシートを倒し、目をつむる。あの夜の光景が瞼に浮かぶ。伯父さんのライトが照らす先で、進藤さんが横たわっている。金属バットを持った父が、彼を打つ。次に母が打つ。そしてバットが、わたしの手に回ってくる。わたしは大きく、ふりかぶる。目をつむる。ああ、やっぱりわたしは、目をつむるんだ。そしてふりおろす。ぐちゃっという手応え。それだけだ。それだけ。

次の瞬間、わたしは突き飛ばされた。兄が目を吊り上げていた。不甲斐ない奴め、と怒っているようだった。わたしが手放したバットを摑み、兄は進藤さんの頭をいきおいよく破裂させた。何度も何度も。わたしはそれを見ていた。兄を見ていた。鬼の形相で暴力を行使する肉体や、汗とか唾とか息とかを。はちきれんばかりの、怒りを。

わたしは思った。何がそんなに気に食わないの？　――と。

「姐さん」

眠りに落ちる寸前で引き戻す行為のことを、何か禍々《まがまが》しい四字熟語か、刑法違反として規定してほしいと願いつつ、目を開ける。

「せっかくなんで、話のつづきを」

目をこする。息を吐く。平屋で出会った、門村さんを思い出す。

わたしの過去は着実に、「あの事件」に近づいている。

四年前——二〇一三年

「今は『つながりキャラバン』というNPO団体に所属しています。セーフティネットの存在や利用方法のご案内を通じ、快適で人間らしい生活のお手伝いをさせていただいています。ざっくりいいますと、行政と市民の橋渡しですね」

杖爺の平屋の居間に、門村さんのやたらハキハキした口調がキンキン響いた。

「制度に則《のっと》った相談だけが対象というわけではありません。特にわたしは個人的に、もっと踏み込んで、親身になり、みなさんの人生の問題にコミットしたいと願っているのです」

はあ、と返すよりなかった。わたしの問題というならば、あなたのせいでオヤジ週刊誌を読む時間が減っていることだった。

「依子」茶をすすっていた杖爺が、ぼそりともらす。「この人たちに、困っていることを話すんだ」

週刊誌以外でと念を押され、途方に暮れてしまう。

困ってること？

苛々した調子で杖爺が煙草を吹かす。

「あるだろ、いろいろ。家中に監視カメラが仕掛けてあるとか」

「でもそれは、そのほうが安全だし」

「便所にもあるんだろ？」

「窓から侵入されたら困るので」

「風呂にだって！」

「防水だから大丈夫って聞いてます」

ぐぬぬ、という感じで杖爺の血圧が上がっていくのがわかった。

「そういうのは犯罪だ。虐待なんだ」

ええっ？　とわたしは驚いた。

「虐待って、あのテレビドラマとかでよく見るやつですか？」

うんうん、と杖爺がつるつるの頭を縦にふる。

ピンとこなかった。ドラマの中で虐待されている人たちはなんの見返りもなく暴力を受けてるわけで、だから泣きわめいたり抵抗したりするわけで、家とご飯と布団を与えられているわたしたちとは違うんじゃないかしら。泣きわめくほどの経験はペット小屋に入れられたときくらいだったし、それもわたしがいたらなかったせいだ。いたらなければ「治療」をする。算数のできない子どもに足し算を教えるくらい、当たり前のことだろう。

「よくわからないんですけど——」勘違いを解消すべく、わたしは口を開いた。「犯罪なら警察に怒られると思うんです。わたしたち、ぜんぜんそうなってないですよ」

「あー、駄目です駄目です」

門村さんが割って入ってきた。

「警察は当てになりません。民事不介入という原則がありましてね。原則というか建前、というか方便です。ようは面倒事には首を突っ込みたくない。点数にならない労力は割きたくない。警察官とはおしなべて、そうした生き物なのです」

「そんなもんですか」

「そんなもんです」

たしかに毒母とメンヘラ娘はばりばり人を殺しているのに、ぜんぜん捕まる様子がない。

「ちょっと想像してみてください。たとえば依子さんが泥棒に入られたとします。高価ではないが、大切な思い出の品を盗まれたとします。何か思い浮かぶものがあるでしょう？」

ないとはいえない雰囲気に負け、わたしは必死にひねり出した。

「か、革ジャン？」

門村さんはちょっと微妙な顔をし、すぐさまそれを引っ込めハキハキつづけた。

「ではその革ジャンを、盗まれたらどうしますか？　通報し、被害届を書きますね。それから？　はい、終わりです。捜査がどうなっているか問い合わせてみましょう。はい、『現在捜査中』でおしまいです。ほんとうに捜査していると思いますか？　してませんよ。どっちにしたって、わたしたちにはわかりません。刑事にすれば、革ジャンを取り戻したところで大したポイントにはなりません。彼らにとっては『しょせん革ジャン』なのです」

わたしにとっても「しょせん」であったが、そういう突っ込みは憚られた。

「警察とはそんなものです。というか、お役所はだいたいそんなものなんです。税金にしても年金にしても、彼らは利用者の得になる制度や手続きを教える義務をもっていません。知っている人間だけが得をする仕組みなのです。制度を利用しないのも個人の自由——そんなクソにも劣るいい訳をふりかざしてね！」

ハキハキとテンションが上がり、耳を殴られている気分になった。

「いいですか？　知るコストを行政はあえて、わざと、無視しているんです。ある法律が施行されたとします。我々はそれをどうやって知ることができますか？　テレビ、新聞、インターネット——そんなところでしょう。法務省に説明を求めに行く人は稀ですからね。では翻って、テレビも新聞もインターネットもない環境で暮らす人はどうなりますか？　そんな余裕のない人たちは？　新聞やネットは、もちろんお金がかかります。テレビはＮＨＫの受信料がかかります。本体だってタダじゃない。知ることにはコストがかかる。これはもう、疑いようもなくかかるんです。ところが政府は、このコストを放置したまま、法律を成立させ、施行し、我々に強制してくるのです。違反すれば叱られ、罰金を取られ、最悪、逮捕され死刑になってしまうんです。いいですか？　もう一度いいますよ。法令順守を求めるならば、国家はすべての国民にテレビか新聞かネット環境を提供すべきなんだ！　その義務を果たして初めて、法治国家の体《たい》を成すのです！」

いやはや。わたしは腕を組んで「ふんふん」うなずく。全面的にお手上げだ。

「繰り返しますよ？　これは個々人の能力や意志の問題ではありません。機会の問題なのです。字が読めないとか条文の意味がわからないとか、それ以前のフェーズです。興味をもたない自由の手前です。機会を与える。問答無用に平等に、与えなくてはならないのです。それがよりよい社会の礎《いしずえ》であり、基盤となるのです！」

ついに門村さんは、両手を広げ天を仰いだ。そのまま飛び去ってくれたらいいのに。いかがです？　という彼の笑みに、「えっと、ようするに——」わたしはできるだけ賢そうな台詞を探した。「——ユーチューブは見るべきだってことですか？」

翼を広げたまま微妙な顔をする門村さんに、「この子はちょっとアレだから」と杖爺が声をかける。なんだかいろいろ釈然としない。

「悪いが門村くん、そういう話はまた今度にしてくれるか」

「ああ、失礼しました。わたしの理念をわかってもらいたい一心で、つい」

身体ごとこちらに向いた門村さんが、びしっとわたしを見据えてきた。

「ともかく警察は役に立ちません。今回の場合は特に。少なくとも現段階では」

門村さんの目が、らんらんと輝きだす。

「色川喜左衛門《きざえもん》は巧妙な悪党です。雇った探偵の報告によると、奴は複数の戸籍を不正に入手し、複数の女性と結婚、離婚を繰り返しています。養子縁組もしています。彼自身が養子になっている場合もある。わかっている範囲でいうと、血縁関係のない彼の家族は十人にのぼります。そのうち、病死した高齢の養父が一人。事故死者が一人。どちらのケースも、遺産や保険金は色川のもとに流れたとみられます。失踪者が三人。疑われて然《しか》るべき人数ですが、複数戸籍の使い分けに加え、わけありの者をあえて家族として受け入れているのだという建前を使い、捜査の手がのびないよう上手くやっているらしいのです。幾つ戸籍を持ち、どこから手に入れ、どうやって使い分けをしているのか。役所の目をごまかしている方法も、残念ながら調べ切れていません」

そこで——と、門村さんがニヤリとする。

「奴の唯一の実子——時郎を調べることにしました。具体的には時郎が高校に提出した書類の記載から、色川を丸裸にするという作戦でした」

ちなみにこれはわたしのアイディアです、と門村さんは胸を張った。

「時郎の実母はずいぶん前に亡くなっていました。事故死ですが、真相は怪しいものです。現在の色川に伴侶《はんりょ》はいませんが、養子がいます。そちらに住んでいるご家族の、ご主人さんです」

えっ、とわたしは声をあげた。

「満秀さん？」

門村さんが得意げな顔をした。「十も歳が変わらない親子です。もちろん書類上のものですがね。実はもともと、あの四角い家は色川喜左衛門のものではなく、飯島満秀の所有物なのです」

門村さんによると——正確には彼が雇った有能な探偵が調べたところでは、満秀さんが奥さんの亡くなった親御さんの遺産を継いであの家を建てたのは十年以上も昔、リツカが生まれたころだという。お金はたくさんあり、仕事をする必要もなく、満秀さんたちは悠々自適の生活を送っていた。

様子が変わったのは三年ほど前。もともと希薄だった近所付き合いが完全になくなった。奥さん——律子さんが心の病に罹《かか》ったからだという噂が流れた。一年もしないうちにリツカが学校に行かなくなり、いつの間にか伯父さんたちが住みはじめるようになっていた。

「乗っ取りです」

断言する門村さんはうれしそうだった。

「これは想像ですが、律子さんは事実、心を病んでいたのでしょう。色川はそれをどこかから聞きつけ、口八丁手八丁で取り入った。ニルヴァーナ菊池のもとで培ったノウハウをフル活用したのです」

わたしはコメントを差し控える。

「しかし、法的には問題のないご家族です。家の中に踏み入るのもままなりません。むしろこちらが訴えられる恐れすらある。わたしたちは慎重に、けれど勇敢に、そして粘り強く、あきらめず！　尻尾を摑むチャンスをうかがっていたのです」

門村さんが、ガッツポーズみたいに拳を掲げた。

「そして今、ようやく、そのときがきたのです。悪の王を討つエクスカリバーを、我々は手に入れたのです」感極まった顔が迫ってくる。「依子さん。あなたです」

えーっ、と心の中でわたしは嘆いた。

「あの家で行われている悪行三昧を、あなたが告発するのです。警察が動かざるを得ない確固たる証拠、証言！　あなたが受けた仕打ちのすべてを暴露し、世間をあっと驚かしてやるのです！」

門村さんは、ふーふー、肩で息をし、血走った目でわたしを睨んでくる。「協力してもらえますね？」と。

わたしは意図してだんまりを決め込んだ。それはたしかだがしかし、ちっ、と舌打ちをされる覚えはなかった。

「これはあなただけの問題じゃありません。社会正義の問題なのです。いいですか？　あなたが被害を訴えればマスコミが騒ぎます。マスコミが騒げば警察が動きます。警察が動けば悪者が捕まります。悪者が捕まればまたマスコミが騒ぎます。卑劣な犯罪がどのように行われ、どんな悲劇を生んだのか、世の中に広まるんです。つまり、知る機会が生まれるわけです。知らせることで次の被害を防ぐんです。阻止するんです。真実の暴露は使命だ。あなたの経験はみなが共有すべき財産だ。犯罪に巻き込まれた人間の義務なんだ！」

わたしは感心していた。彼の滑舌と元気に。

門村さんの態度から、「わかんねえ野郎だなあ」という苛立ちがはっきり読み取れた。

「あのねえ、依子さん。被害者は本人だけじゃないんですよ？　もともとニルヴァーナ菊池の霊感商法に引っかかって家出をしたり離婚したり、財産を失ったりした人間はごまんといるんです。中にはニルヴァーナの代わりに、色川を崇拝する愚か者もいる。そういう人たちの家族や友人だって被害者だ。その点を、よくよく考えてみてください」

あまり考えずにいたら、はっきりとため息をつかれてしまった。

「先ほどいいましたね？　色川は結婚と離婚を繰り返していると」

その中に——。

「沙弓さんという女性がいます。こちらにおられる、榎戸さんの娘さんです」

わたしは「へ？」と杖爺を見た。杖爺は、しかめっ面で煙草を吹かしていた。

「再来週、また伺いますから。それまでにちゃんといい返事を用意しておいてくださいよ」

チンピラ借金取りみたいな台詞を吐いて立ち上がる門村さんに、わたしは一つだけ尋ねた。

「なんで国は、知る機会を与えないんですか？」

ちょっと驚いたような門村さんの顔が、ニヤリと笑う。

「馬鹿のままでいてほしいからですよ」

門村さんの後ろに黒いTシャツの男がつづく。今までどこに居たのかというくらい存在感のなかった彼は、立っても歩いても、やっぱり猫背だった。

居間に、杖爺とわたしだけが残った。時刻は三時半を越えている。とてもじゃないが『毒メン』を読む時間は残っていない。

「持っていけばいい」

杖爺が、雑誌を三冊、ちゃぶ台の上にのせた。

飛びつく前に声がした。

「すまんな」

意外な台詞だった。

「変な男なのはわかっている。だが、わたしの話をまともに聞いてくれたのは彼だけだ。門村くんだけが、協力を申し出てくれた。探偵を雇ってくれた。この家を用意してくれた。感謝してるんだ」

沙弓と色川の結婚や離婚を教えてくれたのも彼だ――、と杖爺はつづけた。

「門村くんにもニルヴァーナ菊池に心酔してしまった知り合いがいて、前から調べていたそうだ。決して興味本位だけの男じゃない。わたしはそう信じている」

興味本位も疑っている口ぶりだった。

「見ろ」

杖爺が、テレビのほうへ顎をしゃくる。写真立てが三つ並んでいた。幼稚園児くらいの子どもの写真、制服を着た女の子の写真。三つ目はグラビアの切り抜き。にっこり微笑んでいるビキニの女性は、健康的でピチピチの肌をしている。

「沙弓だ」

わたしはグラビアの女性と杖爺を見比べた。遺伝子組み換えという単語が浮かんだ。あるいはアルツハイマー型認知症。

「高校を卒業して家を飛び出して、なんの音沙汰もないと思っていたら、とつぜん週刊誌が送られてきた。破廉恥《はれんち》な姿を見せられた。頭にきてな。電話で、家族の縁を切ると怒鳴りつけたんだ。この恥知らずがと。それが最後だ。もう十年以上も前になる」

煙草を引き抜き、火をつける。

「今思えば、あの子なりに自分の活躍を報《しら》せたかったんだろう。褒めてほしかったのかもしれない。だがわたしには無理だった。できなかったんだ」

枯れたため息を吐く。

「一度は破り捨てた雑誌だが、沙弓の一番最近の写真だからな。ネットで探して、どうにか手に入れた。……そんなことはあり得ないとわかっていても、もしかしたらあの子の写真が、また載るんじゃないかと買いつづけている」

口もとをゆるませた杖爺が、オヤジ週刊誌を軽く叩いた。

同じように、自分の右足を叩く。「事故で悪くしてな。職場で肩身の狭い思いをしながら、それでも腐らずにやっていられたのは沙弓のおかげだ。あの子が、あれをくれたんだ。父の日に、小遣いを貯めて」

彼の目が、玄関のほうへ向いていた。そこには杖爺の、ぼろっちい杖が立てかけてある。

「あの家に、居るのだと思っていた」

何度も訪ね、追い返されを繰り返し、逆に警察を呼ばれたこともあった。よくわからん男をぶん投げちまってな。それもぜんぶ計算ずくだったんだろう――。

沙弓が居るとわかったら、殺されてもいいから助けたかった。それが無理でも、一目会いたかった。言葉をかけたかったんだ――。

「だが、お前の話を聞く限り、あの家に沙弓は居ないらしい。だとしたらどこへ行っちまったのか、どうなっちまったのか……今となっては、知るのも怖い」

煙草を押し潰す杖爺の手は震えていた。一回りか二回り、身体が小さくなったように思われた。

「お前は、あの家の生活が好きなのか?」

好きも嫌いもない。しかし杖爺は、そんな答えを求めていない。だからわたしは答えない。

「もういい。帰れ」

突き放すような声が、ほんのちょっとやわらかくなる。「帰らないと怒られるんだろ?」

わたしは雑誌を抱え、立ち上がった。ぜんぶという約束は破られたけど、気にならなかった。

「風呂——」

居間を出る直前、杖爺が呼びかけてきた。

「覗いて悪かったな」


帰り道の記憶はあまりない。地面を見つめ、とぼとぼ、住宅地を過ぎ、緑のトンネルを抜けたのだろう。『毒メン』の載った雑誌を三冊抱え、しかし全身が、ウキウキとはほど遠いモヤモヤに占められていた。

門村さんはまったく信用ならなかった。ああいうタイプの嘘つきは、ドラマや映画でよく見かける。自信満々に間違いを犯すお調子者。パニクって危機を激増させ、平気で仲間を裏切るゴミ野郎。そんな奴のいうことを真に受けるつもりはさらさらないし、協力なんてもってのほかだ。

これまでも何人か、わたしやわたしの家族にお節介を焼いてきた人はいた。特に兄が暴れ回ってたころ、教師だとか刑事だとか民生委員とかいう人たちが、家にやって来ては何か良さそうなことをくどくどいって帰っていった。帰っていったのだ。奴らは。誰もわたしの生活を変えてくれなかったし、テレビを与えてくれなかったし、スマホを持たせてもくれなかった。伯父さんだけだ。リアルに救ってくれたのは。

だからわたしは、信じない。ハキハキくんも、くどくどさんも。彼らの言葉や涙は、わたしとは無縁のところで生じる、いわばテレビの中の出来事で、番組が終われば、薄暗い部屋の中にわたしがぽつんと残っている。母が帰ってきてヒステリーを起こし、父は弱ったようにへらへらし、兄は問答無用で殴ってくる。お前のせいだ、と怒鳴られる。手をのばせば年収ウン億円の野球選手とか、大人気のお笑い芸人とか、スポットライトを浴びるアイドルだとかに触れられるけど、その液晶画面は厳然と、こちらとそちらを隔絶している。無関係なのだ。こちらにとってはそちらが、そちらにとってはこちらが、絵空事。それくらい、子どもだって察するものだ。

わかり切った話だった。門村さんは絵空事。わたしには関係ない。

ならばこのモヤモヤの、原因は何？

なぜ、待ち望んだオヤジ週刊誌を抱える腕が、重たいのか。足取りが、のろのろしているのか。

杖爺の手は震えていた。年寄りだから仕方ない。杖爺の身体はしょぼくれていた。年寄りだもの。杖爺の突き放した声。年寄りの癇癪《かんしゃく》だ。杖爺のちょっとやわらかな声。気まぐれだ。

でも杖爺は、オヤジ週刊誌をくれたのだ。

「ずいぶん遅かったのう、依子ちゃん」

気がつくと四角い家に着いていた。伯父さんが立っていた。鉄門の前で、待ち構えていたように。

「それ、誰にもろたんや？」

伯父さんのうすら寒い笑みに、わたしは思わず、抱えていた雑誌を落としてしまった。

それから三日三晩、わたしは黄色の地下室で「治療」を受けた。

鞭《むち》が大いに躍動し、三角木馬が活躍し、わたしの椅子に甘んじていた火鉢が本来の姿をとり戻した。わたしはここぞとばかりに痛みの機能をオフにして、けれど「ああっ！」とか「痛いいい！」とか「熱っ、あちち」とか、しっかり演技を織り交ぜた。

鉄格子の奥で縮こまっていたリツカに「よう見とき」と伯父さんが命じ、彼女はふるふるしながら「治療」を見学していた。

「ほんまはわしも、こんなことしたないんやで。けどしゃあないねん。ぜんぶ、君と君の家族と、わしの家族のためなんや。ひいては、この世の中のためでもある。この世の中はな、たった一人のわがままが、いろんな人を不幸にするようにできとんねん。そういう悪い芽を、わしはこつこつこつこつこつ摘んどんねん。それがな、巡り巡って君らの幸せになるっちゅうわけや」

そうしたご高説のあいだもずっと、わたしの肉体はビシバシ「治療」に晒された。

三度目のあくびで本日の「治療」が終わり、そのまま出ていくのかと思いきや、伯父さんはおもむろに三冊のオヤジ週刊誌を火鉢にくべた。冷たい石の床に丸裸で捨て置かれたわたしは、ふわっと上がる火の粉を見つめた。「おやすみ」と残し、伯父さんは出ていった。「先生、大丈夫ですか」リツカの声に、「なんとか」と答えつつ、うんざりした。痛みのオフは、あとからじわじわ効いてくる。世の中に万能などない。

二日目の昼は聖美ママがやってきた。やっぱり鞭で叩かれた。「駄目になったら駄目じゃない！」と叫びながら背中をぶたれた。懐かしさがあった。聖美ママにぶたれるのはまだ三角屋根の家に移る前のころ、えーっと、何年ぶりになるかしら。

聖美ママがうっとりと、わたしの髪にふれた。

「こんな適当なヘアスタイルに一時間も二時間もかかるはずないものね」

どうやらわたしの行動を怪しんで、伯父さんに告げ口したのは彼女らしい。

さんざんぱら背中を腫らしたあとで、耳もとにささやかれた。「さっさと反省しちゃいなさい。ほかに方法はないんだから」

その通りだと思った。反省して、「治療」を終え、ベッドで寝たい。

夜は伯父さんから「治療」を受けた。リツカに「大丈夫ですか？」と心配される。ホースの水しか口にできるものはない。手ごねハンバーグが恋しい。

翌日の昼は放置され、リツカと二人、『毒メン』の展開予想で時間をつぶしたが、わたしの唇は膨張する宇宙くらい腫れあがっていて、何をいってるのか、自分でも聞き取れなかった。

雅江さんが食事を運んできた。リツカに「すぐ食べてください」と命じた。わたしに与えないための措置らしい。雅江さんは突っ立ったまま、わたしを見下ろしていたけれど、そんな雅江さんの顔も生傷が増えていた。ぶっ倒れているわたしとの差は、エプロンくらいに思われた。

その日の夜、「出張」帰りの時郎くんが降りてきた。その目を見て、嫌な予感がした。ひどく殴られるのだろうと直感した。

「ヨリちゃん、浮気したんやってな」

見当外れすぎて笑えたが、もはやわたしにその元気はなかった。

「ぼく、許されへん」

わかった。殴って。もう面倒くさい。

「ヨリちゃん、痛み感じひんねんやろ？」

そういや時郎くんには自分の特技を明かしていたっけ。

時郎くんはわたしを十字の磔板に拘束し、ホースの水をぶっかけてきた。これはヤバかった。わたしの能力はあくまで外部刺激の遮断であり、息苦しいのは想定外——というか人は原則、窒息に無力だ。

ビニール袋をかぶせられるのもきつかった。無我夢中で暴れてみたが、メイドインジャパンの拘束具はびくともしない。もがくわたしのお腹に飛んでくる時郎くんのパンチ。パンチ、パンチ。阿鼻叫喚《あびきょうかん》とは、今のわたしのことである。

「ヨリちゃん。ぼくな、もうヨリちゃんええわ。おとんから聞いたけど、ヨリちゃん子ども産まれへん身体なんやろ？　それはまずいわ。ぼく、王さまにならなあかんやん？　王さまにはキッズが要るやん？　おらんかったらいろいろ揉めるやん？　せやからヨリちゃんはせいぜい愛人や。奥さんが見つかるまでのつなぎや」

いいながらビニール袋をとって、再び水責めに転じてくる。

「愛人のくせに浮気したらあかん。せやろ？　もちろん奥さんもあかんけど、愛人はもっとあかん。そういうもんやろ？」

だから浮気じゃねえっつーの。

わたしの叫びはホースの水で、きれいさっぱり流された。

「浮気の相手は誰なん？」

わたしは答えなかった。答える気力がないくらい、ぐったりしていた。——いや、違う。前の晩に伯父さんから問われたときも、わたしは答えなかった。杖爺。そのたった四文字をいえなかった。本名、エノキド。これも四文字か。

「誰なん？」

時郎くんに鼻をつままれ、ぜえぜえと口で息をする。

「いえや」

首を絞められた。意識が遠のく。気絶できたらどれだけ楽か。痛みのオフの、これも副用だった。

乱暴に、時郎くんが手を放した。ぺっと唾を吐いた。どん、とわたしの心臓を殴ってきた。

「てゆーか、ろくにエッチもできん愛人てどーなん？　あかんやろ。駄目やろ」

駄目。その響きに足元から脳天まで、ぞわっと鳥肌が立った。駄目になる。もう駄目になる。

「やめてください！」

時郎くんが、びっくりしたように声のほうを向いた。リツカが、鉄格子を両手で握りしめていた。

「なんや」

時郎くんがにやりとした。

「おるやん。お嫁さん候補」

リツカは呆然としていた。時郎くんは楽しそうだった。わたしの目はかすんでいた。

時郎くんが離れていく。鉄格子に近づいていく。リツカは硬直している。

「ぼくの嫁さんになるか、リツカ」

立て、と時郎くんが命じる。

「立てや！」

リツカがふらふらと立ち上がる。時郎くんが鉄格子の隙間から手をのばし、リツカの小ぶりな乳房を揉む。もう片方の手が太ももの間を這う。

「ふうん。わりとええ感じやなあ」

時郎くんはズボンをおろした。わたしが不死鳥と名づけたそれがそそり立っているのが、磔にされた場所からもよく見えた。

「おつとめしてや」

リツカは戸惑っていた。何が何やらという顔だった。

「ひざまずいて、口で舐めるんや」

リツカはあぐあぐ、何かいおうとしている。

「はよせえやあ」

リツカは従った。文字通り手探りで、不死鳥を握り、小さく首をふりながら口に含んだ。時郎くんは「おっ、おっ」と声をあげていた。わたしには垂れっぱなしの鼻血や涎《よだれ》を気にする余裕もなかった。

「ええやん、ええやん」

歯を立てたらあかんぞ、おっ、おっ、唾をたくさん絡めるんや、おっ、おっ、手も使って、そうそう、そんでな、絶対に吐いたらあかんで、最後の一滴まで吸い尽くして飲み込むんや——。

おふう、と時郎くんが果て、しかし彼の不死鳥は不死鳥なので、それで終わるはずもなかった。

「立てや」

今にも吐きそうな顔でリツカが従う。「後ろ向け」リツカは従う。「入れるで。力抜き」従う努力はしたのだろうけど、すぐにリツカは身体を硬直させた。

「力抜けいうたやあん！」

「はい、すみません」

「あほう。そこは、ありがとうございます、やんか」

「はい、すみません、ありがとう、ございます」

おふおふ、パンパン、おふおふ、パンパン、うっうっうっ——。

わたしはその光景を、十字架に磔にされた格好で眺めていた。その音を聞いていた。おつとめだった。よく見る光景だった。母も古田さんも、もちろんわたしも、みんなが果たしてきた義務だった。わたしが駄目になったから、リツカに順番が回ってきただけだった。

おおふうっ！　時郎くんの動きが激しくなって、リツカが立ったまま四つん這いになって、パンパン肌がぶつかり合う音がして、やがて「はうわあ！」時郎くんの咆哮《ほうこう》がすべてをかき消した。

「いやあ……」汗まみれの時郎くんが、ズボンをはきつつ話しかけてくる。「ヨリちゃんよりぜんぜんええわ」

次の瞬間、時郎くんは大きくふりかぶった。特大の、キタこれ。すがすがしいまでに全力の暴力がわたしの頬を破壊する。

「ほな、おやすみ」

時郎くんが階段を上っていく。わたしは磔になったままうなだれる。リツカは地面に崩れ落ちている。

不思議な気持ちだった。ヨリちゃんよりぜんぜんええわ——。時郎くんがそういったとき、頭の奥がピシッと音を立てた。その前に、リツカが「ありがとうございます」といったとき、胸のあたりがぼうっと熱くなった。何か、感情が生じていた。しかし正体はわからなかった。このモヤモヤを、なんと呼べばいいのか、わたしは知らない。

「先生――」

リッカがこちらをふり返る。目が潤んでいた。耳は真っ赤に染まっていた。つくったような笑みだった。

「助かりましたね」

ああ……。

そうか。

これなんだ。悔しいという感情は。

時郎くんがリッカを選んだからではない。そんなのはどうでもいい。ただ、悔しい。伯父さんも時郎くんも雅江さんも満秀さんも。門村さんも杖爺も、三角屋根の家、四角い家、紫の地下室、黄色の地下室、オヤジ週刊誌を燃やす炎、その何もかも、父や母、もっともっとさかのぼり、あの日のあの団地のあの太陽さえ、悔しくて仕方ない。

「――ちくしょう」

わたしはいった。

「……ちくしょう」

リッカが復唱した。

「ちくしょう」「ちくしょう」「ちくしょう」「ちくしょう」……。わたしたちは唱えつづけた。

翌日の昼に十字架から解放された。雅江さんはなんの感情も見せず、横たわるわたしにホースの水をぶっかけ、リッカにも同じようにした。

「すぐ食べてください」

リッカが昼飯を食べる音を、わたしは仰向けに寝転んだまま聞いていた。

「雅江さん」

空の食器を抱え階段へ向かう足音に、声をかける。失敗した福笑いみたいな顔で、精いっぱい明瞭な発音を心がけて。

「ここを、出ませんか？」

雅江さんが足を止める。

「この家から。協力して」

雅江さんは動かない。

「出ましょうよ。こんな場所」

雅江さんはふり向かない。そのままの姿勢で答える。

「出て、どうするんです？」

「知りません。出てから考えます」

「……なんで、そんなことを？」

「ちくしょうって、思ったんです。ちくしょうって」

雅江さんは動かない。

「理由はそれだけです」

返事はない。わたしは息を吸って吐く。血の味、血の香り。

やがて雅江さんの足が一歩踏み出す。まっすぐ階段へ進む。

「助けてはあげられません」雅江さんがいう。「カメラがあるので」

うなずくのも控え、わたしは大の字の姿勢を保った。

「どうすればいいですか?」歩きながら訊いてくる。「わたしにできることは多くありません」

ここから助けることはもちろん、携帯を持たされていないから助けも呼べない。庭の外にも出られない。バレれば雅江さん自身が「治療」となる。

「今夜——」

わたしは痛みにあえぐふりを装い答える。

「なんとか、ここに連れてきてください。兄を」

それが正しい選択かはわからなかった。具体的な考えもなかった。だがわたしは、もう、ほんとうに嫌になっていたのだ。

賭けだった。しかも勝算はゼロに等しい大穴だった。二秒で思いつく失敗例――その一、雅江さんが裏切る。その二、雅江さんが失敗する。その三、雅江さんが忘れる。

三秒目に思いつく失敗例――その一、兄が「出張」している場合。その二、兄がわたしのお願いを理解できない場合。その三、兄にわたしを助ける気がない場合。

四秒を待たずとも、最悪のケースは明白だ。伯父さんや時郎くんにバレること。母ならどうだろう。彼女がわたしの気持ちを知ったら、協力してくれるだろうか。それとも邪魔してくるだろうか。

ぼんやりそんなことを考えながら、よたよたと蛇口ににじり寄る。ホースを口に含み、蛇口をひねる。ぼしゅっと水鉄砲みたいないきおいで喉を直突《ちょくづ》きされ、わたしは盛大にむせてしまった。

「ぶふっ」とリッカが吹き出した。

「あのね、笑い事じゃないんだよ。先生が必死にサヴァイヴしてんのに、ぶふってなんだよ、ぶふって」

「すみません。でもなんかその感じ、『毒メン』にあったなって」

「ああ、あったね。なんだっけか」

「ファーストシーズンの」

「ああ、待って！　いわないで。思い出すから」

「楽しそうだね」

記憶をまさぐる作業を中断し、わたしは声のほうを見た。階段から人影が現れた。夕食のトレイを手にした、兄だ。

「なんの話？」

「えっと……たしか四番目に被害に遭う売れない映画監督の——」

「じゃなくて、ぼくを呼んだ理由」

わたしは兄を見上げた。両手にトレイを持ち、彼はゆらりと立っていた。表情はなかった。目の色が死んでいた。

良くない、と直感した。この兄は、役に立つのか？

「背中が痛いんだ。背中が痛くて、だから頭が痛いんだ。もうずっと、熱が治まらない。胸もざわざわする。目がかすんでいるしね」

のろのろ歩みながら、うわ言のようにつづける。

「早く『出張』に行かなくちゃ。『出張』に行けば、元気になる薬をもらえるんだ。あれさえあれば、背中の痛みを忘れられる。頭も軽くなる。だからちゃんと、おつとめをしなくちゃいけないいんだ」

宇宙と交信するような口ぶり、今にもトレイを床に落としそうな頼りなさ。わたしは慌てて、「とりあえず、リツカにご飯を」と促した。

「依子？」

「はい？」

「君、依子か？」

「そうですが」

「……変な顔だ。前よりも」

ちょっと余計な一言があった。

「なんで裸なの？」

「いや、まあ、『治療中』なんで」

ふうん、と兄が呟いた。わたしの中に、絶望が広がってゆく。

「伯父さんは偉いよ。伯父さんはすごいよ。ぼくを元気にしてくれるし、ぼくを必要としてくれるし、ぼくが必要としている人だからね。偉いしすごいし、必要だ。だってぼくを元気にしてくれるし、ぼくを必要としてくれるし、ぼくには伯父さんが必要な存在で、だって、やっぱり、伯父さんはすごいし偉いよ」

だってぼくを元気にして、必要として、だから必要で、だってそれはすごくて偉いからで、だからぼくを元気にできて——。

わたしは呆然としていた。マジで駄目だった。こいつ、マジで。

目の前に立っているのは暴力をまき散らす兄でも、記憶を失くした好青年の兄でも、この家に馴染もうとしていた兄でもなかった。兄じゃない。こんなの、雛口新太じゃない。

「兄貴」

「え？　依子、なんで裸なの？」

「……うん。それはね、偉くてすごくて兄貴が必要としている伯父さんが、兄貴を必要としておつとめを頼んでいるからだよ。リツカにご飯を持っていけって」

ああ、そうか。そうだった。じゃあ、ちゃんとしないと。ちゃんとしないと、元気にしてもらえないし必要ともしてもらえなくなっちゃうね――。

うん、そうだよ。だからほら、早くそのトレイを、リツカに。

うん、わかったよ。だってぼくは伯父さんに必要とされているんだからね。偉くてすごい、伯父さんに必要とされて必要として、背中が痛くて……。

ふらふらと鉄格子に近寄っていく兄を見ながら、わたしは息が苦しくなった。呼吸がしにくくなった。あとから響く痛みが、苦しさを二倍にも三倍にもふくらませていた。

ガチャン、とトレイが石の床に落っこちた。鉄格子のそばで、パンとスープが弾けた。兄はぼけっとそれを見下ろしていた。リツカがおずおずと、転がったパンに手をのばす。スープを手ですくってすする。わたしの息苦しさは、チョモランマよりも険しく冷たい。

「ねえ」

わたしは立ち上がる。がくがく膝が震えたが、立たなくてはいけなかった。

「ねえ、兄貴。こっち向いて」

ゆらりと、兄がふり返る。

「殴りなよ。昔みたいに」

ぽかんとしたその表情に、わたしはつづけた。

「昔みたいにさ！　殴ったらいいじゃんかっ。伯父さんなんて関係ないよ。時郎くんなんてイチコロじゃん。こいよ！　殴れよ、バカヤロウ！」

なんなんだ、この感情は。悔しいだけじゃないのか？　ちくしょうだけじゃ収まらないのか？　面倒くさすぎるだろ。なんだってわたしは、こんなに無力なんだ。

「殴れよ、馬鹿っ」

わたしは拳を握って、兄へ突進した。突進といっても、やつれにやつれたわたしの筋肉では、たんによろけて倒れ込みそうになっているにすぎなかった。

ぺしん。

わたしの渾身《こんしん》の一撃が、兄の頬を打った。目を覚ましてよ。あんた、雛口新太だろ？　もう一撃、わたしの拳が、今度は兄の顎を狙った。

ばっこん。

見事なカウンターが炸裂《さくれつ》し、わたしは壁まで吹っ飛んだ。殴れとはいったけどさあ……と思った。

「ごめん」

いちおう、という感じの謝罪だった。

「いや……、まあ、あれだよ。カメラもあるし、このくらいのほうがいいんじゃない？」

くらくらする視界のピントをどうにか合わせ、わたしは兄に尋ねた。

「思い出した？　自分のこと」

「依子」

「何？」

「なんで裸なの？」

殴られ損だ。

気力を失ったわたしは「趣味だよ」と、適当にあしらった。

「そうか」

「じゃあね。さよなら」

「うん」

ふらりと階段へ向かう兄の背中がすすけて見えるのは、瞼を圧迫する青たんのせいだろうか。つい数ヵ月前、駅構内でわたしをエスコートしてくれた頼もしさは、幻だったのだろうか。

時郎くんをぶん殴り、伯父さんをぶん殴り、わたしたちを三角屋根の家から連れ出した兄。

伯父さんから盗んだボルボで走りだし、行き先もわからぬまま、暗い夜の帳《とばり》の中をぶんぶん飛ばした兄。パーキングエリアの食堂でかけうどんを食べていた兄。

どうするのよ、どうするのよ……と繰り返す聖美ママを、黙れ！　と叱り、弱ったなあとへらへらする仁徳パパを、笑うな！　と叱った兄。伯父さんからぶん盗《ど》ったお金で二階建ての家を借り、借家なのに平気で壁に穴をあけまくった兄。仁徳パパに全力でバックブリーカーをかます兄。

だいたいめちゃくちゃで、ほぼすべてが犯罪で、わがままで、愛などなく、雨に濡れる子犬に優しいわけでもない兄。

だけど今のあんたより、マシだった。

「――兄貴」

わたしは、なけなしの気力と体力をふり絞った。

「憶えてる？　わたしを階段の二階から放り投げたの」

兄が立ち止まり、呆けた顔でふり返る。

「兄貴の部屋でずっと音楽が鳴っててさ。リビングに届くくらいの大音量でさ。たぶんあれ、ナイン・インチ・ネイルズだったんだろうね」

サスペンス劇場を観ててさ、謎解き場面の直前でＣＭになって、それで兄貴の部屋へ走ったんだよ。どうしても謎解きに集中したくてさ。マジで、そういう人の楽しみを邪魔するのはよくないと思うよ——。

階段を駆け上り、ドアを開け、問答無用でステレオを蹴り飛ばした。床に寝転んでいた兄はあっけにとられていた。わたしは自分でも、どこにこんなエネルギーがあったのかと驚くほどのいきおいで怒鳴り散らした。

トリックの説明は細部の整合性が命なんだよ！　一言一句、聞き流せないんだよ！　犯人の告白は、ちょっとしたすすり泣きとか、息をのむ感じとか、衣擦《きぬず》れの音なんかが肝《きも》なんだよ！　風の音の強弱が重要で、波の音が不可欠で、ＢＧＭのタイミング、かすかなフェードインの予兆が、そういうのを全身全霊で楽しまないで、何がサスペンス劇場なのさ！

だから兄貴は駄目なんだよっ！

「すぐ殴られたけどね」

情緒もくそもない、目にもとまらぬ速さで。

そして階段から放り投げられた。

「さすがに死ぬかと思ったよ。『死ぬかと思ったランキング』の暫定一位だよ」

階段の、おそらく中腹部に激突し、バウンドし、また激突しバウンドし、そして着地したとき、しっかりアバラが折れていた。

わたしの生まれて初めての抵抗は、こうして終わった。抵抗の論理の通りに、敗れた。

「兄貴は最強なんだよ。誰も勝てない」

わたしはゆっくり、長く息を吐き、そしていった。

「伯父さんだって敵わない。兄貴に比べたら、伯父さんなんて大したことない」

兄はぽかんとしていた。

わたしは、自分が駄目になっちゃったのかな、と思った。きっとそうだ。じゃなくちゃ平気で、こんな嘘つけないよ。

「わたしのことはさ、兄貴が『治療』してよ」

兄が呆けたように口を開ける。

「……ぼくが？」

「兄貴ならできるでしょ？　だって進藤さんの『治療』ができたんだから」

律子さんの遺体を「処分」できたんだから。

「というかさ――」わざとらしく小首を傾げる。「おかしくない？　進藤さんもハナコたちも、パパもわたしも、みんな伯父さんのもとで暮らしてたんだよ？　伯父さんのルールに従ってたんだよ？　なのに駄目になっちゃった」

もしかして――。

「ほんとうに駄目なのは、伯父さんなんじゃないの？」

兄貴――、わたしは兄をまっすぐ見つめる。「伯父さんを『治療』しようよ」

兄は、ぽかんとしたままだった。

「きっと兄貴ならできる。兄貴ならなれる。伯父さんを超える、偉くてすごい人に」

伯父さんを必要としない人間に。

たぶんこのとき、わたしは兄を見捨てたのだと思う。

去年――二〇一六年

大岳山まで都道201号線を走った。大自然の中を突っ切るのは変わらないが、三頭山の辺りに比べると生活の気配が濃い。ほどなく道を挟んだ山の両斜面に人家が見えはじめた。

葵ちゃんが教えてくれる。「ここらはまだ都心に近いほうですね。新宿までぶっ飛ばして一時間ってとこです」

「ふうん」

「何かビビっとくる景色はありませんかい？」

「あるわけないよ」

わたしが「埋葬」に加わったのは、進藤さんの一回こっきり。それ以外に、どこかへ遠出した記憶はない。たいてい家にこもっていたのだ。

葵ちゃんは、納得がいっていないようだった。

「おかしいなあ。姐さんがこの辺りで『あっ』って叫ぶ予定なんですけどねえ」

勝手にそんな予定を組まれても困る。

「なんでそんなふうに思うの？」

「丸印は三つですからね。一つは進藤のとっつあんの『埋葬場所』だった。すると残りも、だいたい予想はつきます」

わたしはぜんぜん予想できていなかった。

ただこの先に、わたしの過去があるのは間違いなかった。

「意味があるのかな」

「意味、とは？」

「うん。自分の過去を掘り起こして、何かいいことがあるのかなって」

「それはまあ、あれですよ。自分探しってやつでしょう」

「自分を探してどうするの？　見つけたらどうなるの？」

「まあ、納得できたり、できなかったりするんじゃないですか」

ずいぶん投げやりな口ぶりになった葵ちゃんの横で、「納得」と、わたしは声にしてみた。

「姐さんも納得がいかなかったんでしょ？　だからお兄さまを色キモにぶつけようとした」

それはそうかもしれない。悔しいという感情を覚え、ちくしょうと思い、わたしは四角い家を出る決心をした。リツカたちを巻き込み、兄を仲間に引き込もうとした。納得がいかなくて。

でも、納得したいわけじゃない。「いかない」と「したい」のあいだには、そこそこ大きな違いがあるんじゃないかしら。

　つらつらとそんなことを考えているうち、

「あっ」

　わたしは葵ちゃんの予定を果たした。

「停めて」

　葵ちゃんの急ブレーキは、街中なら十中八九、玉つき事故になるいきおいだった。

「このお店」

　道沿いに、ログハウス風の一軒家が建っていた。

「軽食屋さんのようですね」と葵ちゃん。「ここが何か？」

「うん」わたしは半信半疑で返す。「お腹すいた」

　用意してきたお弁当はすでに平らげていた。主に葵ちゃんが。

　店の駐車場にヒンデンブルク号を滑り込ませ、分厚いウッド調の扉を押す。日差しがきつい時刻だったから、冷房という人類の叡智《えいち》に心から感謝した。

「あれ？　予約もらってたっけ？」店の感じに合わせているに違いない風貌《ふうぼう》のオジサンが困惑気味にわたしたちを迎えた。「ウチはいちおう、予約オンリーなんだけど」

「いえいえ。あたしらそういう堅っ苦しいもんとは無縁の風来坊でござんして。ちょっとばかし涼ませていただきたいわけでして」

「はあ」髭面にネルシャツのオジサンが目を丸くした。「まあ、少しだけなら」

「ついでにバナナジュースくらい出してもらえると僥倖《ぎょうこう》ってなもんで」

「それくらいはかまわないけど」

「サンドイッチがあればなおよしってな塩梅で」

ネルシャツさんはあからさまに、「変なのが来ちゃったよ」という顔をした。

わたしたちは三つしかないテーブルの一つを占拠し、バナナジュースで喉を潤した。バカ美味《うま》だった。

「素晴らしいバナナをお使いですなあ、ご主人。こいつは地元の名産か何かで？」

厨房《ちゅうぼう》からネルシャツさんが答える。「いや、ぜんぜん」

台湾産だという。

そんなやり取りを横目に、わたしはハウスの中を見回した。腕を組み、うーんと唸る。

「腹が痛いんですかい？」

「それは大丈夫だけど」

ご不浄的なアレでなく、胃の底がざわざわしていた。

「あり合わせだけど」

ネルシャツさんが運んできた皿に、二つのサンドイッチ。レタスからのぞく豚肉の脂身に食欲をそそられる。

「むむむっ」葵ちゃんがかぶりついた姿勢で唸った。「こりゃあ結構なお手前で！　アグー豚ですかい？」

スーパーの特売品だった。

「このトマトこそ」

「スーパーだってば」ここにいたってネルシャツさんは、葵ちゃんを害のない珍獣と認定したようだった。「あんた、適当すぎるよ」

「いやいやいや。そんな雑な食材でここまでの味をつくれるなんて、逆に匠《たくみ》の仕事でしょう。パンだけ、ちょっと味気ないですが」

自家製だった。

「あんた、しゃべらないほうがいいってよくいわれない？」

打ち解けた二人の応酬を聞き流しつつ、わたしもサンドイッチにかぶりつく。しゃきっとしたレタスの歯ごたえに、じゅるっと肉汁、トマト汁。なるほど美味い。それにこの、特徴的な甘辛ソース。

「すみません」

わたしは思わず、声をあげた。ネルシャツさんと葵ちゃんが、そろってびっくりしていた。

「このソースは、スーパーのやつですか？」

「コンビニですよ」と葵ちゃん。

「ソースはオリジナル」ネルシャツさんが否定する。「秘伝の配合だよ」

「あの——」わたしが尋ねる。「このお店はいつから？」

「もう十年になるねえ」

「へえ。儲かるんですかい？」

「冗談はよし子さん。赤字でなけりゃ御の字よ」

「すみません！」二人の漫談を遮る。「もしかして……、テイクアウトとかもしてますか？」

「サンドイッチを？」

「ほかの料理でもいいんですが」

ああ、とネルシャツさんが手を叩く。「宅配というかケータリングというか、そんなサービスをしてたときもあったなあ。注文がなさすぎてやめたけど」

「チラシなんかも作ったりして？」

「そうそう」

「このお店の写真が載ってるような？」

「懐かしい！」

ネルシャツさんの反応にうなずき、わたしはもうひと口、サンドイッチをほおばった。じっくりと味を確かめた。

間違いない。食べたことがある。このソースを。

三度目の「すみません」。

「この近くに、三角屋根の家がありませんか？」

ここらはたいてい、どの家も三角屋根だよ――。そんな台詞をいただいて、わたしたちはハウスをあとにした。

「チラシが入ってたんだよ」

さすがに鮮明には憶えていないけど、おそらく、伯父さんが出前をとったことがあったのだ。そして届いた料理をならべるときに、わたしはそのチラシを目にしている。

「ほんとにあの味を憶えてたんですかい？」

「わたしみたいな生活をしてたらさ、外の食べ物に触れる機会なんてめったにないんだよ。ドーナツ一つにしたって、人生で初めて食べた生牡蠣《なまがき》のエグさくらいの衝撃を受けるんだから」

「レバーもきついっすよね」

「うん、きつい」

そんなことはどうでもいい。適当な空き地にヒンデンブルク号を停め、わたしたちは炎天下の集落を歩きはじめた。トラ地図に記された、三角屋根の家を目指して。

ネルシャツさんによるとこの辺りに「色川」の苗字はなく、「進藤」も「古田」も心当たりがないという。伯父さんはいくつかの戸籍を使い分けていた。四角い家は満秀さんのものだった。そんなやりたい放題である以上、どんな表札を掲げていたか想像がつかない。結局のところ頼りは、乳酸がたまりつつある二本の足と、あやふやなわたしの記憶だけなのだった。

「周りは四角い家と似た雰囲気だった。それは憶えてる」

四角い家を目にしたとき、そう感じた。森を背負い、緑のトンネルでご近所さんと隔絶した立地。騒いでも文句がこない——伯父さんはそんな立地をいいことに、たまに大音量のカラオケパーティを開いたりしていた。

目に入る家々を訪ね、葵ちゃんが心当たりを訊いて回り、わたしは彼女の後ろに控え、胃の底のざわざわに耐えていた。いったいわたしは、ここで何をしているんだろう。なんのために、過去を探しているんだろう。知りたいのか、納得したいのか。そのどちらもなのか。

しかしいったい、何を納得すればよいのやら。

納得できたとして、それがなんになるのやら。

わたしの思いなどおかまいなしに、手当たり次第、無遠慮に、葵ちゃんが民家の軒先で「ごめんなすって」と呼びかける。いくら狭い町とはいえ、そう簡単に「当たり」には出会えなかった。陽が傾きはじめる。ほんのわずかな時間で、オレンジ色の光は山陰に消え、うっすら闇がたちこめる。暑さはましになったけど、疲労は積み重なっていた。足の裏がじんからない。

じん痛み、意識が朦朧《もうろう》としはじめた。もはやわたしは、ヒンデンブルク号を停めた場所がわ
「姐さん」

葵ちゃんが立ち止まった。そろそろ人里を抜けようかという場所で、彼女は森を指さしていた。「トンネルって感じじゃないですかい？」

木と木とが作るアーチが、そこにあった。車が一台通れるかどうかという幅の獣道だ。ぶるっと震えに襲われたのは、夜風のせいではなかっただろう。

「行きましょう」

葵ちゃんはずんずん進んだ。目を凝らし、彼女の背中を追う。追いながら、ああ……、と何度も心の中で息を吐く。ああ……、ここだ。この先に、ある。

トンネルを抜けると、そこにわたしの記憶があった。三角屋根の、日本家屋が。

「玄関の電気がついてますね」

忍び声で葵ちゃんがささやき、すっと近寄っていく。まるで猫みたくしなやかな足取りだった。

玄関の前で立ち止まり、葵ちゃんが門柱へ顎をしゃくる。表札の素っ気ない二文字を見て、わたしはドキリとした。

『山田』

「何がどうなってんですかね」

葵ちゃんに迷いはなかった。止める間もなくチャイムを押した。返事はない。もう一度、チャイムを押す。騒がしい夜だと思った。じっさい騒がしいのは、わたしの心臓の音だった。

三度目のピンポンの直前に、引き戸の奥で明かりが灯った。ひょろりとした人影が歩いてくる。

ガラッ……。

わずかに開いた隙間から、白髪をリーゼントみたいにした男性が顔を出した。吊り上がった眉毛に垂れた目、不機嫌そうな口もと。何もかも、歓迎の雰囲気とは正反対だ。

「こんばんはあ」葵ちゃんが、気色悪い猫なで声を出した。「すみませえん。ちょっと道に迷ってしまってえ」

リーゼントさんの表情は変わらなかった。それがおれになんの関係が？　といった風情《ふぜい》だ。

「喉も渇いちゃってえ」

無言。

「手も洗いたいしい」

無言。

「お腹も痛いんですう」

無言。

「てゆーかぶっちゃけ、いろいろ訊きたいことがあるんでさあ」

面倒くさくなったらしい。葵ちゃんは単刀直入へ舵《かじ》を切った。「ここに住んでた、色川って人のことを教えてくれませんかね」

ガララ……。扉を半分まで開いたリーゼントさんは、つっかけにしみったれたちゃんちゃんこを羽織っていた。

「あんたらは？」

「ルポライターの葵です」

滑らかな嘘だった。

「そっちの彼女は？」

「助手です」

リーゼントさんは「ふうん」と上から下まで、わたしをまじまじ見つめた。

そして急に、

「こんなとこまでよう来たのう」

満面の笑みを浮かべた。

「まあ、入りい」と招いてくる。男やもめやさかい、汚いけどな。なんも出せんけどな。日本酒はあるけどな。いらん？　まあ、そういわんと。旅の恥はかき捨ていうやろ――。

「さあ、おいでおいで」

わたしたちは靴を脱ぎ、背中を押されながら、古田さんが進藤さんにぶっ飛ばされ、時郎くんが兄にぶっ飛ばされた廊下を進んだ。

案内された畳敷きの居間には応接セットがしつらえてあり、大きなテレビもあった。鷹《たか》のはく製やら鎧兜《よろいかぶと》やら壺《つぼ》、雑多な置物が壁を埋め、その価値はともかく、サスペンス劇場で殺人事件が起こるならここだろう。

「まま、座って座って」

調子よくソファをすすめられ、葵ちゃんとぴったりならんで腰を下ろす。

「わしは山田いうもんや。山ちゃんと呼んでくれ」

ほれ、遠慮せんとぐいっといってや——いいながら山ちゃんは、ローテーブルに置いたマグカップに日本酒を注ぎ、わたしたちに手渡してきた。

「こんな山ん中で暮らしとったら、人と触れ合う機会がめっきりなくなってもうてなあ。あんたらみたいなべっぴんさんは大歓迎や」

ひゃっひゃと笑い、お猪口《ちょこ》をぐいっと呷る。葵ちゃんが「ではお言葉に甘えて」とマグカップをひと息で空にする。わたしは口をつけるふりにとどめた。

いい飲みっぷり！　いやいや、ご主人こそ。さあ、もう一献《いっこん》。これはこれは——。埒《らち》が明かなくなる前に、わたしは葵ちゃんの袖を引く。

「山ちゃんさんは西のお生まれでっか」

たった。

「ははあ、あの、神社がある」

だいたいどこにも神社はあるから、これはなかなか便利な合いの手だった。

「生野神社な。まあ、わしは神道に興味はなかったが」

「色川さんとはそこでお会いになったんで？」

「喜左衛門なあ」山ちゃんは天を仰ぎ、伯父さんとの関係をさくっと認めた。「懐かしいのう。幾つくらいのときやったかなあ。あいつが三十になるかならんかのころか。知り合《お》うたのはミナミやってん。あいつはめっぽう頭が切れる男でな。腕っぷしもそこそこで、度胸は抜群。まあ、二人してせこい悪さしてた時期もあったけど、こいつはこんなとこで終わる男やないって、ずっと思っとったわ」

「じっさい、色川さんはニルヴァーナ菊池と組んででかい悪さをしましたもんねえ」

もう時効みたいなもんやけど——と、山ちゃんが照れたように白髪のリーゼントをなでた。

「ぎらぎらしとったからなあ。あいつもわしも、親がクソやってん。いいもん食うて、いい酒飲んで、いい車にいい家、いい嫁さん。死ぬまでにぜんぶ手に入れたるって息巻いとったんよ」

「山ちゃんさんも、ニルヴァーナのとこにいたんですかい？」

「手伝いよ、手伝い。喜左衛門のパシリみたいなもんでな。せやからお縄にもかからんかったっちゅうわけよ」

なるほど、と葵ちゃんが感心する横で、わたしは収まらない胃のざわつきに耐えていた。気を紛らわせようと、酒の入ったマグカップを傾ける。うげっ、と吐きそうになる。

「あいつがこっちに高飛びしてからも、ちょくちょく連絡は取っててな。わしと違《ちご》て、あいつは上手いことやっとった。ニルヴァーナの信者の名簿を持っとって、そいつらを修行やいうてたぶらかし、こき使《つこ》てたみたいやわ」

三角屋根の古田さん、四角い家でも、お手伝いさんはそうした修行者だった。

「わしは大阪で商売しとったんやけど、ちょうど立ちゆかんくなったタイミングで誘われてな。闇金みたいなしんどい仕事する元気ないいうたら、この家の管理をせえいわれたんや」

辺鄙《へんぴ》な場所やさかい、売ろうにも売れんかったんちゃうかな——と、葵ちゃんに向かってニヤっと笑う。

「そいつはいつごろのお話で？」

「当ててみい」

「六年くらい前ですか？」

わたしの家族が、この三角屋根の家を出た時期だ。

山ちゃんが、大きくうなずく。

「すっかり根を張ってもうたわ」

もう一杯いこうや、秘蔵の名酒をご馳走《ちそう》するさかい――瓢簞《ひょうたん》みたいな酒瓶を取り出し、マグカップになみなみとつぐ。断るのも面倒で、わたしたちはそれをぐいっと胃に流し込む。

「欲もなんもなくなって、今ではもう、タイガースの試合だけが楽しみっちゅう老いぼれよ」

「すると山ちゃんさんは、ずっとお仕事もされずに？」

「いやいや。こっちきてからは、あんたと同じや」

「同じ？」

「ライターっちゅうか物書きいうか、まあ、ペンの力で人助けしとったんよ。こんな場所でも、パソコンありゃあできるしな」

ふいに頭がくらくらした。疲労のせいか、アルコールのせいか。胃のざわざわは一向に鎮まらない。

「ペンの力で、人助け、ですかい……」

となりで葵ちゃんが、首をがくんと揺らした。酔っぱらうには早すぎる。

「せや。まあ実態は、適当に書きなぐった星座占いなんやけど」

ああ……、とわたしは納得する。このリーゼントの髪型に疼《うず》いていた記憶の正体がはっきりする。呂律の怪しい発音で問いかける。「サン、ダー？」

「やっぱ知っとったか」

山ちゃんがにっこり微笑み酒を含む。それが秘蔵の名酒でないのに、わたしは気づく。

「あんた、ここに住んどった子やろ？」

頭が重たい。うなずくこともごまかすことも、面倒くさいほど。

「喜左衛門に頼んで映像をもろたんや。あんたがあいつと、よろしくやっとる映像を。昔のやつやから汚いけど、よう世話になったわ」

下品な笑みを見ながら、ぼんやり、この家にも監視カメラがたくさんついていたのを思い出す。

「わし、あんたくらい貧相な身体つきが好みやねん」

失礼な。けれど反応できない。声が出せない。手も握れない。マグカップが畳に落ちる。

「金髪のオネエちゃんもええなあ。なんせ若い」

葵ちゃんはぐらぐらしていた。口から涎を垂らしていた。

「すまんのう。これがわしのおつとめやねん。堪忍してや」

申し訳なさのかけらもなくにこにこ笑い、山ちゃんは葵ちゃんの両手を摑んだ。そしてソファから引きずり下ろした。

「ちょっと痛いかもしらんけど、我慢してや」

ずるずると部屋の外へ引きずってゆく。わたしは見送ることしかできない。全身から力が抜け、感覚もなくなっている。

しばらく待たされた。何度も立とうと気張ってみたが、身体はぴくりとも動かない。手も足も出ないとはこのことだ。葵ちゃん！　と叫ぼうとしても「あ、ほ」くらいしか声が出ない。

「ええ子にしとったか」

戻って来た山ちゃんが、わたしの前に立つ。ちょうど目の前に、パジャマのズボンの股間があった。山ちゃんが、勃起したそれをわたしの頬に押しつけてくる。

「あんたはこういうの、慣れっこやろ？」

ほんの数年前まで、毎日のようにおつとめを果たしていたのだから。

葵ちゃんと同じく手首を摑まれ、引きずられた。居間から廊下へ、廊下から玄関へ。

「ウンコとかせんといてや。ほんまに掃除、しんどいねん」

段差もなんのその。がくがくどかどか——ってな具合に頭が揺れた。雑すぎる。文句は言葉にならず、閉じられない口に土埃《つちぼこり》が容赦なく舞い込んできた。

外はすっかり夜だった。手入れのされていない庭をうつぶせに引っ張られた。目の端に、二つ小屋が並んでいるのが見えた。鶏小屋と豚小屋を改装したもので、だからわたしたちはこう呼んでいた。ペット小屋。

かつてわたしが一年と半年過ごした鶏小屋のとなりに、山ちゃんは向かった。ハナコたちが暮らしていた豚小屋のほうだ。ずるりとわたしを運び込み、ふう、と息をついて扉を閉める。

「邪魔するもんはおらんさかい、ゆっくり楽しもうや」

そのとき、びゅん――、と銀色のきらめきが、山ちゃんの頬を横切った。目を丸くした山ちゃんがたたらを踏んで尻もちをついた。どさっと倒れる音がした。シャベルを手にした葵ちゃんだった。

「この――」山ちゃんの目が吊り上がる。「このアマあ！」

倒れて動けない葵ちゃんの顔面に、思い切りのよいサッカーボールキックが炸裂した。葵ちゃんがのけぞる。仰向けに寝転がる。

「何しくさっててんねんっ」

山ちゃんはもう一度、こんどは葵ちゃんの足を蹴りつけた。わたしはそれを、うつぶせのまま眺めていた。

山ちゃんが荒い息で、白髪のリーゼントを整える。

「馬鹿にしよってからに」

金髪を摑んで起こし、埃まみれの地面に叩きつける。それを何度も繰り返す。

「喜左衛門の野郎も、菊池の野郎も！」

叫ぶや、葵ちゃんに馬乗りになる。

キタこれ。

ビンタが飛んだ。葵ちゃんは無抵抗に殴られていた。

わたしはぼやける視界の隅で、ぶたれる葵ちゃんの白い肌を捉えながら、心の中で呟いた。

キタこれ。キタこれ。キタこれ。

キタこれ。キタこれ。キタこれ。キタこれ。キタこれ。キタこれ。

「どいつもこいつも、わしを馬鹿にしやがって！」

キタこれ。キタこれ。キタこれ。キタこれ。キタこれ。キタこれ。キタこれ。キタこれ。

キタこれ。キタこれ。キタこれ。キタこれ。

この光景に憶えがあった。四角い家の黄色の地下室だ。あのとき、リツカが時郎くんにおつとめをさせられるのを、わたしはやっぱり、こうして眺めていた。

キタこれ。

身体の奥がびくっと揺れた。

キタこれ。

脳みそがチリっとした。

キタこれ。

熱い息がもれる。

キタこれ。

――痛い。

キタこれ。

痛い。

葵ちゃんが殴られるたび、痛みが走った。胃の底からせり上がってくるものを、わたしは迷わず吐いた。胃液とサンドイッチと日本酒が合わさった、この世のものとは思えない汚臭に溺れかけ、けれどなんとか顔を上げた。

山ちゃんが、壊れたロックフラワーみたいにビンタをしつづけていた。

呼吸を整える。嘔吐《おうと》のおかげか、手足の感覚が戻ってきた。もともとわたしは、それほどたくさん秘蔵の名酒を飲んでいない。

ゆっくり手をのばす。暗い小屋の地面に転がった、シャベルを掴む。

「偉そうにしてんちゃうぞお！」

その雄たけびが合図だった。わたしはこの先、もう二度と歩けなくなってもかまわないから、今いっときだけ立ち上がらせてくれと筋肉に命じ、シャベルを山ちゃんのリーゼントめがけてふりかぶる。

がちこん。

「あん？」

山ちゃんが、こちらを向いた。ぽかんとしたその顔に、さーっと赤い血液が筋をつくった。

「……こんの、メスガキがあ」

わたしは再びシャベルをふりかぶる。しかし身体は本調子にはほど遠く、重みに負け、よろけそうになるのをこらえるくらいがせいぜいだった。

力強い裏拳が、わたしの鼻っ柱をしたたか打った。

倒れそうになった。というか、倒れるのが当たり前という衝撃だった。でもわたしは倒れなかった。倒れたくなかった。

「なめんな、コラア！」

山ちゃんが叫ぶ。拳を握っている。こっちは倒れないよう踏ん張るので精いっぱいだ。視界は揺れ、意識も飛びそうになっている。今にもシャベルを手放してしまいそうだ。

くる。全力の、キタこれが。よけられそうもない。わたしは倒れるだろう。倒れて、殴られまくるのだ。

「うふうっ」

次の瞬間、山ちゃんの鬼の形相がひょっとこみたいにゆがんだ。

葵ちゃんが、下から山ちゃんの股間を握っていた。二倍くらいに大きくなった彼女の顔が片目をつむる。世界でも類をみないグロテスクなウインクだった。

姐さん――。

「どうぞ」

シャベルが、完璧な軌道を描いた。

小屋にあったロープで手足を縛り、葵ちゃんがお返しのビンタを十発ほど食らわせたところで山ちゃんは目を覚ました。芋虫みたいに必死でもがき、それが無駄だと悟るや「頭が熱いねん」とか「血が、血が」とか「死んでまう」とか、あらん限りの泣き言をならべたが、拷問モードの葵ちゃんに通じるはずがなかった。

リーゼントの白髪を一本一本抜いていくという陰湿かつ地味な虐待の末、山ちゃんはすっかり観念した。

「本名は？」「山田福助です」「歳は？」「七十歳です」「スリーサイズは？」「え、ちょっとよくわかりません」

わかりませんじゃねえ、バカヤロウ！　白髪が三本、収穫された。

「お前と色キモ野郎との関係は？」

「それは、さっき話した通りです」

ニルヴァーナが捕まったあと、山ちゃんは大阪で細々と占いの学校をやっていた。それが傾きかけたとき、伯父さんから連絡があったのだ。

「わしは昔っからあいつに逆らえんかった。それをあいつはよう知っとったから、ちょうどええ思たんちゃいますやろか」

「なんであたしたちを襲ったんでい？」

「あいつの命令です。この家を訪ねて来るもんがおったら適当に相手して、素性を探って報告せえって」

「理由は？」

「詳しくは知らんけど、探られたらいろいろややこしいことがあんねんやろなあって」

わたしの脳裏に、進藤さんの奥さんとその娘――ハナコが浮かんだ。

「ほんまに何も聞いてないんです。わしは闇金にも関わっとらんし、たんなる都合のええ管理人なんですわ」

「それにしちゃあ、ずいぶんハードなおもてなしでしたがねえ。あんた、この調子でこれまで何人殺ったんでい」

「ないない！　ほんまに。そんな怖いことようせんて」

「ほう。ついさっき殺されかけた人間が、目の前にいるのをお忘れのようですな」

「いやいやいや！　ぜんぜん、そんなつもりなかったんです。とりあえず大人しくしてもらって、ゆっくりお話をさしてもらおうと、つい、出来心で――」

「やかましいわ！」

ぶりっと白髪の束が頭皮から奪われた。

「どこの世界に一服《いっぷく》盛ってお話しするクズチンがいるんでい！」

山ちゃんはぐうの音も出ない顔をしていた。

「山ちゃんさんよお。とっくにネタは割れてんですぜ。ほかにもいたんでしょ？　ここを訪ねてきた人間が」

葵ちゃんが、脅すように顔を近づける。

「雛口仁徳」

その名前に、山ちゃんの目が泳いだ。

「スキンヘッドになるまで頑張りますかい？」

これは実に効果的な問いかけだった。

山ちゃんがもごもごと語りだす。「仁徳のおっさんは、とつぜんやって来て……なんや、一緒に喜左衛門をやっつけようみたいなことをいわれたんや。そんなん、協力できるわけないですわ。面倒はごめんやった」

「で、殺っちまったんですかい」

「してへんってば！　相手にせんと追い返しただけやって」

「で、色キモに連絡したんですね？」

山ちゃんが弱々しくうなずく。

「二〇一二年の十二月ごろ？」

「……そんくらいやったと思います。もうちょっと前やった気もするけど。ともかくわしはその程度や。ただの連絡係なんです！」

ふんふん、とうなずいていた葵ちゃんが、突如、山ちゃんの鼻をねじり上げた。

「嘘がお上手でんなあ、山ちゃんさん」

すっかり関西弁に影響された葵ちゃんが、どすを利かせた声でいう。

「あんまりなめたことというてたら、ケツから内臓引きずり出して奥歯ガタガタいわせんぞ」

この殺し文句が、山ちゃんのトラウマになるのは間違いなかった。

「おどれ、その前から雛口のママさんにちょっかいかけとったやろ」

山ちゃんの表情が、脅《おび》えからあきらめの色に変わった。

「……喜左衛門の命令やったんや」

三角屋根の家に住みはじめた山ちゃんはひまをもて余し、サンダー福助として占い稼業に復帰した。

「ニルヴァーナの弟子っちゅうのは、ある意味おいしい面もあったんです」

オヤジ週刊誌が面白がって使ってくれるくらいには。

「けど世の中、炎上やらコンプライアンスやらうるさくなってきましたやろ？　どんどんギャラも安なって」

来季の契約がなくなり、年明けのお払い箱が決まった。

「てめえの身の上話なんか訊いてねえ！」

ぶちぶちと白髪が抜ける。

「いや、そんなときに喜左衛門から、雛口っちゅう家族を探せいわれたんです。見つけたら小遣いやるて」

しかしなんの手がかりも得られぬまま時は過ぎ、気がつけばうやむやになっていた。

「そしたらある日、喜左衛門から連絡があって——」

わたしたちが住んでいた、二階建ての家の住所を教えられた。

「色キモは、どうやって姐さんの住処を探し当てたんで？」

「知りません。わしはただ、聖美さんの世話をせえいわれただけですから」

ボランティア活動とは名ばかりで、山ちゃんは聖美ママと伯父さんの連絡係、運転手、下僕、そんな立場だったという。たまに一緒に老人ホームで訪問占いをしていたそうだが、いったいおじいちゃんおばあちゃんを相手にどんな未来を伝えていたのやら。

「あと、寝たきりの息子に注意しとけいわれました」

兄だ。

山ちゃんが聖美ママと仲良くなる一方で、伯父さんは仁徳パパを借金攻めにした。兄に生命保険をかけさせたのも伯父さんだろう。そして仁徳パパに、彼の殺害を強要した。

ところが兄は生き返り、仁徳パパが反旗を翻す。

「雛口のパパさんを、あんたどうしたんで？」

「わしは迎えに行って、喜左衛門のとこへ連れてっただけですわ」

クリスマスの日、二階建ての家から四角い家へ。

「沙弓さんは？」

と、わたしが尋ねた。

山田沙弓。兄が落っこちたマンションに住んでいた女性。行方不明になった榎戸さんの娘さん。

「おどれ、ベリーライフ江戸川に部屋借りとったやろ」

葵ちゃんに胸ぐらを摑まれた山ちゃんが、ああ、という顔をした。

「それ、たぶんわしの娘です」

「はあ？」葵ちゃんが上ずった声をあげた。

「いや、ほんまの娘やなく、養子です。こっちにきてすぐ喜左衛門に命じられたんです。たしか、そんな名前やったと思います」

書類だけの関係で、顔も知らない。ベリーライフ江戸川にも憶えがないという。

「もとはあいつの嫁で、離婚してわしの娘に仕立てたみたいです。これがあいつのやり方ですわ。わしみたいな逆らえん人間の戸籍を使て、縁故を結んで、年金や生活保護費をかすめ取ったり保険に入らせたりするんです。金だけが目的ちゃいます。ようは脅しや。逆らったら、いつでも殺ったるぞっちゅう」

「沙弓さんの居場所は？」

「知らんけど……、そういやあ、どこぞの金持ちに嫁がせるつもりで離婚したいうてましたわ」

そのタイミングで、沙弓さんはベリーライフ江戸川を離れた。

山ちゃんの語り切ったたったという顔を見て、「こんなとこですかね」葵ちゃんが立ち上がる。

「あ、ほな、これ、ほどいてください。あと、ぜひ病院に」

「甘えんな」

山ちゃんの腹に蹴りを入れ、葵ちゃんは小屋を出てゆく。

わたしも山ちゃんにぶたれているので仕返しの一発くらい権利があると思ったけれど、彼の頭からどくどく流れる血液を見ていたら、まあ、いっか、という気になった。

葵ちゃんを追いかけようとした寸前、わたしの目にそれが飛び込んできた。鶏小屋に面した壁にあいた穴。この穴を通じて、わたしはハナコと毎晩、どうでもいい会話を交わしていたのだ。主に夕食の話を。たまにハナコが好きだった男の子の話を。

「お嬢ちゃん。お願い。これ、ほどいて」

懇願する山ちゃんのそばにしゃがみ、耳もとにささやく。

「ハナコとそのお母さんの遺体が、たぶん庭かどっかに埋めてあるはずです。探して見つけて、お墓を立ててください。そうしなかったら、こんどはシャベルじゃ済みませんよ」

山ちゃんががくがくうなずくのを確認し、わたしはロープの結び目をゆるめてやった。シャベルじゃ済まないって、なんのこっちゃと思いながら。

ヒンデンブルク号へ歩きながら、葵ちゃんが事態を整理した。

兄がマンションから落っこちて、蘇ったのをきっかけに、父は過去を清算する気になったのだろう。意を決して三角屋根の家を訪ねてみると、そこには伯父さんではなく、山ちゃんことサンダー福助が住んでいた。協力を請うが追い返され、伯父さんは父の「処分」を決める。

あのクリスマスの日、たぶん父を襲った借金取りは伯父さんの手先で、父は観念し、せめて夕食だけと請うたのだ。

新太という爆弾小僧が虫も殺せない好青年に生まれ変わったと知った伯父さんは、もう一度わたしたちを囲い込もうとした。理由はいくつかあるだろうけど、わたしたちが進藤さんの殺害に関わっている点も大きかったはずだ。

ヒンデンブルク号が、真夜中の道を走りだす。

「わからないのは――」

ぱんぱんに腫れた頬でしゃべるものだから、葵ちゃんの言葉は聞き取りにくい。

「お兄さんの行動ですね」

その通りだった。なぜ兄が、ベリーライフ江戸川へ向かい、そして屋上から落っこちたのか。

山ちゃんが雛口家の所在を知るのは、兄が落っこちたあとだ。つまり伯父さんの意志とは関係なく、兄はその場所へ出向いたことになる。ずっと引きこもっていたくせに、電車に乗って江戸川区まで。

そしてそこに、色川の伯父さんの手下だったサンダー福助こと山田福助の養子であり、榎戸太輔の一人娘であるところの沙弓さんがたまたま住んでらっしゃった？　まさか。

「兄貴は『取り戻しに行く』と残して、ベリーライフ江戸川に出かけた」

「それが沙弓さんのことだったと？」

わからない。ただ、兄はこうもいっていた。自分を突き落としたのは女性だと。

しかし、するといったい兄は、どこで沙弓さんと知り合い、なぜ突き落とされたのか。

「瑞穂町にも行くの？」

トラ地図に記された、最後の丸印だ。正直へとへとだったし、裏拳をくらった鼻は痛いし、葵ちゃんにいたっては山ちゃんよりも病院に行ったほうがよいくらいの状態で、そんな彼女に安全運転ができるのか、はなはだ疑問であった。

「まあ、せっかくここまできたんですから、行かないってのは無粋でしょうよ」

「当てもないのに？」

「当てはあります」

「え？」

「というか、最初っからわかってたんです。グーグルマップで、ピンポイントでしたから」

何があるかはお楽しみ——そういって葵ちゃんは、ぶうんとアクセルを踏み込んだ。

目的地は神社だった。けっこうな広さがあって、いろいろサービスも充実しているようだった。町中だから何百段という石段はなく、わたしたちはするりと鳥居をくぐった。そろそろ夜が明けかけていた。

「大方、あそこでしょうね」

葵ちゃんに招かれるまま、わたしはうす暗い砂利道を踏みしめた。その先に、壁が見えてくる。携帯のストラップ屋さんとか、こういう感じなのかしらとわたしは思う。

一面に吊るされた、たくさんの絵馬たち。

「さあ、探しましょう」

合格祈願、安産祈願、無病息災、ＬＯＶＥだとか夢だとか、おびただしい数の願いを一枚一枚、わたしたちは見ていった。

その絵馬を見つけたのは、わたしだった。たいして高級そうな板ではなかった。字も汚かった。かわいいイラストとか、顔文字があったわけでもない。けれどわたしは、しばらく目が離せなかった。

「あのトランプは——」背後から、葵ちゃんの声がした。「パパさんが姐さんたちに贈った罪の告白であり、懺悔《ざんげ》です。同時に姐さんの歴史です。回りくどい方法をとったのは、姐さん自身が『埋葬』にかかわっていたからでしょう。それでも託したんです。姐さんが、自分の過去を知りたくなったとき、自分のほんとうを探したくなったとき、ちゃんとたどれるようにと」

すごい想像力だ。彼女の書く本は、意外と面白いのかもしれない。

そう思いながら、わたしは絵馬を見つめた。

『依子と新太へ。闘ってくれ』

まるで夕日みたいな朝日が、わたしを照らしていた。

帰りの車中、めったに鳴らないわたしのスマホが鳴った。登録のない番号だった。もしもし、とわたしは受けた。相手は病院の職員さんだった。おじいちゃんが危篤という報せだった。

四年前──二〇一三年

わたしの「治療」は一段落つき、ご飯も食べさせてもらえるようになったが、黄色の地下室を出ることは叶わなかった。相変わらず丸裸のまま、同じようにすっぽんぽんのリツカとともに鉄格子の中に入れられ、青白い蛍光灯が照らす石の床に寝そべる日々を過ごした。

わたしたちは主に『毒メン』の話を、飽きてくると『ミナミの帝王』の話、サスペンス劇場の話、そしてたまに、四角い家を脱出したあとの計画について話し合った。

自由になったらウイスキーボンボンを死ぬほど食べてみたいとリツカが目を輝かせ、それはあまり賢い選択じゃないとわたしは教えてあげた。お酒というのは腐った水で、ウイスキーボンボンは、たとえるならティラミスに納豆をかけて食べるようなものなのだ。するとリツカは「ならお腹いっぱい納豆巻を食べます」と方針を変え、わたしは「それはいい。とてもいい」とお墨付きを与えた。

食事は雅江さんが運んできた。そのたびに、上の様子を伝えてくれた。伯父さんの様子、母の様子、時郎くんの様子。

「時郎さまはしばらく『出張』です。満秀さんの手伝いに行くと聞きました」

満秀さんはまだ、奥さんの死を知らされていないようだった。伯父さんは満秀さんをどう納得させるか考えているに違いない。納得しないケースも含めて。

じっさい伯父さんはここのとこ、連日家をあけており、これも満秀さんの今後に備えた動きではないかと雅江さんは推理した。雅江さんはこの家が満秀さんの持ち物で、彼が伯父さんの養子になっていることも心得ていた。

リッカはわたしたちのやり取りに口を挟まなかった。雅江さんがいるときはカメラを気にして、ずっと下を向いていた。わたしたちの密談は、決して伯父さんに悟られてはならないのだ。

母は伯父さんの不在をいいことに、四角い家の女王として振舞い、おかげで雅江さんの生傷は一向に減っていない。

「聖美さまを引き込むのは難しいと思います」

同感だった。母は完全に「駄目じゃない」ほうの人間だ。

「新太さんも、時郎さんのお供で出かけてらっしゃいます」

わたしたちの切り札、最終兵器兄貴。伯父さんを「治療」してしまおうと誘った日、兄はろくに返事もせぬまま地下室をあとにしていた。協力する気があるのか、ないのか。速やかな確認が必要だった。最悪、伯父さんに告げ口という恐れもある。

「新太さんの真意はわかりません。あの通り、まったく無駄話をされない方なので」

兄の協力がなければ、脱獄計画はかなり難しいものとなる。

「伯父さんとママが、しっぽり出かけるタイミングを狙うべきだと思うんだよね」

夜な夜な、わたしとリツカは作戦会議を開いた。

「雅江さんしかいないときにさ」

「それはいいですが、外に出てどうするんですか？」

「とりあえず北海道か沖縄まで逃げれば大丈夫なんじゃないかな」

「歩いてですか？」

わたしたちはお金を一銭も持っていなかった。

「雅江さん、車の運転できるんだって」

「車はどうするんです？」

「なんとかなるよ。道端にたくさん停まってるし」

「それは無計画すぎると思います。鍵を開ける技術も、エンジンをかける技術も、わたしたちは持ち合わせていません」

リツカには、ちょっと理屈で考えすぎるところがあった。

「捕まって連れ戻されたら、きっともうおしまいですよ？」

これはわりと正論だった。

「じゃあさ、とりあえず杖爺の家に避難しよう。あそこにはオヤジ週刊誌もあるし」

ぜひそうしましょう、とリツカがはしゃぐ。

「この鉄格子の鍵はどうするんですか？」

「伯父さんの、だっさいキーケースにあるんだって。勝手に持ちだすのは無理みたい」

「それをどうやって手に入れるんですか？」

「雅江さんに頼んで、ちょちょいっとくすねてもらったらいいんじゃない？」

「えっ？　それが難しいというお話なのでは？」

そうだった。

「第一、伯父さんがいないときに脱獄するならくすねようがありません」

「じゃあ、えーっと……事前に合鍵をつくっとくとか」

「外出禁止の雅江さんが鍵屋さんに行くんですか？　バレたら目も当てられませんよ？」

うぐぐ。

「合鍵ができるのを待つのも嫌です。わたしは一秒でも早くここを出たい。じゃないと――」

地獄の死刑執行人のような声で、リツカはつづけた。

「次のおつとめで、嚙み切ってしまうと思います」

すごみのある眼差しに、わたしはこの子の本気を見た。

結局、伯父さんをぶっ倒し奪う以外の方法はなさそうだった。

「そのためには、どうしても新太お兄さんの協力が必要だと思います」

伯父さんをぶっ倒してもらい、鍵を開けさせる。ついでに車の鍵も奪い、兄か雅江さんの運転で沖縄へ逃げる。わたしは寒いのが苦手なのだ。

「完璧だね」

「お兄さんが協力してくれたら、ですけど」

まあでも、今のとこ伯父さんに計画がバレている様子はなく、ならば期待が持てるんじゃないかしら。

「先生のお母さまはどうするんですか？」

「ママはいいよ。伯父さんと仲良くやってるし、大丈夫なんじゃない？」

「——父は？」

リツカの父、満秀さんだ。

「父はここに置いていくんですか？」

わたしは「そうだね」といいかけて言葉をのみ込んだ。

「……わかってます。無理をいうつもりはありません」

ものすごく無理した感じでリツカはうなだれ、唇を噛んだ。

どうしようもなかった。兄の協力すら不確かな状況で、ずっと「出張」に行かされている満秀さんを仲間に引き込むすべはない。満秀さんの在宅を狙って作戦を決行し、どさくさに紛れて連れていくというのもリスクが高く、そもそも満秀さんが脱獄に協力的かもわからないのだ。

満秀さんが生きている保証すらない。残念ながらリッカは、それに気づかぬほど馬鹿ではなかった。

「悔しいです、先生」

石の床に寝っ転んだリッカがいった。そうだね、とわたしは返した。強くなりたいです、とリッカが重ね、そうだね、とわたしは返す。

「どうやったら強くなれますか？」

「そりゃあやっぱ、腕立て伏せとかじゃない？」

翌朝、わたしたちは筋肉痛になった。


「来週の木曜日、時郎さんが帰宅されるようです」

ホースの水をリッカにぶっかけながら雅江さんがそう告げたのは、脱獄を決意してから四日目の昼だった。

間違いなくその日、時郎くんは地下にやってくる。そしておつとめを求めてくる。彼の不死鳥がリッカに嚙み切られるのが先か、わたしたちの脱獄が先か。後者のほうが、みんなの幸せになるのは明白だった。

「兄貴は？」

「一緒だと思います」

伯父さんから、五人分の料理を準備しておくよう命じられたというのだ。伯父さん、時郎くん、聖美ママ、雅江さん、そして兄だ。

満秀さんは？ と訊くのは憚られた。リツカは黙ってホースの水を浴びていた。

「依子さま、これを見てください」

ホースを握る雅江さんの手の指に、ライターが挟まっていた。わたしのほうに向いた底の部分がかすかに光った。杖爺からもらった小型カメラだ。

「依子さまのお部屋にありました。

雅江さんは、意外にアクティブだった。

「それを使って、知り合いに連絡をとってみます」

「電話はできないけど？」

「Wi-FiでLINEができます。まだ残っていたわたしのIDでログインし、メッセージを送ります」

雅江さんは、意外にハイテクだった。

「どうなるかはわかりません。無視されるだけかもしれませんが――」

できることはします、と雅江さんはいう。

「あとはあなたたち次第です」

「雅江さん」

わたしは疑問を口にした。

「雅江さんは脱獄しないんですか？」

雅江さんは、じっとリツカを洗うホースの水を見ていた。

「伯父さんの車は六人くらい乗れますよ。というか、運転できるの兄と雅江さんだけなんで、来てくれないと困るんですが」

雅江さんがふっと笑った。

「あなたは、気持ちいいくらいわがままな人ですね」

とても失敬だった。

「でもいいと思います。わたしはあなたのこと、好きです」

はあ、とわたしは適当に返しておく。申し訳ないが、こっちにその気はまったくない。

「こんなはずじゃなかったんです。わたしはほんとうに、ニルヴァーナ先生や旦那さまのことを信じていました。この人たちのもとで修行を積めば、世の中のお役に立てるに違いないと」

いい加減、リツカは水浴びがつらそうな顔をしていた。

「――こんなはずじゃなかった。いつからそう思いはじめたのか、もう憶えていません。いつの間にかわたしは、ただのお手伝いさんになっていたんです。正しさに奉仕するお手伝いさんではなく、欲の亡者たちの手下に。気づいたときには手遅れでした。だから気づかないふりをしてきました」

依子さま――。

「わたしも、ほんとうは悔しかった。馬鹿にしたように雅江、雅江と名前で呼ばれて、そのたびにずっと、ちくしょう、って思ってたんです」

ホースをおろした雅江さんの口もとが、さっぱりしたように微笑んでいた。

「すきをついて、料理に睡眠薬を入れようと思います」

笑みは消えていた。

「旦那さまのキーケースを奪って、ここを開けに来ます」

「――睡眠薬なんて持ってるんですか?」

「その気になればどうにかなります。その気さえあれば、どうにでもできるんです」

青たんとバンソーコーの目立つその横顔から、感情はうかがえない。

「いいですか? 何が起こっても、必ず逃げのびてください。必ずです」

わたしは――。

「一度でいいから、誰かを救ってみたいんです」

二日後の夜、眠りかけたわたしの耳に吐息がかかった。

「先生」

おずおずとした声に、わたしは彼女がおねしょでもしたのだろうと呆れた。

「実は、書いてみたんです」リツカが遠慮気味にノートを差し出してくる。「『毒メン』のつづきが、こんなふうだったら楽しいなと思って」

「マジ？」

わたしは飛び起きた。

「いわゆる二次創作的な？」

「いや、はい、まあ、そうです」

「同人的な？」

「かなり照れます」

「どれどれ」

わたしは蛍光灯の下で、その細々した文字を読んだ。リツカの『毒メン』は小学生時代のメンヘラ娘が主人公で、学校の男の子たちを（教師と父兄も含む）次々籠絡《ろうらく》してゆく物語だった。リツカが描くメンヘラ娘のやり口はおぞましく、鮮やかで、しかもなぜか途中でナイスミドルの教頭とバスケ部キャプテンのＢＬストーリーへブレるにいたり、立派に育ったリツカの腐女子っぷりに、わたしは涙ぐまずにいられなかった。

用務員のおっさんヤバイ、激キモ豚野郎じゃん。あ、やっぱり先生の好みだと思ってました！　ところでこの、絡みつくマグマのような粘膜って、どんな粘膜？　え……そういうの訊かれるの、ちょっとアレなんですけど……。じゃあさ、この、秘儀ドーパミンセックスってのは？　いや、先生……。ザトウクジラが仰天する潮吹きというのは？　ほんとに、あの、やめてください、すみませんでした——。

このようにしてわたしたちは、脱獄前夜を明かしたのだった。


——なんでこんなことになってしまったんだろう。


「大丈夫だ。大丈夫だ」

運転席から聞こえる声は、ほとんどわたしに届いていなかった。

「すぐ病院に着く。大丈夫だ」

わたしは窓の外へ目をやった。過ぎてゆく真っ暗闇の中を、進んでいるのかさがっているのか、わからなくなった。どくどくと血を流す左肩も忘れ、つい今しがた起こった出来事をふり返り、もう一度、なんでこんなことになってしまったんだろう、と考える。

わたしが悪かったんだろうか、と。

階段を駆け下りてくる足音に、事態がろくでもない方向へ転がっていると確信したのは午後六時——。

遡《さかのぼ》ることおよそ六時間前、午後一時——。

昼食のトレイを手にした雅江さんが音もたてず地下室へやって来て、オマルを処理し、ホースの水をぶっかけてくれた。ぶっかけながら、「旦那さまはお出かけになりました。五時に戻るそうです」と教えてくれた。

「もうカメラに写ってもかまいませんから」

エプロンのポケットから、食料が現れた。手作りハンバーガーにかぶりついたリツカが感動で泣いていた。梅おにぎりを摑まされたわたしはいささか不満だった。

「これを」

こんどはエプロンの下から大きな紙袋が出てきて、わたしはエプロンのポテンシャルを見直した。

紙袋の中に、二人分の服と下着と靴、そしてわたしのスマホが入っていた。

「雅江さん、これ、わたしのじゃないと思うんですけど」

「プレゼントです。前に地面に落としてしまったお詫びに」

わりと肌触りのいいスポブラだった。

「八時には迎えに来れると思います。残念ですが、わたしの協力者とは連絡が取れませんでした。自力でなんとかしてください」

「雅江さんはどうするの？」

「——今さら逃げるわけにはいきません。あなたたちの無事が確認できたら、きちんと責任を取るつもりです」

意味はよくわからなかったけど、ともかくその顔におどおどした様子はなかった。

「頑張ってください」

「雅江さんも」

「依子さま」雅江さんが人差し指を立てた。「わたし、その名前が好きじゃないんです。嫌な思い出しかなくて、両親を恨んだほどなんです。だってあまりにも女の子みたいでしょう？」

雅江さんは意外にたくましい肩をすぼめ、照れたようにはにかんだ。

「強さに憧れて身体を鍛えたり武術を学んだりもしたんです。でもそんなの、しょせんごまかしにすぎませんでした。満たされないものを埋めたくてニルヴァーナの信者になって、そして結局旦那さま——いえ、色川に利用されてしまったんです。この、弱い心を」

初めはボディガードを期待されていたが生来の気弱さを見抜かれ見限られ、いじめ甲斐のあるお手伝いさんに定着してしまったのだと雅江さんは語った。

「たいへんでしたね」とわたしは労い、「でも雅江さんの料理すごくおいしかったですよ。特に手ごねハンバーグは」と褒めてあげた。梅おにぎりの恨みをじゃっかん込めて。

雅江さんは困ったような、でも少しうれしいような、そんな顔をした。

「依子さま、苗字で呼んでください。できればフレンドリーに」

じゃあ、とわたしはいい直す。

「浦部くんも頑張って」

はい――。雅江さん改め浦部くんはそういって微笑み、「では」とやはり音もなく階段を上がっていった。

午後二時――。
わたしたちは鉄格子のこちら側から階段を睨みつつ、隅っこにならんで座った。まだ服は着ていなかった。何かの間違いで伯父さんや時郎くんが下りてくるかもしれない。紙袋を背中に隠し、時が過ぎるのを待った。

午後三時――。
順番に仮眠をとった。リツカの二次創作のせいで眠れていなかったのだ。まったく、いい迷惑である。

午後四時――。

退屈が極まり、しりとりをはじめる。

午後五時――。

着替えの時間だ。

「似合うじゃん」

青い短パン、黄色い長袖のポロシャツ、ズックに白い靴下。このイカしたスタイルに、リツカは地団太を踏んだ。リツカサイズの服が、時郎くんのお下がりしかなかったことによる悲劇だった。

「先生はずるいです。服もお洒落だし、髪もオレンジだし」

「大人だからね」

頬を膨らませるリツカを横目に、わたしは革ジャンを羽織った。

午後五時半――。

天井から呼ぶ声がして、わたしたちは腰を抜かしそうになるほどびっくりした。

「聞こえますか？」

浦部くんの声だった。

「物置から話しかけてます。聞こえますか？」

時郎くんの秘密の羽目板を、わたしは浦部くんに教えていた。

「お客さまがいらしています」

「お客？」

そんなことは四角い家で暮らして半年以上、一度たりとてないことだった。

「今、色川が相手をしています」

「誰なの？」

「それが……」

浦部くんの語尾が消えた。

「いえ——。とにかくどうなるか予想がつきません。心の準備をしておいてください」

問題発生の予感。しかし鉄格子の中にいるわたしたちに、何をどうできるものでもなかった。

わたしとリツカは立ったまま、そのときをひたすら待った。

「伯父さんが下りてきたらどうする？　この格好はいい訳無用だと思うんだけど」

「とりあえず左右に分かれましょう。二人そろって捕まるのは愚かだと思います」

「それから？」

「たぶん、ホースの水をかけてくるんじゃないでしょうか。だから壁際に立って耐えましょう」

「それから？」

「しびれを切らして、鉄格子の鍵を開けてくれたらもうけものです」

「なんで？」

「闘えるから」

その言葉に、わたしはぞくりとする。

「燃やされたオヤジ週刊誌と、破瓜の復讐をしてやります」

リツカは拳を握りしめていた。両足で立っていた。

「先生。約束してください。わたしが捕まっても絶対に助けないと」

階段を睨み、つづける。

「逃げてください。いいえ。逃げるためじゃなく、闘うために、死に物狂いで逃げてください。毒母やメンヘラのように、わがままに、踏みつけていってください。それでこそ、わたしの先生です」

「……あんた、生意気すぎない？」

「よくいわれてました」

やっぱりね、と思いながらわたしも階段を睨んだ。

そのとき、どうん、とかすかに音が響いた。かすかではあったけど、ここまで届くその音のボリュームは、轟音《ごうおん》と呼んで差し支えないものだった。

わたしたちは思わず互いの手を握ろうとし、やめた。拳をつくり直した。

どうん。

まったく状況がわからなかった。けれど、いずれにせよ、わたしたちにできることはなかった。ただ前を、まっすぐに睨みつけること以外、何も。

午後六時――。

がちゃり。黄色の扉が開く音がした。どうん、と、こんどは掛け値なしの轟音が響いた。銃声。テレビドラマや映画でよく聞くアレ。こりゃあホースの水をかけられるくらいでは済まないぞ、とわたしは思う。

「――メンヘラは死ぬかね」

「はい。わたしの予想ではセカンドシーズンの最後に」

わたしは生き残る推しだった。

「たぶんサードシーズンは、メンヘラの子どもが毒母に復讐をする展開かと」

「いやいや、そのころには毒母は毒婆だよ」

「それもまた乙かと」

うーん。たしかに、と思わなくもない。

「悔しいね」

だだだ――っと駆け下りてくる足音がした。ただ事でないリズムだった。

「『毒メン』の、つづきが読めないまま終わるなんてさ」

わたしたちは、じっと階段を睨んでいる。リッカはノートとペンを、胸に抱きしめている。

「三号分も焼かれちゃったしね」

「わたしが書きます。先生に読ませるために」

それはいい、とてもいい。

階段から人が現れる。反射的に身構える。

「やあ、良かった！　ご無事でしたかあ」

やたらハキハキした声だった。

「そちらのお嬢さんがリッカちゃん？　どうも初めまして」

チャラいサーファーと意識高い系政治家をブレンドしたような笑みだった。

「なんで、ここにいるんですか？」

口をついた率直な疑問に、彼は肩をすくめた。

「だって約束したじゃないですか。再来週お会いしましょうって」

杖爺の平屋で、勝手に押しつけられた記憶はあった。数えてみると、あれからちょうど二週間が経っている。けれどなぜ、門村さんがこの地下室にいて、そしてなぜ、ずっしり重そうな猟銃を手にしているのか、白いワイシャツにべっとり血がついているのか、ぜんぜん説明になっていない気がした。

「四時まで待ったのです。けれど依子さんは現れなかった。これは何かあったに違いない。助けに行かなくては！　人として、当然そう考えたのです」

しかしふつう人は猟銃を携えていないし、血がべっとりついたワイシャツを着ていないのではないかしら。

「あ、この銃ですか？　たまたま車のトランクにあったのです」

初めて聞く種類の「たまたま」だった。

「わたしは猟銃所持免許を持っていますから、違法ではありません」

そういう問題でもない気がした。

「血がべっとりしてますけど」

「大丈夫です。わたしの血ではないので」

一ミリもほっとしなかった。

「ここから出してくれるんですか？」

「もちろんです。さあ、これを」

差し出された銀色の手錠を見て、この人は頼りにならないかもしれないという予感を覚えた。

「お二人の手をつないでください」

「なんでですか？」

「理由は単純明快です。わたしはあなたたちを助けます。個人的な優しさだけでなく、社会正義を達成するためです。社会正義は達成されるべきなのです。正義の不履行は不信を生みます。不信は正義の軽視を生みます。正義の軽視は社会正義の衰退を招きます。つまり正義から権力を奪ってしまうのです。いいですか？　どんな手段を用いても、社会正義は成されなくてはなりません。ときに武力を行使する必要もあります。超法規的な行動をとらねばならないこともあります。正義に基づいた超越的行動をとる人間を、人は英雄と呼ぶのです」

手錠の説明はまだなのか。

「問題は、助けられる側の人間が良識をもっているとは限らない点です。残念ながら、英雄を後ろから刺す愚か者もいるのです」

わかりますか？　と訊かれ、わたしはうなずく。ようするに、門村さんはわたしたちの賢さを疑っているのだろう。

「合意をいただけて何よりです。さあ、早く。上がいつまで持ちこたえられるかわかりません」

わたしたちはいわれるまま右手と左手を手錠でつないだ。銃口がこちらを向いた状況下で、同意もくそもなかった。

「鍵はわたしが持っておきますので」

ワイシャツの胸ポケットに放り込み、門村さんは「離れてください」と、格子扉の鍵へ銃口を移す。

どうん。

門村さんには、耳をふさぐよう忠告する優しさが足りていなかった。

わたしとリツカは耳鳴りを引き連れ、格子の外へ出た。

「上はどうなってるんですか？」

「ヨシキくんが頑張ってくれているはずです」

「猫背の彼ですか？」

「そうです」

いいながら門村さんは、がしゃこん、と弾を入れ替える。慣れた手つきだった。

「彼もやる気まんまんです。なんせ色川喜左衛門に、愛するお姉さんを奪われていますからね」

聞けば、三角屋根の家でお手伝いさんをしていた古田さんのことだという。

ヨシキくんという猫背の彼は、見かけによらず示現流《じげんりゅう》の使い手で、鉄パイプを持たせたら右に出る者はいないのだと門村さんは豪語した。

上の階から、わめくような怒鳴り声が聞こえた。伯父さんの声ではなかった。

「時郎くんもいるんですか」

「ええ。わたしたちが訪問したときには帰宅していました」

役所の人間を装って門を開けさせたのです。猟銃も鉄パイプも釣り竿のバッグに入れて自然に持ち込めました。良いアイディアでしょう？　それからリビングに通され、色川と時郎と向き合ったのです。手下の男二人が見張るように出入り口に立っていました。キッチンから回鍋肉の香りがしていました——。

「世間話を装って猟銃を構えたのです」

わたしとリツカを引き渡すよう迫ったが、伯父さんはごちゃごちゃといい訳を繰り返し、業《ごう》を煮やしたヨシキくんが鉄パイプで襲いかかったのだという。

「ヨシキくんの一撃が色川の肩口に決まる寸前、邪魔が入りましてね。それでつい、一発撃ってしまったのです」

つい、で片づけられるものかは知らないが、ともかく場が一気に沸騰した。伯父さんは逃げ惑い、時郎くんやらが入り乱れる乱闘がはじまった。

「そうこうするうち、『こちらへ！』と呼ばれましてね。この地下室に走ったわけです」

途中でリビングに向かって一発、ぶっ放した。地下の扉が開いていた。もう一発、門村さんはリビングに向かってぶっ放す。

門村さんを呼んだのも、キーロックを解除したのも、浦部くんだろう。

「全員在宅は想定外でしたが、悪を一掃するチャンスと思えばいいのです。なあに、どうせ警察は呼べやしません。詮索《せんさく》されて困るのは色川のほうですからね。正義は我にあり、なのです」

警察に頼れないのはお互いさまな気もしたが、コメントは差し控える。猟銃を手に、ギラリと目を光らせる男のご機嫌を損ねるほど、わたしは死に急いでいない。

「その血は、誰の血ですか？」

おそるおそるといった調子で、リツカが尋ねた。

「さあ」

と門村さんは肩をすくめた。

「一発目で倒れた奴の血でしょうね。走ったときつまずいて、乗っかってしまったんで」

シルクのシャツなのに、と門村さんは深いため息をつく。

追及しかけるリツカの、ポロシャツの袖を引く。この人を刺激するのは危険だ。

「さあみなさん、この悪徳の館から脱出しましょう」

門村さんは、楽しくて仕方ないという顔だった。

彼の背を追い、わたしたちは階段を上った。黄色の扉は開けっ放しになっていた。人影はない。騒ぎ声は収まっていて、不気味な静けさが漂っていた。

ドアに身を隠しつつ、門村さんが辺りの様子をうかがった。廊下に飛び出し、素早く銃口を左右にふる。伯父さんたちは居なかった。示現流のヨシキくんも。

黄色の扉は四角い家の一番奥、どんつきにあった。右へ三歩で正面の廊下に出る。まっすぐ十五メートルくらい先が玄関だ。

「ヨシキくん！　無事なら返事をしなさいっ」

物音一つ返ってこない。

「……罠《わな》っぽいなあ」天井の防犯カメラを見上げた門村さんが、ふん、と鼻を鳴らす。「こっちの動きは把握されているようですしね」

伯父さんは自分の部屋でカメラの映像を見ながら、兄や時郎くんに指示を出しているのだろうと門村さんは解説した。

「車も張られているかもしれません。歩いて離れることを考えたほうがよさそうです」

「勝手口がありますけど」と、わたしはささやき、左方向を指さした。

「いや――」門村さんが首を横にふる。「よく見てください。手前の部屋のドアが開いています」

物置のドアだ。そこに誰か潜んでいるのか、潜んでいると思わせる作戦なのか、はたまた、たんなる閉め忘れなのか。

わたしが知る限り、最後に物置に入ったのは浦部くんだ。秘密の羽目板を外し、地下のわたしたちに門村さんの訪問を伝えてくれた。

「まさか——」わたしは意を決し尋ねた。「エプロンの人を撃ってませんよね？」

門村さんが、ああ、という顔をした。「びっくりしましたよ。あいつがここにいるなんて」

「え？」

「知り合いだったんです。とっくに殺されてると思ってたんですがね。まあ、彼は無事でしょう」

よくわからないが、その言葉を信じるほかなかった。

わたしは勝手口の反対方向を見やる。「風呂場の窓からも出られると思います」

でっかい窓を粉砕すれば。

うーん、と門村さんが唸った。「色川が二階にある自分の部屋に居るとして、残りは時郎と手下三人、キッチンに居た女性。うち一人は、虫の息のはず」

これっぽっちの罪悪感もない口ぶりだった。

「正門の前に停めた車の近くに一人いるのは間違いないでしょう。元気な二人をリビング、物置、風呂場のどこに配置しているのか」

「浦部くんは味方です。兄も——」わたしはいい添える。「二パーセントくらいは味方の可能性があります」

役に立たない、という顔をされた。

「どのみち動きはバレているわけですから、不意打ちだけは避けたいところです」

門村さんの選択は風呂場だった。

「一気に駆け抜けますよ」

と、走りだす。冗談じゃない。こっちは手錠でつながった二人三手なのだ。それなりに走りにくい。

門村さんが正面廊下を越え、さっと壁に背をあずけたとき、わたしたちは動きだした。そして急に、がくんと、わたしは引き戻された。

立ち止まったリツカが、正面廊下の先へ叫んだ。

「お父さんっ」

わたしの抵抗は虚しかった。リツカのいきおいに負け、リビングと廊下の狭間《はざま》で仰向けに寝転がる満秀さんのもとへ駆け寄った。

「お父さん！　お父さん！」

満秀さんの脇腹から、どくどく血が流れていた。目は虚ろだった。口がパクパクしていた。

ノートとペンを床に置いたリツカが、膝をついて彼の手を握った。「しっかりして！」と声を張った。

わたしは目の端で、リビングの様子を捉えた。ソファが引っくり返り、テーブルのガラスは粉々だった。無造作に鉄パイプが転がっていた。

床に倒れたステレオのそばに、うつぶせに倒れている人影があった。エプロンをした浦部くんだ。門村さんが地下室へたどり着くまで時間稼ぎを試みて、返り討ちにあったのだろう。

「何をしてるんですかっ」

門村さんが走ってくる。満秀さんが、小さく首を横にふった。リツカの手をふりほどき、天井へ顎をしゃくった。口が――逃げろ、と動いた。

わたしたちが天井を見上げたとき――空から肉の塊が降ってきた。

どうん！　と銃声が響いた。わたしの顔に熱いものが浴びせられた。空に向かって猟銃をぶっ放した門村さんが、肉の塊の下敷きになっていた。その塊の、頭が半分きれいに吹っ飛んでいた。猫背だった。

「ひいい」

覆いかぶさるヨシキくんの身体にもがきながら、門村さんが二階へ、「やめろ！」と叫んだ。

二階の回廊の手すりに、男が立っていた。まっすぐに立っていた。そして、ジャンプした。ひゅいんと宙を舞い、だんっとヨシキくんの背中に着地した。下敷きの門村さんが「むぐう！」と呻いた。

飛んできたのは、兄だった。

わたしとリツカと、瀕死の満秀さんを見下ろす目には、怒りも興奮も憐《あわ》れみも、意思すら感じられなかった。拳は真っ赤に染まっていた。浦部くんの血だろう。あるいはヨシキくんの血だろう。示現流は、兄の暴力の前に敗れ去ったのだ。

「……伯父さんは偉いんだ。すごいんだ。ぼくを必要としてくれる。ぼくは必要としている」

兄は、ぶつぶつ呟いていた。九十八パーセントの勝利だった。

「伯父さんは正しいんだ。正しいことは正しいから正しいんだ。正しいことをする人間は正しいんだ」

熱に浮かされたように呪文を唱えながら、ヨシキくんの身体を蹴ってどけ、門村さんの手から猟銃を奪う。

わたしはびっくりしすぎて、腰を抜かしていた。リツカは兄と向かい合い、満秀さんを守るかのように両手を広げた。じゃらっと手錠が鳴った。

「正しいことは正しいから正しくて、正しいことをする人間は正しいから正しくて、正しいことは――」

「待て！　違うぞ！　正しいのはわたしだ。君は正しくない。なぜなら正しいわたしを傷つけたか――」

どうん。

発砲の衝撃で兄が引っくり返った。門村さんの胸に穴があいた。瞳孔《どうこう》とか、確認するまでもなさそうだった。

リツカはずっと手を広げていた。全身が震えていた。それでも手を広げ、よろよろ起き上がろうとする兄を睨みつけていた。

「正しいことは正しいから正しくて、正しいことを邪魔するのは正しくないから正しくない」

銃口が向けられた。わたしは目をつむった。

がちん。

間抜けな音に目を開ける。弾切れだ。

兄はきょとんとした感じで、未練なく猟銃を放り捨てた。正しいことは正しくて……と繰り返した。

「先生」兄を睨んだままリツカがいった。「ごめんなさい。わたしのせいです」

どうだろう、とわたしは思った。誰が悪いとか、よくわからないよ。たしかに目の前のピンチはリツカのせいかもしれないけど、この状況は、それだけじゃ説明がつかないもん。

いや、説明なんて、端《はな》っからつかないのだ。満秀さんが脇腹を撃たれてぶっ倒れている理由も、門村さんの胸に穴があいた理由も、ヨシキくんが二階から降ってきて頭が半分なくなってしまった理由も、簡単なようで、簡単じゃないんじゃないかな。

四角い家に居る理由、三角屋根の家に居た理由、父がいなくなった理由、母がわたしを殴る理由、兄が屋上から落っこちた理由、蘇った理由、記憶を失った理由。伯父さんが「治療」をする理由、時郎くんがセックスをしたがる理由、わたしたちが出会ってしまった理由、兄が強い理由、わたしたちが弱い理由。ツルちゃんが団地の屋上から放り投げられた理由……。

考えたってしようがない。ただただ、そのようになったのだ。

「仕方がないよ」

わたしはそういった。

兄の手に、猫背のヨシキくんが振り回したであろう鉄パイプが握られていた。

リツカはピンと両手を広げたままだ。わたしは、そっと目をつむろうとした。

と、鉄パイプをふり上げる兄の背後で、動くものがあった。エプロンだった。へしゃげた鼻からどくどく血を流す浦部くんの眼光が、兄を捉えていた。

どん！ と鈍い音がした。浦部くんのタックルが兄の腰に炸裂した。二人は床を転げた。

「銃を！」くんずほぐれつもみ合いながら、浦部くんが怒鳴った。

リツカが動いた。けれどわたしは動けなかった。二人の手首をつなぐ、手錠がビンとのびた。

「銃を！」浦部くんが繰り返す。「先生！」リツカが叫ぶ。わたしは動けない。

ぐいん、とリツカに引っ張られた。彼女の左手首が血で滲んでいた。右手が猟銃を摑んだ。

「弾を！　探して！」浦部くんは、兄に馬乗りに組み敷かれていた。

リツカが、門村さんのポケットを漁る。

「弾を入れて！　銃身のレバーを引いて！」

リツカは驚くほどのみ込みがよかった。弾を入れ、ガシャコン、とレバーを引く。わたしは『毒メン』の中で、メンヘラが猟銃の撃ち方を図解入りで詳しく解説する場面があったのを思い出す。

「構えて！」

命じられるまま、リツカが構えた。右手が引っ張られたが、わたしは抵抗しなかった。しっかり照準が合っていた。浦部くんのマウントをとっている兄へ。兄はぶつぶつ呟きながら、浦部くんの顔面へ機械的に拳を落としている。それを必死にガードしながら、浦部くんが声を張る。「撃って！」

どうん。リツカが吹っ飛んだ。つられてわたしも吹っ飛んだ。

バリン。兄と浦部くんの背後、リビングのガラス窓に風穴があいた。

兄は、なんの反応も示さなかった。ふり返ることも、驚くこともなく、ひたすら拳の上げ下げを繰り返していた。鈍い音がした。浦部くんのガードが崩れはじめていた。

手放した猟銃に、リツカが飛びつく。けれど満足に握れない。しびれているのだ。

「先生っ！」

悲鳴に近い懇願だった。けれど、やっぱり、動けなかった。わたしは躍動する兄の拳に釘づけになっていた。そこで展開される暴力は徹底しており、美しいほどだった。

勝てない。たとえこめかみに銃口を当てて引き金を引いたところで、その瞬間に地震が起こるとか、弾詰まりが起こるとか、何か手の届かない理《ことわり》が働いて、弾丸は兄を避けて飛んでゆき、そしてわたしたちは殴られるのだ。あらゆる抵抗は敗北する——それを証明するかのように。

リツカはわたしの協力をあきらめ、這うように門村さんの死体へにじり寄った。倒れ込むように身体ごとぶつかって、手錠の鍵がある、真っ赤になったワイシャツの胸ポケットへ手をのばそうとした。

わたしはリツカに引っ張られながら、兄を見ていた。

浦部くんはぐったりしていた。意識があるようには思えなかった。それでも肉を打つ音は、骨が陥没する音は、やまなかった。まさにこれが暴力というような暴力だった。理由もなく、論理もなく、損得もなく、ただただ、理不尽な物理なのだった。

リツカの指は震えていた。掴んだ鍵をまともに穴に入れられなかった。たぶん、わたしが手伝っても無理だ。無理なのだ。

兄の動きが止まった。その虚ろな目が、こちらへ向いた。

手錠をあきらめ、リツカは門村さんのズボンのポケットをまさぐった。弾丸を取り出した。猟銃を引っ摑む。

兄が立ち上がった。こちらへ歩を進めてきた。必死に弾丸をセットするリツカを横目に、死んだふりをするほうが、いくらかマシじゃないかとわたしは思う。

リツカが震える腕で猟銃を構える。兄はなんの恐れもなくゆっくり、死神の歩調で歩んでくる。あと五歩くらいで、蹴りが届く距離になる。

リツカは歯を食いしばっていた。目はまっすぐ兄を見ていた。引き金に指がかかっていた。けれどしびれは残っているらしく、銃身は安定していない。

「先生。支えてください」

わたしは動けなかった。なぜなら、兄が近寄ってきているからだ。殴られるからだ。痛みをオフにしなくちゃいけない。そのためには受け入れる精神が必要なのだ。希望を持ったりしちゃいけない。ひたすら受け入れる心を準備する。それがわたしが編み出した、痛みをオフにするコツだった。

「殴られても死なないよ。兄貴はそこらへん、達人だから」

リツカは、うなずかなかった。

「無理だよ。当たらない」

「——当てます」

次の瞬間、リツカが中腰になり、銃口が、水平から垂直に向いた。

「先生、逃げてください」

どうん。

ものすごい衝撃が伝わってきて、わたしは後ろに引っくり返った。苦い香りが鼻をついた。耳鳴りがした。

揺れる視界で、リツカを探した。彼女は仰向けに倒れていた。後頭部が床に打ちつけられていた。床に銃弾がめり込んでいた。わたしと手錠でつながっていた、左手首がなくなっていた。

「リツカ」

彼女のもとへ這った。顔をのぞき込んだ。リツカはしっかり両目を開いていた。口を開いていた。しかしそのどれもが止まっていた。鼻血が流れていた。おしっこの匂いがした。疑いようもない、死の香りだった。

こんな馬鹿な話があるのか？　十二歳の女の子の左手首がなくなって、小便をもらして、目と口をおっぴろげたまま、死んじまうなんて話が。

「依子」血まみれの拳をぶらつかせた兄が、迫ってくる。「背中が痛いんだ」

わたしはもう、何も考えられない。

「そこまでや」

頭上から声が響いた。階段を、伯父さんが下りてきた。その横に、大きなボストンバッグを手にした聖美ママがぴったりくっついていた。

「派手にやってくれたのう」

伯父さんは顔をしかめ、ヨシキくんの猫背を蹴った。門村さんを見て、「なんやねん、こいつら」と忌々《いまいま》しげに吐き捨てた。

「新太くん。ご苦労さん。さすが、頼りになるわあ」

肩を叩かれた兄は、「はあ」という感じだった。

スマホを耳に当て、「時郎、エンジンかけとけ」と命じる伯父さんに身を寄せ、「ほんとうに、なんなのよ、いったい」聖美ママはぷんぷんしていた。「せっかく回鍋肉をつくったのにっ」

「まあ、満秀もアレするつもりやったし、ちょうどよかったわ。ここも潮どきやったからのう」

「次はどこへ行きますの?」

「もう準備はできとる。聖美さんは初めてか。ちょっと近すぎるんがアレやけど、静かでええとこやで」

そんな伯父さんたちの会話を、わたしは右から左に聞いていた。

「依子ちゃん」伯父さんがわたしに顔を寄せてくる。「これ、ぜんぶ君のせいやから」

わたしは何も考えられない。

「君のせいや。君がいらんことしたせいで、みぃいんな、死んでもうたんや」

わたしは何も返せない。呼吸がしにくい。

「いうたやろ？　馴染めん奴は、駄目になるって」

心臓がぎゅっと縮こまる。

「君のせいや」

わたしの、せいなのか。

「銃を持ちい」

わたしはよろよろと従った。右手にはまったままの手錠が、カチカチ床に当たった。

「弾を入れえ」

銃弾は、門村さんのポケットに三発残っていた。

「ええか？　君はこの、わけのわからん暴漢にさらわれとったんや。頭のおかしい二人組にな」

わたしは、ウンともスンとも応じられない。

「満秀はひどい男で、嫁さんを殺して埋めるわ、娘を地下室に閉じ込めるわ、そらあ鬼畜みたいな野郎やった。そこにたまたま頭のおかしい二人組がやって来て、まあ、殺し合いになってもうたわけや。わかるな？　これがこの惨劇の真相や」

「雅江は？」と聖美ママが尋ねた。

「ああ、あいつな。うーん。そのまんまお手伝いさんでええんちゃうか」

「でも、この二人にはほかに仲間がいるかもしれないんじゃなくて？」

「せやな……。ほな、雅江が犯人ゆうことにしよか。依子ちゃんを誘拐したんは満秀や。この二人は満秀の客で、お手伝いの雅江がとつぜん頭おかしなって暴れだした。こいつの持ってた猟銃に興奮したんやな、きっと」

素晴らしいストーリーですわ、と聖美ママが賞賛した。

「そんで最後は——」と、伯父さんがつづけた。「君が犯人を撃って殺したんや」

わたしは何もいえなかった。

「あんたもそれでええな？」

「ええ」と聖美ママがうなずいた。「仕方ないわ。だってヨリちゃんのせいだもの」

また、ぎゅっと、心臓が縮こまる。

「駄目になっちゃ駄目だって、あれほどいったのに」

聖美ママは残念そうだった。残念そうに、うっすら微笑んでいた。

「硝煙反応っちゅうのがあってな。君自身で、ちゃあんと撃たな信じてもらわれへん。雅江の顔面、新太くんがめった打ちにしてもうてるやろ？　あれをうやむやにせないかん」

立ちい、と伯父さんに命じられ、わたしの身体はそのように動いた。

「ずどん、と一発、やってくれや」

促されるまま、浦部くんのもとへ歩いた。

わたしは銃弾が二発入った猟銃を手にしていた。もしかするとこの中で、一番強いのかもしれなかった。けれどやっぱり、一番弱いのだった。

「なあに、君は被害者や。正当防衛ゆうやつや。どっかの施設に入るくらいで済むやろう」

指さされるまま、浦部くんの原形がなくなった顔面に銃口を向ける。

「ええな？　君は誘拐されたんや。誘拐されて、さんざんひどい目に遭《お》うたんや。そのせいで、君の記憶はなくなってもうた。わしのことも知らん。家族のことも憶えてへん。自分の名前も何もかも、ぜんぶ忘れてもうた。せやろ？」

そうなのか、とわたしは思う。

「しっかりそう証言したら、まだ君は、駄目にならん。ぎりぎりセーフや」

そうなのか、とわたしは思う。

「さあ、口の中に突っ込むんや」

わたしはそのようにした。浦部くんの口の中に、銃口を。伯父さんと聖美ママが身体を支えてくれた。「さあ」と伯父さんがいい、「早く」と聖美ママがいう。兄がそばで、ぼうっとわたしを見ている。引き金にかかった指に、伯父さんがふれる。

どうん。

「……ごっつい衝撃やのう」

「ほんと。腰痛になりそう」

わたしのほうこそ全身がびりびりしていた。

「ほな、依子ちゃん。あとはよろしくやで」

「ヨリちゃん、元気でね」

新太も、お別れをしなさい――聖美ママに促され、「依子」と兄がいう。

「駄目にならなくてよかったね」

伯父さんたちが去っていく。一人取り残されたわたしは、その場に膝をつく。陽が落ちて、すっかり暗くなったリビングの、頭が弾けた浦部くんのそばに。

駄目にならなくてよかった？　ほんとうに？　自分が駄目になっちゃったのか、まだ駄目じゃないのか、よくわからない。何が駄目で何が駄目じゃないのかも、わからない。みんなの死が、ほんとうにわたしのせいなのかどうかも、わからない。もう何も、考えたくない。

ただ、リツカの死はわたしのせいだ。わたしにはできた。彼女を支えることも、彼女の代わりに猟銃を手にして、自分の手首を撃つことも。

三つのボタンの、自分の色を、わたしは押せたのだ。なのに押さず、身をゆだねた。わたしはリツカの、先生だったのに。

引っくり返ったように倒れるリツカへ目をやる。そのそばに、彼女のノートとペンがあった。

自然に、身体が動いた。猟銃を顎の下に当てる。頑張って手をのばし、親指を引き金に。弾は一発、残っている。

わたしは目をつむる。

「よせっ」

どうん。

わたしは床に仰向けに倒れていた。何かが上にのっかって、息苦しかった。左肩が熱かった。革ジャンが鋭くえぐれていた。

「馬鹿な真似はやめろっ」

目の前に、杖爺の小汚い顔があった。

身体を起こした杖爺は、部屋の様子を見て、呆然としていた。

「色川たちは?」

わたしは答えた。ある日、満秀さんに誘拐され、ひどい目に遭って記憶を失くしたこと。満秀さんは奥さんを殺して埋めて、リツカを地下室に閉じ込めていたド変態の鬼畜野郎だということ。門村さんとヨシキくんが訪ねてきて、猟銃に興奮した浦部くんがみんなを撃ったこと。最後にわたしが浦部くんにやり返したこと。パパもママも兄も色川の伯父さんも時郎くんも、ぜんぶ憶えていないこと。名前も忘れてしまったこと。

杖爺は怒ったような顔で、首を横にふった。「もういい」

もういい、と繰り返し、しばし天を仰いだ。そして、「警官だったわたしが、こんなことをするなんてな」ともらし、猟銃に最後の銃弾をセットした。それを浦部くんの、遺体に握らせる。

「すまん」

いいながら浦部くんの指を押し、撃たせた。吹き抜けの天井に、どうん、と響いた。

「依子」

杖爺がいう。

「お前は、わたしが守る」

こうしてわたしに、「おじいちゃん」ができた。

去年——二〇一六年

山ちゃんの裏拳で鼻が潰れているわたしと、ほっぺを綿アメみたいにふくらませた葵ちゃんのコンビは、明らかに刑事事件的な何かに巻き込まれた感が濃厚で、とりあえずあなたたちの治療が先では？　と看護師さんたちがお節介を焼いてきたが、それらの相手は葵ちゃんにお任せし、わたしはおじいちゃんの病室に飛び込んだ。枕もとに立つ若いお医者さんにも潰れた鼻は有効で、彼は医者らしい落ち着きを繕うのに必死そうだった。

「おじいちゃん」

わたしはおじいちゃんの手を握った。おじいちゃんはゆるく目をつむり、呆けたように口を半開きにしていた。

お医者さんが、昏睡《こんすい》状態になって三時間です、脳の血管がこんな具合で、脈拍があんな様子で、アレな薬やコレな措置をナニしてみたが云々《うんぬん》——ようするに「手の打ちようがない」といった説明をした。わたしは聞き流していたけれど、おじいちゃんが死ぬことは肌でわかった。それがもう、間もなくということも。

二人きりにしてください、とわたしはお願いし、外にいます、と医者は応じた。バンソーコーと包帯を取ってきますともいった。

「おじいちゃん」

わたしはもう一度呼びかけた。もちろん返事はなかった。ぴっぴっぴ、とモニターに流れてゆく光の線だけが彼の生存を表し、それが山をつくるたび、おじいちゃんの命の量が減っていくような気がして、わたしはコンセントを抜いてやりたい衝動をこらえなくてはならなかった。

窓から、陽の光が差し込んでいた。おじいちゃんの、もうほとんどない産毛を照らしていた。頭はつるつる、頬はこけ、喉仏だけが大きくせり出している。

初めて会ったとき、わたしはこの人に怒鳴られたのだと思い出す。時郎くんと映画を観た帰り、緑のトンネルで、怒鳴られ、杖をふり上げられた。まさかあの偏屈そうな爺さんと、二年以上も二人で生活することになるなんて、夢にも思っていなかった。

「守ってくれるって、いったじゃん」

わたしの声は、そよ風のように流れていった。

あの事件の日、おじいちゃんは救急車を呼びつつ、門村さんのピカピカの車へわたしを担いだ。そして病院までぶっ飛ばした。

その道中、わたしはおじいちゃんの隠し子という設定で、今年になってとつぜん一人で訪ねてきて、そのまま一緒に住み始め、近所に遊びに行ったら銃声が聞こえたので四角い家に足を運び、銃撃に巻き込まれて死にかけて、帰りが遅いと心配になったおじいちゃんに助けられた。――そういうことにしよう、とおじいちゃんは語った。おじいちゃんは元警官だから、きっと信じてもらえる、信じてもらえるようにやってみる、と。

門村さんは襲撃の直前まで、おじいちゃんの平屋でわたしを待っていたらしい。約束の時刻を過ぎ「何かあったに違いない。やるしかない！」と息巻いて、ヨシキくんとともに立ち上がった。おじいちゃんは自分も行くと声をあげたが、「足手まといだ」と一蹴《いっしゅう》され、しかし二時間後、どうしても気になって家を出た。

――いいか、依子。何も憶えてないというんだ。わたしがおじいちゃんだということ以外、何も。

ハンドルを握るおじいちゃんは繰り返した。

――お前は悪くない。お前は何も悪くない。

わたしは、その言葉に安心した。悪くないんだ。だから大丈夫なんだ。駄目になっちゃいないんだ。そう自分にいい聞かせた。

車は救急車よりも早く病院に着き、わたしは治療を受けた。刑事さんの聴取にはおじいちゃんが同席してくれ、わたしはうつむき、黙っていればよかった。そして退院とともに検見川のアパートで暮らし始めた。

細かな事情はわからなかった。どうやって雛口依子を榎戸依子で押し通したのか。わたしが浦部くんを猟銃で撃った事実を、どうごまかしたのか。伯父さんや母や兄がどうなったのか。

そんな疑問を口にするたび、おじいちゃんは「大丈夫だ」と答えた。昔の仲間が手伝ってくれる、弁護士の知り合いがいる。お前はわたしが守る。だから大丈夫だ。

忘れなさい。ぜんぶ忘れて、お前はこれから、幸せになるんだ。幸せにならなくちゃいけないんだ――。

「おじいちゃん」

おじいちゃんの手に、エネルギーと呼べそうなものは一つもなかった。わずかな体温が伝わってくるだけだった。

わたしは訊いた。「なんで死ぬの?」と。

歳だから仕方ない――きっとおじいちゃんはそう答えるだろう。仕方ないんだ、と。わたしは、たしかに、と返すだろう。歳だもんね、と。

けど、ほんとうに知りたいのはそんなことじゃない。いつか死ぬのは知っている。病気とか老衰とかもわかってる。だけどなぜ、今なのかがわからない。一年後でも半年後でも、三日後でも明日でもなく、今、おじいちゃんが死ななくちゃならない必然性ってなんだろう。

わかるのは結末だけだ。おじいちゃんは死ぬ。もう間もなく。

ここでわたしが嘆いても、祈っても、暴れても、その結末は揺らぎようがなくて、だからすべては無駄であり、ただそのときを待ち、受け入れ、たぶん何か手続きをするなりして区切りがつくのだ。もう二度とおじいちゃんとは話せないし、一緒にバスにも乗れないし、ボウリングをしたり、テレビを眺めたりもできない。回鍋肉をつくってあげることも。

それが死だ。一度投げたボウルは戻ってこない。倒れたピンは起き上がらない。当たり前の話じゃないか。

ううっ、とおじいちゃんが呻いた。わたしは手を握りしめたまま、そっと顔を近づけた。「おじいちゃん?」と呼びかけた。今まさに、レーンを転がるボウルが、ピンにぶつかる寸前なのだと悟った。

声にならない声で、おじいちゃんがあえぐ。口もとが震える。涎が垂れる。そのぜんぶを、わたしは目に焼きつける。

かすかなささやきが聞こえた。——さゆみ。

おじいちゃんの動きがぴたりとやんだ。ぴーっと電子音が響いた。

病室の外のベンチに、葵ちゃんが座っていた。頬にガーゼなんかが貼りついていた。足を投げだし、唇はへの字に結ばれていた。

わたしは彼女のとなりに座った。鼻に巻かれた包帯をいじった。

しばらくわたしたちは、そうしていた。どたばたと行き交う白衣の人や、葬儀屋の人なんかをやり過ごした。お葬式というのがいったいどのようなものなのか、わたしはよくわかっていない。

「結局——」葵ちゃんがぽつりともらした。「馬鹿兄貴は、誰も殺しちゃいなかったんですね」

わたしは病院に着くまでに、すべてを葵ちゃんに語り終えていた。わたしが事件の被害者として、榎戸依子の名で報じられていた理由。雛口という苗字を隠していた理由。そして浦部くんは殺人鬼なんかじゃなく、わたしたちを助けようとしていたのだということ。

「そんな男を、姐さんは殺した」

わたしはうなずく。あのとき、伯父さんに撃たされたとき、浦部くんは生きていた。わたしはそれを憶えている。

「なのに、あの馬鹿が犯人にされちまった」

うなずくほかなかった。

事件はあまりに異様で、複雑で、突発的で、常軌《じょうき》を逸《いっ》していた。頭が弾けたヨシキくん、胸に風穴があいた門村さん、脇腹を撃たれた満秀さんと左手首を失いショック死したリッカ、そして口から弾丸を食らった浦部くん。あの現場を見ただけで真相にたどり着けたとすれば、それは卓越した推理力なんかじゃなく異能力だ。少なくとも二階から放り投げられたヨシキくんを門村さんが撃っちゃったなんて展開は、失笑か怒りを買うに違いない。

伯父さんも抜かりなかった。監視カメラの映像はすべて消去され、所持品もなくなっていた。わたしたちが門村さんと黄色い扉の地下室にいるうちに、母が持っていたボストンバッグに詰め込んだのだろう。ご丁寧にも、わたしが二階建ての家から持ち込んだトーテムポールの置物すら消えていたという。

現場に残った者のうち、猟銃をぶっ放したのは門村さん、リツカ、浦部くん、そしてわたしの四人だ。硝煙反応を調べればそのへんはわかったかもしれないが、どういう状況でリツカが猟銃を撃ち、そして左手首をなくしたのか、想像できるほうがどうかしている。満秀さんとヨシキくんを門村さんが撃ったのも、わたしが浦部くんを撃ったのも、無関係な外側の人間に、その合理性を見いだせるはずがない。

唯一生き残った満秀さんは、失血が原因で今も意識不明だ。

こうして一番あり得そうな結論が導かれた。門村さんとヨシキくんはなぜか四角い家に猟銃を持ち込み、なぜか揉め事が起こった。その場に、なぜか地下室に監禁されていたと思しきリツカもいて、とばっちりを食らい、なぜか猟銃を撃っていたらしいが、犯人は使用人だった浦部くん。だって最後まで猟銃を持っていたから。ようするに疑問符だらけのまま、なんとなくうやむやとそういうことになった。

わたしへの疑いはほとんどなかった。おじいちゃんの存在があったからだろう。ピカピカの車の中で回収した鍵を使って手錠を外し、車の中にあった水をかぶるよう命じられた。それが硝煙反応をごまかすための指示であったことを、わたしはのちに知った。

おじいちゃんは良識も建前もかなぐり捨て、わたしの罪を隠す道を選んだのだ。それは同時に、わたしの過去をなかったことにする道だった。数え切れないおつとめや、進藤さんの遺体を埋めた過去を葬るため、門村さんたちや伯父さんたちについても口をつぐんだ。

「おかげさまで、浦部家は破滅寸前なわけですね」

葵ちゃんは正しい。おじいちゃんとわたしは、すべてを浦部くんに押しつけた。間違いだとわかっていても、そ知らぬふりを決め込んだ。

「もういいよ」

廊下の天井をぼんやり見上げ、わたしはいった。

「本に書いてもいいし、警察に話してくれてもいい」

好きにしてくれていい。牢屋《ろうや》も鞭打ちの刑も、白い目だって慣れっこだ。大丈夫。わたしは痛みをオフできるから。

おじいちゃんは死んだ。仁徳パパも死んでるっぽい。聖美ママには見捨てられた。リツカもいない。わたしというボウルは、まだレーンを転がっている最中だけど、その先にピンは一本も立っておらず、速度がどうとか角度がどうとか、湿度や摩擦に関係なく、結末は自明。ガターだ。

「姐さんが――」葵ちゃんの挑むような声が、壁に重く響いた。「姐さんが、あたしの取材に付き合ったのは、おじいさまの娘さん――沙弓さんの居場所が知りたかったからですね？」

その通りだった。倒れてしまったおじいちゃんに、沙弓さんを会わせてあげたい――葵ちゃんと出会ったとき、わたしの中にそんな欲望が芽生えた。だからわたしは、事情を知っていそうな門村さんの上司だった草取さんに会いたかったのだ。

けれど――。

「無理だったけどね。沙弓さんは、きっと伯父さんたちと一緒にいる。伯父さんのとこには兄貴がいる。兄貴には敵わない」

四角い家のリビングで、リツカが左手首を撃ったあと、こちらへ近寄ってくる兄の姿を目にしたとき、はっきりわかった。この人は、ただ強いだけじゃない。暴力的なだけじゃない。もっとこう、どうしようもない、一言でいうと理不尽なんだ。死んだと思ったら蘇って、優しくなったと思ったらイカれて、わたしのお願いなんかそっちのけで、希望を根こそぎぶっ潰した。家庭が荒んだせいでグレたとか、伯父さんに洗脳されてただとか、そんな半端な理由づけに意味はなく、ゆえに彼は最強なのだ。

「……あの連中を、ぎゃふんといわせたくないんですかい？」

「いい。それも、もういい」

「そうですか」

がっと襟首を摑まれた。ぐいっと引っ立てられた。葵ちゃんは大股でずんずん、わたしを引きずり、進んだ。女子トイレに連れ込んでヤキでも入れるつもりかと思ったら、ほんとうにそうだった。便所に入るやいなや、右にばっちん左にばっちん、この泥棒猫がっ、みたいないきおいで大振りのビンタを食らわせてきた。わたしは棒立ちで、それを浴びつづけた。

特大の一発に頰を打たれ、わたしはタイルの上に転げた。

運が良かったな、ここがブロンクスじゃなく病院で！　そんな捨て台詞を残し、葵ちゃんはどかどかと去っていった。よろよろ身体を起こしながら、わたしは、なんで彼女があんなに怒っていたのかを考え、見当もつかないという答えにたどり着いた。ただ、肩をいからせこちらを見下ろす葵ちゃんの顔に、妙な懐かしさがあった。その理由もわからなかった。

世の中はわからないことだらけで、そして何もわからないまま、わたしは転がってゆくのだ。

検見川のアパートに、葵ちゃんは居なかった。二人で弁当をつくって奥多摩へ出かけたときのまんまだった。

居間にぽつんと座り込み、テレビをつけようかと思ってやめた。一人ぽっちの夜のそわそわはなく、わたしはむしろ静けさを求めていた。このままずっと夜でもいいのに、と思っていた。

ちゃぶ台の上に置かれたマグカップが目に入った。太字で「天下布武《てんかふぶ》」と記された、葵ちゃんのお気に入りだ。置きっぱなしの彼女の私物をどうしたものか。燃えるゴミの日は明日だっけ、明後日だっけ。気にすることじゃないかもしれない。どうせ近いうちに、わたしはここを出ていくことになるだろうから。

おじいちゃんの遺品を整理しようという気になったのも、ほんの気まぐれ、たんなるひまつぶしだった。箪笥の中の靴下や、ブリーフや腹巻を畳にならべる。通帳に印鑑。わたしにはどうでもいい品だった。

寝室の押入れをのぞいてみた。布団と透明なプラスチックの衣装ケースがあるだけで、それも中身はスカスカだ。わたしとおじいちゃんにとって、お洒落は異国の風習に等しい。遺品の整理といいつつ、部屋を散らかしただけだと気づき、意欲を失いかけた。遺品だろうと逸品だろうと、持ち主がいなくなれば無用の長物にすぎない。燃えるゴミか燃えないゴミか、それだけが問題だ。

漫然と衣装ケースを引き抜き、冴えない冬服を眺め、もとに戻そうとしたところで、手が止まった。押入れの奥、衣装ケースの裏に、立てかけてある真四角の物体。取りだしてみると、それは黒いアタッシェケースだった。三億円くらい入っていそうな大きさで、こんなものが家の中にあることを、わたしは今の今まで知らなかった。開けようとしてみたが、鍵がかかっていた。ダイアル式の錠である。四つの数字を適当に合わせてみるが、ケースはびくともしなかった。おじいちゃんの誕生日？　わたしはそれを知らない。わたしの誕生日でもなかった。ヒントがなさすぎだ。ともかくひまに飽かせ、わたしはくるくる数字を回しつづけた。

やがてラッキーがおとずれた。「1120」に合わせた瞬間、カチリと手応えがあった。わたしは敷きっぱなしの布団に正座し、おごそかな儀式のようにケースの蓋を開け、そして目を疑った。

そこに収まっていたのは、オヤジ週刊誌の切り抜きだった。懐かしいイラストは、明らかに『毒メン』のそれだった。

このアパートに住みはじめてから、おじいちゃんは過去を思い出しそうになるものを極力遠ざけようとしていた。革ジャンだって捨てられかけた。オヤジ週刊誌なんてもってのほかだ。わたしもいつの間にか、それを望む気持ちを忘れていた。

『毒メン』の切り抜きを手に取ってゆく。ページはきれいに切り取られていた。一号ごとにホチキスでとめてあった。バックナンバーを取り寄せてくれたのだろう。一番古いのは、わたしが持ち帰り、伯父さんに燃やされたものだった。

その冒頭を読むだけで、記憶の底に隠れていた物語が動きだした。

切り抜きの束の下に、ノートがあった。ペンがあった。四角い家のリビングで、おじいちゃんに連れていかれる直前に、わたしがとっさに引っ掴んだ、リツカのノート。リツカのペン。

ノートを開く。表には『奥義の書』の、つまらない言葉がつづってある。裏から開くと、そこには『毒メン』の模写と、それから『リツカの毒メン』が記されていた。それを黙々と読み進めてゆく。なんの脈絡もなく、とつぜんＢＬに逸れる展開は、やっぱりぶっ飛んでいてサイコーだった。

ページをめくる。リツカが書いた最後の文章の、最後の文字を目にしたとき、頭が真っ白になった。

『つづく』

身体の奥が震えた。ノートを持つ手に力がこもった。つづく。ありふれたその言葉は、わたしたちにとって、かけがえのない三文字だった。

脱獄の前の夜、あのウンコ臭い地下の牢屋の片隅で、きっとリツカは目を輝かせながら、この三文字を記したのだ。

……ちくしょう。

悔しかった。リツカの頭にあったはずの「つづき」を読めないこと。彼女がそれを書けなくなったこと。彼女にはチャンスがあったこと。そのチャンスをふいにしたのは、わたし自身であったこと。

わたしがあのとき、ちゃんとリツカを支えていたら。兄へ猟銃を構えた彼女に、加勢していたら。リツカは生き延びたかもしれない。

なのにわたしは、動かなかった。目をつむってしまった。

アタッシェケースの一番底に、アルバムがあった。開くまでもなかった。わたしを事件から遠ざけるために引っ越したにもかかわらず、おじいちゃんが千葉を離れられなかった理由——沙弓さんの笑顔が、たくさんそこにあるのだろう。

わたしはリツカを助けなかった。なのにおじいちゃんに助けられた。こんなの変だ。道理が立たんよ。

スマホを手にする。つながるや、「葵ちゃん」と呼びかけた。

「さっき、あなたにばっちんばっちんビンタされたとき、痛かった」

あなたが山ちゃんに殴られているときも、わたしは痛かった。

「最後にわけのわからない捨て台詞を吐かれたときの、あなたの顔。あの顔は、リツカの顔だった。二人で『ちくしょう』って繰り返したときの、リツカの顔だった。それはさ、ようするにわたしの顔だったんだよ」

葵ちゃんは、何もいってこなかった。わたしからいわねばならなかった。これはわたしの意志なのだから、わたしが伝えるべきなのだ。

「沙弓さんを助けたい。伯父さんや時郎くんを、ぎゃふんといわせたい」

わたしは、痛みをとり戻したんだから。痛いってのは、悔しいってことだから。

「手伝ってくれる？」

葵ちゃんが答える。デニーズに集合で、と。

解決しなくてはならない問題はいくつもあった。まずは葵ちゃんのご両親が首を括ってしまう前に浦部くんの罪を晴らさねばならない。わたしは警察に出向き、ことのあらましを説明した。

警察だって馬鹿ではなかった。変な地下室の存在や、不自然にぬぐわれていた指紋は怪しさ全開だったし、監視カメラの映像が消えていたのも意図的だと、さすがにちゃんとわかっていた。

なのに浦部くん犯人説で落ち着いてしまったのは、キッチンでつくりかけだった回鍋肉に睡眠薬が混入していたせいだ。同じ薬品の瓶が浦部くんのエプロンに残っており、数年前、彼が購入したものだと確認されたのだという。

わたしは「それはわたしとリツカが閉じ込められていた地下室の牢屋の鍵を奪うための細工であり――」と説明したが、相手にされなかった。

なんで門村さんがみんなを撃つんだ？　彼は関係のない人間でしょう？　見ず知らずの他人を助けるために猟銃をぶっ放す人間なんて、ふつういないよ――。いや、それはその通りですけど、じっさい門村さんはふつうじゃなく、マジでイカれてたんですよ、わたしとリツカを助けにきたくせに手錠をかけたんですよ——。失笑どころか叱られた。故人を卑《いや》しめるとは何事か！　つくづく常識の通じない人間の証明は難しいと、わたしは知った。

母や兄の存在も同様だった。わたしが二階建ての家の場所をろくに答えられなかったこともまずかった。わたしに対する警察の基本スタンスは、保護者が亡くなったショックで妄想に囚われた女の子——ようするにメンヘラ娘だったのである。

眠りつづける満秀さんが、都合よく意識を取り戻すみたいな展開もなかった。

わたしはわたしで捕まるわけにはいかず、奥歯にものが挟まるという事情もあった。進藤さんの遺体を埋めたことや、浦部くんを撃ったこと。まあ、正直に話したって疑われただろうけど。

いずれ姐さんは牢屋に入るかもしれませんが、まだ早い、ここは耐え忍びましょう。葵ちゃんは案外しれっとしていた。堅物で世間体の囚人だというご両親にこんこんと生きることの素晴らしさを説き、息子を信じる尊さを説き、ハローワークへ通う大切さを説いた。

結局、伯父さんたちを引っ立てなくてははじまらないという結論に達した。それを本に書き、あたしが大金持ちになればぜんぶ解決だと葵ちゃんは豪語した。その通りな気がした。世の中のたいていの問題は、お金が解決してくれるのだ。

どのみち、伯父さんの居場所を突き止める必要があった。三角屋根の家を再訪したわたしたちは、山ちゃんを脅しまくり、伯父さんの情報をゲロさせた。インドに高飛びする準備を整えていた山ちゃんに葵ちゃんが命令し、スパイスカレーをつくらせた。なかなか美味かった。

ちなみに山ちゃんは、きちんとハナコたちのお墓を立てていた。その中にはヨシキくんのお姉さん――針金みたいな古田さんのお墓もあった。

山ちゃんは伯父さんの住まいを知らなかった。知っているのは山ちゃんに連絡してくる電話番号だけだった。この番号を頼りにどうやって彼にたどり着けばいいのやら、わたしは知恵を絞るふりをし、すぐあきらめた。ない袖は振れない。当たり前の話だ。

時は流れ十二月になった。わたしたちはいつものように検見川のアパートに集まって、作戦会議という名の日常を過ごしていた。居間に寝転び、おじいちゃんが残してくれた切り抜きを読みふける葵ちゃんを横目に、わたしはテレビを眺めていた。葵ちゃんはしっかり『毒メン』の面白さに目覚め、今ではポンコツ編集者の本居さんに布教するまでになっていた。

夕方のワイドショーの、かわいらしいアナウンサーが、流行のスイーツや行列のできるスイーツや、ともかく人気のスイーツを紹介していた。クリスマスが近づいていた。

たぶん、神さまも退屈していたのだろう。地元の名店と名高いそのシュークリーム店にならぶ列の中に、わたしは母の姿を見つけた。

現在——二〇一七年

憶えておいでだろうか。今現在、雛口依子が落下の途上であることを。

テレビで母親の姿を目にしてからの半年間について、簡単に記しておこう。知る人ぞ知る地元の名店は県内にあった。佐倉《さくら》市染井野という土地だ。依子のおじいちゃん——榎戸太輔はそれなりの金を依子に残していた。養子縁組の手続きはちゃんとしており、ほかに相続を名乗り出る人間もおらず、すべて依子のものとなった。この金を使い、年明けに依子は染井野へ引っ越した。さも当然のように、浦部葵もついてきた。

田畑に囲まれた住宅地だ。徒歩で暮らすには便が悪い。依子は原付免許を取得した。彼女にしてみればとてつもない自由の獲得だった。彼女のスクーターは葵によってパトラッシュ号と名づけられた。

色川喜左衛門の住まいを探すのは一苦労だったが、ここで涙あり笑いありのあれこれを語る時間はない。

色川たちは、高台にぽつんと建つ二階建ての洋館に暮らしていた。なぜそこが色川たちの屋敷だとわかったのか、答えは簡単だ。正面に五つある窓の一つから、トーテムポールの置物が見えたおかげである。

依子と葵は、その家について調べた。大雑把《おおざっぱ》な二人にしては慎重だった。けれどしょせんは素人だから、近くのマンションに無断で踏み入り、出入り禁止の屋上から双眼鏡で眺めるくらいがせいぜいだった。

それなりに収穫はあった。出かける車をこつこつ撮影し、そこに色川喜左衛門、時郎、雛口聖美、新太が住んでいることを確認した。そしてお手伝いさんと思しき人影もあった。おそらく沙弓だろうと、二人は結論づけた。

問題は、どうやって沙弓を助けるかだった。沙弓が助けを求めているのかもわからない。下手をすれば抵抗される恐れもある。

いや、関係ない。もはや助けるとか助けないとかではない。とにかく連れ出すのだ。早い話、誘拐に近い行為だったが、法律の問題は考慮されなかった。正義も関係なかった。依子と葵にとっては榎戸の想いを叶えること、そして色川をぎゃふんといわせることこそが重要だったのだ。

五つ窓の洋館は周りを高く尖った柵状門に囲われ、けっこうしっかりした防犯システムが導入されているらしかった。中の様子はさっぱりわからない。正面突破は博打《ばくち》というより自殺だった。

　観察をつづけるうち、色川たちが週に一度の割合で食事に出かけることを、ウルトラな記憶力を持つと自称する浦部葵が気づいた。喜左衛門、時郎、聖美、新太の四人を乗せた車は染井野から東に、二キロにわたる何もない一本道を鏑木町へ。途中、道沿いのレストランで食事をしたあと、時折、交差点の近くに建つアミューズメント施設でカラオケを楽しむ。

　この間、洋館には沙弓しかいなくなる。誘拐——もとい、救出のまたとないチャンスだった。

　しかし食事だけの日もある。それでは時間的に心もとない。ぜひともカラオケで遊ぶタイミングを利用したい。だが、下手な尾行を勘づかれては元も子もない。

　こうして依子は、ボウリング場に通いはじめた。午後九時まで時間をつぶし、店を出て、駐車場に喜左衛門の車を探す。あれば葵にメールで報せる。作戦の決行を告げる。

　あとは出たとこ勝負だ。二人で突撃すれば、沙弓ごときはどうにでもなるだろう。最悪、殴ってふん縛《じば》ってしまえばいい。まさしく暴漢の手口だが、異を唱える者はいなかった。

　そして今夜、条件がそろった。

　喜左衛門たちが車で出発したという連絡を葵からもらった依子はボウリング場で待機し、自己最高スコアを叩きだし、いつも通り午後九時に店を出た。喜左衛門のワゴンが駐車場に停まっていた。葵にメールをし、依子はスクーターにまたがった。

二キロの一本道をべべと進み、大宮神社と七井戸公園を越え、五つ窓の洋館を目指した。その途中、自分が何か大それたことをしている気分になり、そのたび、世の中はなるようにしかならないのだといい聞かせ、心を落ち着けた。変に興奮するのは失敗のもとだと、依子は多くのハリウッド映画から教わっていたのだ。


まあ、でも、事故った。


この事故は、ただの事故である。路地から飛びだした乗用車の運転手は依子や喜左衛門たちとはまったく無関係の善良なサラリーマンだ。意識を失いぐったりしている彼は、仕事終わりに病院で妻と産まれたての我が子の顔を見た帰り、少し急いでいたせいで左右の確認を怠った。そこに依子が突っ込んだ。どっちが悪いとか、道交法とか、ここではあまり意味がない。

ようするに、ツイてなかったのだ。

榎戸太輔が死んだ夜、依子は決心した。自分の意志をはっきり表明した。それを彼女の自立だとか、成長だとかと呼びたくなるのもわからないではないけれど、世界にとって、小娘の決意など、どうでもいいことだった。興味もない。しょせん微細な、物理現象なのである。げんに今、依子は宙を飛び、なすすべもなくアスファルトに叩きつけられた。どんと鈍い音を響かせ、少しバウンドした。

ちょっと格好をつけたくらいで上手くいくほど、世の中は甘くない。

——また、お前か。

アスファルトはひんやりしていた。仰向けに寝そべった頬を、夜風がなでた。呼吸をしてみる。肺は潰れていないっぽい。けどアバラに、ごりっとした違和感がある。花柄パンツの左足も変な角度に曲がってる。唇に、鼻血が流れ込んでくる。動くのはしんどそうだ。

目の端に、白い塊が映った。わたしが突っ込んだ乗用車だ。あの車を飛び越えて、わたしは落下したらしい。ここから運転席の様子はわからないが、直撃したのだから無事ではないだろう。

ぴくりとも動かないその塊をぼんやり眺めながら、わたしはもう一度、心の中で呼びかける。——また、お前か。

こいつのことなら知っている。よく知っている。腐れ縁の友だちみたいに。

最初は団地の裏庭だった。こいつは丸いおっさんの形で現れた。とつぜんだった。脈絡も理由もなかったはずだ。かわいいねえ、と声をかけてきた。にこにこ笑って、そして、わたしの頭上からツルちゃんを放り投げ、消えた。

たまにこいつは、父の形をしていた。母の形のときもあった。伯父さんの形、時郎くんの形、門村さんの形、門村さんが持っていた猟銃の形……そして多くの場合、兄の形だったと思う。

こいつはわたしの前に現れるたび、何かを奪っていった。食べ物だったり布団だったり、テレビ、オヤジ週刊誌、平穏な時間。たいてい、暴力という方法が用いられた。わたしはほぼ、無条件降伏を強いられた。

こいつは強い。ほんとうに強い。今やわたしはお酒も飲めるし煙草も吸える年齢で、免許だって持っている。選挙だっていける。けど、こいつには敵わない。身をもって知っている。大人だろうが子どもだろうが関係なく、みんな、こいつには歯が立たない。

理不尽。

運命と呼んでもいい。

伯父さんはめちゃくちゃだったけど、正しいこともいっていた。しょせんわたしたちはこの世界というスケールにおいてはゴミムシみたいな存在で、つまり、完全完璧に無力なのだ。せいぜいそれを受け入れ、ひたすら痛みをオフにすること。できるのはそれくらい。いったんこいつに抱きつかれたら、ほかに助かるすべはない。

今夜、またしてもこいつは登場した。唐突に、脈絡なく、颯爽《さっそう》と。よくあることだ。よくありすぎて、飽きるほどだ。またか。またお前が、奪っていくのか。

あえぐように天を仰ぐ。染井野の夜空は、星がたくさん見える。無断で入ったマンションの屋上で、五つ窓の洋館を監視しながら一夜を明かしたときの葵ちゃんのテンションはすごかった。まあ、あの子は、いつだってテンション高いけど。

感覚がほとんどない右手で、花柄パンツのポケットをまさぐる。スマホの画面は潰れていて、中の基板がモロ出しになっていて、駄目だこりゃって感じだった。わたしはガラクタになったそれを地面に捨てた。

ごめんね、葵ちゃん。わたし、行けそうもない。行けないことを、伝えられそうもない。お願いだから無理をしないで。伯父さんたちに捕まったら、駄目にされちゃうから。それはわたし、嫌だから。

……痛いな。乗用車に突っ込んで四メートルほど上空からアスファルトに叩きつけられるのは、痛いんだ。ちょっとした発見だ。思わず、笑いがもれる。

笑いながら、わたしは、身体に力を入れた。

痛かった。とても痛かった。

上体を起こす。びきびきびきびき、いろんな箇所がエラーを発する。

痛い。泣くほど、痛い。

なら大丈夫だ、と思った。痛いんだから、まだいける。

動け、と命じる。筋肉、動け。白血球、赤血球、肝臓、腎臓、動け。心臓、おい、脊椎《せきつい》。いけるだろ？　だって痛いんだから、いけるだろ？

痛いってのは、生きてるってことなんだろ？

両手を地面につく。腰を上げる。膝をつく。猛烈な痛み。

大丈夫だ。二階建ての家で兄に階段から投げられたあと、わたしは学んだ。受け身の大切さを知った。だから練習した。自分の部屋で密かに、受け身を。だから、いける。ちゃんとやれた。受け身を取ったんだ。だから、いけるんだ。

立ち上がる。左足はもう、ちょっとよくわからない感じになっていて、マジヤバかった。だけどいい。立てたなら、上等だ。

歩け。カルシウム、たんぱく質、リンパ球。ありったけをぶっ込んで、歩け。

駄目だった。少しでもバランスが崩れたら倒れ込んでしまうのは明らかで、根性じゃ乗り越えられない壁があった。やっぱりか。駄目なのか。

そのとき、それを見つける。すぐそばに落ちている、細長い物体。もしものときの武器としてスクーターに積んであった、おじいちゃんの杖。

――ありがとう、そこにあってくれて。いちおう、手が届く範囲で。

重たいメットを放り捨てる。片足でけんけんし、たどり着く。よくやった、わたしの右足。左足、お前マジ役立たずだよ。

杖を掴む。その拍子に倒れかける。激痛が走る。歯を食いしばって踏ん張って、杖をつく。身体を起こし空を見上げ、大きく息を吐く。わたしはまだ立っている。

次は「歩く」だ。呼吸を整え、いい聞かせる。進め、と。背後から、迫ってくる。身体の中から、ささやいてくる。無駄だよ、と。座り込んじゃえ、と。そうすれば死なないから、と。

なるほど、正しい。ほどなく救急車もくるだろう。わたしが生き延びる可能性はわりとある。でも、ここで歩くか歩かないか、それを決めるのは、お前じゃない。

わたしは命じる。わたしに命じる。

歩け。進め。倒れるな。

足が動いた。両手で杖をついた。呼吸ができる。素晴らしいじゃないか。

すぐに道は坂になった。地球の重力がつらかった。しかし高台の洋館を目指しているのだ。近づいているのだ。つらくたって喜ぶべきだ。文句なら、そんな場所を選んだ伯父さんにぶつけろ。

ふっと意識を失いそうになる。よくよく注意すると頭からも血が出てる。そりゃそうだ。死にかけてるんだ。わたしは歌をうたう。意識をつなぎとめるため、ふんふんと。パティ・スミス、ナンバーガール。歌詞は適当に、アハン、とか、ラララ、とか。ニール・ヤングはノレないから却下だ。ナイン・インチ・ネイルズは論外だ。

杖をつく。右足を前にだす。左足を引きずる。歌を口ずさむ。坂を上る。まとわりついてくるこいつを引きはがすように、わたしは進む。次はなんだ？　雷か、隕石か、大地震か。

好きにしろ。わたしだって、好きにする。

ずんずんずんずん、坂を制覇してゆく。道の先に、二階建ての洋館が見えてくる。一階に二つ、二階に三つ、五つの窓の、灯りは消えている。門の前にカメムシみたいな車。葵ちゃんのヒンデンブルク号。中をのぞくが誰もいない。くそ。あの女、やっぱり勝手に行きやがった。まあそれゆえに葵ちゃんは葵ちゃんなのだけど。

門扉《もんぴ》の奥に、身体を滑り込ませる。状況はさっぱりわからない。葵ちゃんだって、まさかわたしがこんな体たらくだとは思うまい。

玄関へつづく石段を上る。階段はきつかった。バリアフリーにしとけよ！　また一つ、伯父さんへの恨みが募った。

玄関の立派な扉を、わたしは叩いた。この重そうなブツを自力で開けるのは無理そうだった。「葵ちゃん！」わたしはありったけの声で叫んだ。「葵ちゃん！」

返事はない。嘘だろ。返り討ちにあったわけ？　沙弓さん、天才的な柔術家だったりしたの？

わたしはやけになり、扉にしがみついた。縦長の鉄の取っ手を握り、力任せに引いた。ぐわん、と扉が開いて、わたしは尻もちをつきそうになった。勘弁してほしかった。ここでへたり込んだら、もう起き上がれない。とっくに限界は超えている。

家の中は暗かった。人影は目に入らない。わたしは土足のまま、ホテルのロビーみたいなそこへ踏みだした。頭上にシャンデリアが浮かんでいる。左右に曲線を描く階段。すべてが闇にうっすらとしている。

「葵ちゃん！」

声が響いた。反応はなかった。正面に、長い廊下がのびていた。階段は無理っぽく、わたしは廊下の奥へ進んだ。

いくつもの部屋、いくつもの扉。開けている余裕はない。奥へ、奥へ。杖をつき、進む。五感を研ぎ澄ます。わずかに開いた、一番奥の扉へ向かって。

そこはキッチンのようだった。不意打ちを食らったらどうしようもない。というか、不意打ちでなくとも、だいたい厳しい。

でも、行け。

わたしは足を踏み入れる。予想通りだったから不意打ちとは違うけど、ともかく、頭に衝撃があった。ガーンという感じだった。よろけたわたしに倒れる以外の選択肢はなく、倒れたら終わりなのは明白だから当てずっぽうに手をのばした。そばに棚があったのは、ラッキー以外の何ものでもなかった。

「え？」

という声がした。

どうにか踏ん張り、わたしは声のほうを見た。

入り口のわきに、フライパンを手にした女性が立っていた。エプロンをしていた。その派手な顔立ちには、グラビアページの面影がたしかにあった。

「沙弓さん――ですね？　十一月二十日生まれの」

「なんで……」

知ってるの？　その表情により、やっぱりアタッシェケースの暗証番号は沙弓さんの誕生日だったのだと証明された。

「それ――」

沙弓さんの目が、わたしが手にする杖へ向いた。「どこで？」

「形見です」

「形見？　死んだの？　お父さん」

わたしがうなずくと、沙弓さんはフライパンを持つ腕を下ろした。

「死んだんだ……」

「はい、死んだんです」

「……わたしがプレゼントしたのよ、それ」

「聞いてます。おじいちゃん――榎戸さんが足を悪くしたのは、あの人が、道路に飛び出したあなたを助けようとして、代わりに轢《ひ》かれたからだって」

暗闇の中で、わたしたちはしばし黙り込んだ。

やがて沙弓さんが、当然の質問をしてきた。

「あなたは誰？」

わたしは誠実に返した。

「そういうの、話してると日が暮れるんで。いや、日は暮れてるんですけど、ともかく、一緒に来てください」

「一緒に？　ここを出るの？」

「はい。出てください」

「出てどうするの？　今さら手遅れよ。わたしは、いろんなことをさせられたんだから」

「すみません、ほんとにそういうの、いいんで。見たらわかると思うんですけど、わたし、立ってるのもやっとの状態なんで」

沙弓さんは聞く耳をもってくれなかった。

「あの人の命令で、人殺しだってしたっ！」

「わたしもです」

「へ？」

「だからそういうの、大丈夫です。間に合ってます」

沙弓さんはぽかんとしていた。まあ、気持ちはわからないでもない。

「というかそれ、ベリーライフ江戸川のことでしょ？　だったら落っこちた奴、ぜんぜん生きてるじゃないですか。今ここで、元気に暮らしてるじゃないですか」

沙弓さん、ちょっとバツが悪そうに「まあ、そうだけど……」だって。

「というわけで、早く出ましょう」

「無理よ。無理。あの人たちには逆らえない」

ぶるるん――と、エンジンの音がした。ヒンデンブルク号のしけた唸りではなかった。伯父さんたちが帰ってきたのだ。

わたしは舌打ちをした。この身体で逃げる？　闘う？　冗談きついぜ。

「あの、わたしの前に、金髪で無礼で、やたらテンションの高い女の子が来たと思うんですが、彼女、どうしたんです？」

「さあ」

「さあ？」

「わたし、外からあなたの怒鳴り声が聞こえて、ここに隠れただけだから……」

おいおい、葵ちゃん。どこ行っちゃったのよ。

玄関の扉が開く気配。四の五のいってもしょうがない。わたしは覚悟を決めた。

「沙弓さん。わたしは闘いますけど、どうします？」

沙弓さんはフライパンを抱き、わなわなと震えていた。

「あなた、逆らえないっていいましたけど、伯父さんたちには逆らえないっていいましたけど、でも違いますよ。ぜんぜん違います。あなたが逆らえなくて従っているのは、伯父さんじゃなく、自分です」

きっと浦部くんならそういうはずだと、わたしは思う。

杖を握り、廊下をうかがう。小柄な人影が近寄ってくる。「おーい、沙弓？」

時郎くんの声だった。わたしはおじいちゃんの杖で彼を串刺しにする絵を思い浮かべてみたが、あまりに非現実的でまいった。この杖が、仕込み刀でないことが悔やまれた。

わたしは棚のコップを手に取り、床に落とす。その音に、時郎くんの影が歩みを止める。

「沙弓ぃ？」

来い。とりあえず、お前だけはやっつけてやる。

「そこにおるんか？　表のカメムシみたいな車はなんなん？」

もう二、三メートルもない距離だ。わたしは入り口の壁に背中をくっつけ息を潜めた。時郎くんを招き入れ、さっき沙弓さんにやられた要領で不意打ちを食らわすのだ。

「なあ——」

時郎くんの頭がすっと入ってくる。わたしは思いっきり杖をふり、それもごつい取っ手の部分で、彼の金的をホームランしようとしたけれど、左足がぐにゃりと曲がっているのを忘れていた。

すてん、とわたしは転んだ。

「うわっ、なんなん！」

時郎くんはびっくりした声をあげ、床に這いつくばるわたしに目を丸くした。

「ヨリちゃんやん！」

にこっとした顔を見て、わたしはつくづく、イジメの加害者は何も憶えていないという風説の正しさを思い知った。

「久しぶりやん。生きとったんや」

わたしは渾身の力で杖を突きだし、彼の顎をかち上げようと試みたが、その前に時郎くんの足が手首を踏みつけていた。

「わざわざ遊びに来るなんて、そんなにぼくのこと好きやったん？」

しゃがみ込み、わたしの髪をわしっと摑む。にたら、と笑う。

駄目かあ。この足だもんね。

思わずつむりかけたわたしの目に、それが映った。手のひらに書いた「１９４」の文字。ついさっき、わたしが更新した自己最高記録。おじいちゃんにだって勝てそうなベストスコア。

まだ、いける。

やれることは、ぜんぶやれ。

「今です、沙弓さん！」

それはMPの残りを無視した召喚魔法だった。失敗すればたんに恥ずかしいだけの叫びだ。それでもいい。喉が切れたっていい。

すこーん、って感じで、わたしの目の前をフライパンが横切った。時郎くんの顔面にヒットした。沙弓さんが「あっ」ともらした。「つい……」といい訳がましく呟いた。

「あふう」と呻いてうずくまった時郎くんの後頭部を、わたしは杖で容赦なくぶっ叩いた。三度、ぶっ叩いた。よくもじゃぶじゃぶ水をかけてくれたな！　苦しかったんだぞ、あれはっ。

時郎くんは腰を浮かしたままうつぶせに倒れ、杖で身体を支えたわたしは右足に万感の思いをこめ、彼の不死鳥に会心の一撃を打ち込んだ。このくらいは、わたしにも権利がありそうだった。

ぐったりした時郎くんから廊下へ視線を移す。伯父さんの姿はなかった。どこかに身を隠しているに違いなかった。一秒でも早くこの状況を切り抜ける悪魔的作戦を閃かなくては明日はない。

その前に声がした。

「依子ちゃん」

伯父さんの声だった。

「君も懲《こ》りひん子やなあ」

廊下に伯父さんが現れた。壁に隠れながら盗み見たその姿に、「マジかよ」と息をのむ。彼の手に、テレビドラマでお馴染みのブツが握られていた。

「前んときの教訓や。備えあれば憂いなし、ってな」

ピストルの銃口が、きっちりこちらを向いていた。

伯父さんが、ゆっくり歩を進めてくる。「なあ、依子ちゃん。わし、まだこの家を捨てたないねん。しばらくここでゆっくりしたいねん。そのためにわざわざ、沙弓を飼ってたんやで？　金持ちのジジイと結婚さして、ようやくこないだそいつがくたばったとこや。金も時間も労力もかかっとんねん。君のわがまま一つで、うっちゃるわけにはいかんやろ」

一歩ずつ、伯父さんが寄ってくる。

「今ならまだセーフや。駄目ちゃうで。さあ隠れとらんと出てきてや。久しぶりにかわいがってやるさかい」

その甘い響き。いつもわたしを安心させ、黙らせ、問答無用で従がわせてきた声色だ。縮こまりそうになる心臓にわたしはおじいちゃんの杖を当て、頭の中で、てやんでいこんちくしょう！　と叫ぶ葵ちゃんの声を再生した。無駄にでかくて中身のないあの子のおしゃべりと比べたら、伯父さんなんて屁でもない。ぜんぜんまともだ！

「しゃあない子やなあ」わたしの鉄の反骨心を察したように伯父さんがぼやいた。

「わしかて面倒は嫌や。君を『処分』して『埋葬』するのも大変やからな。せやから、こうせえへんか？　君の希望を聞くさかい、黙ってどっかに消えてくれ。もう二度と、わしの前に現れんでくれ。なあ、悪くない取り引きやと思わんか？」

語るに落ちるとはこのことだ。あんた、そんなタマちゃうやろ。

「三秒、待つ。両手上げて出てきてや」

ずいぶん当てやすそうな的になれと？

「いち」

わたしは杖を握る。

「にい」

右足に問う。いける？　と。

「さあーーーー」

息を吸う。沙弓さんのフライパンを奪う。「すきをついて逃げて」と彼女に告げる。

「あ〜〜〜あ」

ん、だっていわせてやるものか。わたしはフライパンを盾に廊下へ飛びだした。

ばきゅーん。

かちーん。

想像以上の衝撃で、わたしは尻もちをついた。フライパンに穴が空いていた。

すぐさま伯父さんが飛んできた。わたしの上に馬乗りになり、左手で喉を圧迫してくる。

「動くな！」

伯父さんが、キッチンの沙弓さんに叫んだ。彼女に銃口を向けた。

「あんたはじっとしとき」

伯父さんの目が、わたしを向く。

「ほんま依子ちゃん、かわいいのう」

白い髭をペロリと舐める。

押さえつけられるまでもなく、わたしの身体は限界だった。今さら抵抗のしようはなく、その上声も出せず、交渉の余地すら奪われていた。

いよいよ終わったようだった。まあ、でも、時郎くんには一発かましてやった。冥途《めいど》の土産の金的蹴りだ。わたしにしては頑張ったほうだろう。

「気の毒な子やで。まあ、恨むなら神さんを恨んでや」

わたしはせめて、末代まで呪ってやろうと伯父さんを睨みつけてやったけど、余計に喜ばせるだけだった。

「そんな目で見んでくれ。そもそもみんな、君のせいでおかしなったんやで？　仁徳のアホも、聖美さんも、新太くんも」

伯父さんは愉快げにつづけた。

「せっかくや。一つええこと教えたろ。新太くんを突き落としたんは沙弓やけど、それを望んだんは聖美さんやで」

わたしは目を見開いた。

「君らが出てってからしばらくして、聖美さんが連絡してきたんや。わしのとこに戻りたいてな。そらせやで。新太くんには暴力しかない。わしはちゃう。ちゃあんとご飯も布団も用意する。おつとめもしっかりさせる。わしかて、彼女を悦ばしてやるしな」

健全やろ？　ひひひ。

その下品な笑いにかまっている余裕はなかった。兄がベリーライフ江戸川に出向いた目的は、沙弓さんではなかった？　母に呼びつけられた？　暴君だったあの兄が、母の命令に従った？　わたしはその事実に、少しばかり動揺した。

取り戻しに行く——。そんな兄の台詞がよぎった。

「新太くんに生命保険をかけて、死んでもらうことにしてな。ちょうど嫁に出す予定やった沙弓に、背中を押させたんや。裏切らんよう、ばっちりビデオに撮ってな」

楽しくて仕方ないという顔が、わずかに苦笑する。

「まさか死なんとは、まさか生き返るとは——。ほんまに世の中はキテレツや。おまけにまさか、仁徳の腰抜けが反抗するとはな。山田に見張らせとって正解やった。いろいろ遠回りはしたが、結局ぜんぶ都合ようにいったわけや。邪魔な裏切りもんの息の根を止め、新太くんが手に入った。最強のポケモンがな。なんやかんやでわし、運命に愛されとるみたいやわ」

君と違てな、うひひ。

「さあ、どうしたもんかのう。君のアソコは聖美さんとは比べもんにならんほど具合が悪い。こうなったら、口でさすのも危ないしなあ」

ぐぐぐと喉を締めつけられ、頭に血が上る。視界がぼやける。

「せめてリリツカくらい未来があれば、生かしてやってもよかったが——」

ツカ。十二歳で時郎くんにヤられ、左手首を失くし、小便をもらしながら息絶えた、わたしの生徒——。

首を絞められ、歯を食いしばりながら、わたしは右手をポケットに滑り込ませる。革ジャンのポケットに。

「依子ちゃん」伯父さんが、顔を近づけてくる。髭をペロリと舐める。

「やっぱ君、死んでや」

喉の圧迫が、ぐっと強まる。食いしばった歯の間から、泡がぶくぶくする。わたしは、最後の力をふり絞り、ポケットから手を引き抜いた。

「あぐう?」

こちらを見下ろす伯父さんの目が、きょとんとしていた。彼の喉に、わたしはぶすりと刺していた。右手に握った、リツカのペンを。

刺さったペンから血が滴《したた》った。口をぱくぱくさせる伯父さんに、リツカに代わって、歴史に残る辛辣《しんらつ》な罵詈雑言《ばりぞうごん》をぶつけねばならなかった。

「オットセイみたいだな！」

何か違う。そう思いつつ、伯父さんの身体をわきへよける。痙攣しながら「あふあふ」呻く伯父さんの、手放したピストルに飛びつく。

「ヨリちゃん、やめなさいっ」

廊下の向こうから、聖美ママが叫んだ。

「伯父さんになんてことをするの！　あなた、駄目になっちゃったの？」

違うよ、ママ。別に誰も、駄目になんかなっちゃいなかったんだ。駄目な人なんて、いなかったんだ。駄目じゃない人もいない。そんな便利な言葉は、ほんとうはなかったんだよ。駄目か駄目じゃないか、少なくとも、あなたたちに決めていただくいわれはないんだ。

わたしは銃口を聖美ママに向け、廊下を這った。もう立ち上がるのは無理そうだった。

「沙弓さん、ついて来て！」精いっぱい声を張る。ふり返る力は残っていない。彼女がついて来ないなら仕方ない。後ろから襲われても仕方ない。でもわたしは、この廊下を這わねばならない。

聖美ママの背後から、ゆらっ、と男が現れる。わたしは、それを予想していた。わかっていた。最後の最後、わたしの頑張りを蹴散らす男が立ちはだかることを。

上下白のトレーナー、坊主頭。雛口新太。

聖美ママを通り越し、兄がこちらへ歩いてくる。コンバースをはいている。その右手が、金髪を摑んでいた。暗い廊下でもはっきりわかるくらいぐったりとした、葵ちゃんを引きずっていた。

どこに居たんだよ、アンポンタン！　しかも捕まってボコられてるなんて面倒くさすぎるよ！

けれど兄は、やっぱり兄だった。人質をとるなんて姑息な手段は使わない。その首根っこを摑むや、ボウリングの要領で腕をふり、葵ちゃんをゴミみたいに廊下へ放った。

盛大にごろろんと転がってきた葵ちゃんに這い寄ろうとしたが、距離がありすぎた。遠目にも、彼女の顔は山ちゃんにビンタされたときの比じゃないほど悲惨なモダンアートに仕上がっていた。かつて仁徳パパがそうだったように、デッサンが崩壊していた。

「葵ちゃん！　生きてるなら返事をしてっ」

ぎこちなく、彼女の手が動いた。苦しそうにこちらを見て、口を開く。

「……いやあ、お腹を下しちまいまして。ちょいとそこいら辺ですっきりしたとこを捕まっちまいました」

人が必死こいて坂道のぼってたときに何してんだ、このオネエちゃんはようっ！

しかし、そんな汚らしい話をしている場合ではなかった。

兄が廊下を進んでくる。ゆらりとした足取りで、迷いなく。

わたしは廊下に這ったまま、ピストルを向ける。兄の表情は変わらない。焦点が合ってるのか合っていないのかわからない目が、わたしを見下ろしている。洞穴の目だ。

ばきゅーん。

わたしが生まれて初めて撃ったピストルの弾に、「痛あっ！」と肩を押さえてうずくまったのは聖美ママだった。ごめん。

ばきゅーん。

兄には当たらない。

ばきゅーん。

当たらない。不自然なほど。

「依子」

葵ちゃんを踏み越えながら、とてもふつうに話しだす。

「ぼくは最近、ようやくわかった気がするんだ。この世の中の仕組みだよ。伯父さんは偉くてすごかったけど、依子に倒されちゃっただろ？　依子は偉くもすごくもないのにさ。なぜだろう」

兄が近づいてくる。わたしの呼吸が荒くなる。痛みはもう気にならない。もっと差し迫った、致命的な、恐怖が廊下をわたってくる。

「それはね、依子。ぼくらは、一秒一秒、この瞬間から次の瞬間へ、生き返っているからなんだ。さっきのぼくは、次のぼくになるまでに一度死んでる。そして蘇って、新しい自分になってるんだ。わかるかなあ。この瞬間しかないんだよ。この瞬間だけがぼくで、ぼくはこの瞬間にしか存在してなくて、この瞬間が終われば、ぼくも終わるのであって、次のぼくも、またこの瞬間を生きていて、次の瞬間には死ぬんだよ」

完全にイカれていた。

「たいしたことじゃないんだ。次の一瞬にいける人間と、いけない人間がいるだけなんだ。ほかのことは、たいして意味がない。そうだろ？」

兄が近づいてくる。もうすぐ、蹴りが届く距離になる。わたしは銃口を向ける。しっかり向ける。けれど、身体の震えが止まらない。肉体よりも激しい、心の痙攣。

「それに気づいて、背中の痛みがなくなったんだ。頭も軽くなったんだ。ぼくはやっと、自由になった」

依子──。

「一緒に、次の瞬間にいこうよ」

「葵ちゃん！」

わたしは叫ぶ。

「お願いだから起きてっ。起きて、逃げて。この弾は当たらない。かすめもしない。もし当たっても、きっと無駄なの。だから──」

「姐さん」

頰がぷっくり腫れあがり、歯だって折れてそうな滑舌なのに、葵ちゃんの言葉は、わたしにはっきり届いた。

「友だちを見捨てては逃げられません」

葵ちゃんが、ぐっと身体を起こした。両手で支え、ずいっとこちらへ飛んだ。そして手をのばした。

彼女の指が、兄のトレーナーの裾を摑んだ。

「どうぞ」

背中を押された。いや、支えられた。あのとき、わたしがリツカにできなかったことを、葵ちゃんがしてくれた。

当たるか外れるか。運命はとっくに決まっているのかもしれない。けれど、この引き金を引くのは、わたしだ。

「兄貴――」

葵ちゃんには目もくれず、兄が蹴りの体勢に入る。かつて数え切れないほど目にした懐かしいモーションだ。その軌道は間違いなく、わたしの頭部を正確に捉えている。

ほんの刹那。けれどわたしにとっては長い一瞬――。兄がこんなふうになったのは、わたしがあの夏の日、団地の裏庭にうずくまっていたからだ。ドラさんに声をかけられ、ツルちゃんを差し出したからだ。わたしたちの生活は荒れ、兄は暴力に目覚めた。兄が暴力に目覚めたせいで雛口家はますます荒廃し、伯父さんにすがりついてしまった。伯父さんのせいで、兄は人を殺した。進藤さんを叩いた。わたしの手から奪ったバットで、めった打ちにした。あの全力の殴打には、ダムが決壊したような怒りがあふれていた。

伯父さんに反旗を翻し、移り住んだ二階建ての家でも、兄はわたしたちに暴力的だった。常に何かに苛立っていた。

兄の怒りや苛立ちの、その正体が、今になって、少しだけわかった気がする。

兄は許せなかったのだ。わたしや父や母が、伯父さんの奴隷であることに。伯父さんから離れても、やっぱり奴隷でいつづけていることに。

だから母の呼び出しに従った。裸足でコンバースをはき、取り戻すため、ベリーライフ江戸川へ出向いた。戸川へ出向いた。悔しくて。伯父さんの奴隷になり下がるわたしたちが、悔しくて。

きっと彼は、家族をやり直そうとしていたのだ。でもやり方がわからずに、パンチやキックに頼ってしまったわけだけど、でも兄は、わたしにスマホを買ってくれた。奴隷には不要なものを。

母に裏切られ、見ず知らずの沙弓さんに突き落とされ、死にかけて、蘇り、記憶を失い、人を殴るのはよくないとほざく好青年になったのに、四角い家で、彼は馴染もうとしてしまった。馴染んでくれとわたしに請われ、馴染もうとし、馴染んでしまって、いろいろあってぶっ壊れ、理不尽の怪物になった。そして多くの人が死んだ。

以上の出来事は、やっぱりわたしのせいなのか？　——そうかもしれない。

兄自身のせい？　——そうかもしれない。

父のせい？　母のせい？　伯父さんのせい？　——そのどれもが、たぶん正しいのだろう。

けど、そうじゃない。そんなレベルの話じゃないんだ。

お前だよ、お前っ。高みの見物をしている、お前だ。

お前こそ最強だ。誰も敵わない。逆らえない。だからわたしはお前に出くわすたび、目をつむってきたんだ。この先もお前は、気まぐれな理不尽を、容赦なくわたしにぶつけてくるんだ。そしてわたしは、無様《ぶざま》に敗北するんだ。

でも、もう、目はつむらない。

つむってなんかやるもんか。

「兄貴」

電車で出かけたの憶えてる？　七並べは？　わたし、楽しかったよ。

しっかり兄を見つめ、引き金を引いた。

生まれて初めて、ストレッチャーにのせられた。葵ちゃんとともに運ばれた。

「ところで姐さん。なんで、そんなにボロボロなんです？」

今さらか。

通報してくれたのは沙弓さんだ。五つ窓の洋館の周りにはパトカーや救急車の赤い光があふれ、ついでにマスコミと思しき人間たちがひっきりなしにフラッシュをたいていた。けっこうな数の野次馬がうかがえた。

「こいつは景気がいいってなもんですよ。本の成功は間違いなし。あたしの頭には文化人オヤジの吠《ほ》え面《づら》がしっかり浮かんでまさあ」

百万部の印税の使い道だとかハリウッド映画になるときの配役だとか、税金対策、主演するために英語を学ばねばならない憂鬱だとか、葵ちゃんはたわ言をしゃべりつづけ、頭を強く打ったんだろうとわたしは思った。

「きっと姐さんも、ワイドショーに引っ張りだこですよ」

そうかなあ。わたしは獄中手記の格好になるかもしれないよ。伯父さんも死にかけてたし、兄にいたっては脳天にパコンと穴があいてたからね。

けど、案外、兄は大丈夫な気もする。だってこの世界は、ずいぶんでたらめだから。

ふと、わたしは思う。あのとき放たれた兄のキック。あれはもしかして、秒速何センチくらいか、のろかったんじゃないかしら。それがトレーナーの裾を摑んだ葵ちゃんのおかげなのか、兄の気まぐれだったのか、わたしにはわからない。

葵ちゃんが、よろよろとスマホをいじりながらいう。「刑務所にカプリコを差し入れしますよ」

　その前に本を書け。そして優秀な弁護士を雇ってくれ。

　二台の救急車が口を開けてならんでいた。わたしたちは別々の車両へ運ばれる。五つ窓の洋館が遠ざかる。

　ストレッチャーが後部ドアへ持ち上げられるまさにそのとき、

「あっ」

　と葵ちゃんが声を上げた。

「本居のクズチンからです。あの野郎、『毒母VSメンヘラ娘』を本にするんですって」

　へえ。

　そりゃあいい。楽しみだ。

　生きねば。

解説

円堂都司昭《えんどうとしあき》
（文芸・音楽評論家）

これは、とんでもない物語だ。本書は、二〇一八年に単行本で刊行された呉勝浩著『雛口依子の最低な落下とやけくそキャノンボール』の文庫化である。タイトルからしてどうかしているが、中身はもっとどうかしている。

主人公・雛口依子《ひなぐちよりこ》が子どもの頃、近くのお屋敷の子が団地の屋上から放り投げられ、「ひゅいん」と落下する光景を見た記憶から始まる。続いて作中の現在である二〇一七年、スクーターの速度を上げた依子が「パッカーン」と宙に飛び、あと一メートルでアスファルトに口づけという場面が描かれる。彼女が宙に飛び、落ちようとするまで、なにがあったのか。五年前から四年前の過去と、去年から現在までの近過去を往復しながら語る構成になっている。そして、過去に関しては、十五階建てのマンションから依子の兄が落っこちたのに蘇ったから父は口あんぐり、母は「ひえっ」と叫んだという話から書き出されるのだ。

落下。「ひゅいん」。落下。「パッカーン」落下。「ひえっ」。――滑り出しからしてひきつけられる。痛ましい、痛そうな出来事なのに笑いを帯びた語り口。重いはずのことも軽く扱われるので特有のスピード感が生まれる。本作の魅力の一つはスピード感だが、語り手の依子は、痛みや重さをまともに認識できない人物であるため、必然的にそんな語り口になってしまう。彼女がなぜそうなったのか、過去をふり返る過程で少しずつわかってくる。

三つの落下よりさらに前、本書の冒頭にはある新聞記事が掲げられている。猟銃乱射で三人死亡、二人重軽傷。その生き残りである依子は、自殺した犯人とされる男の妹・浦部《うらべ》葵《あおい》から一緒に同事件のルポを書こうと誘われ、真相解明に乗り出す。これが近過去パート。一方、過去パートでは、依子の家族が色川《いろかわ》の伯父さんと呼ばれる男に支配され、いいように扱われる様子が描かれる。

少女時代から虐待《ぎゃくたい》され、乱射事件の被害者となった依子。その事件の加害者家族で世間からバッシングされる側にいた葵。互いに不幸な境遇の二人がバディとなり頑張るのだから、社会派のメッセージが発せられ涙を誘う内容になりそうなものだ。でも、そうならない。葵の言動は、ふざけているとしか感じられないし、事件の被害者家族に聞きこみへ行っても失礼な態度のまま。面会を断られ「線香あげるのは礼儀じゃないんすか？　加害者家族が故人に頭下げるのが、この国の習わしでしょうに」と怒るものの、意識不明の被害者はそもそも死んでいない。葵は、彼女なりに本気らしいところが怖《おそ》ろしい。

それに対し、伯父さんのいいなりになる生活が日常だった依子は、ご飯を食べさせてくれる彼が虐待の加害者で、自分が被害者だと理解できていなかった。彼女を救おうとする人が現れ、果たされるべき正義を説かれても、なぜそんなことをいわれるのか、わからない。依子が愛読するのは、オヤジ週刊誌の連載小説「毒母VSメンヘラ娘」である（本書の巻末にはその三回分が袋綴じで付録になっている）。母と娘が男をめぐってだましあい、血みどろの闘いをするシリーズだ。依子は自身が虐待されているのに、そんな物語を楽しみにして元気の源にしている。

「困っている人を見捨てておけない性格」と称する伯父さんは、「自由意志」など信仰するから争いや悲しみが生ずると説く。彼が支配する家に集められ奴隷と化した人たちは「駄目になっちゃ駄目」と繰り返す。一般道徳に照らして駄目な状態なのに「駄目になっちゃ駄目」といいあう。暴力で性を踏みにじられる依子が、毒母とメンヘラ娘の性と暴力の対決にワクワクしている。マイナスとマイナスをかけあわせるような構図がここにはある。

最低でやけくそな状況にいる依子と葵は、社会の常識や正義を理解していないが、常識や正義が自分を守ってくれないことは知っている。書名に「最低な落下」とあるが、最も低いのが底ならば、まだ落下できるだけの高さはあるのだと、やけくそな勢いで突き進むような小説だ。二人のしぶとさには、なぜかプラスの活力が感じられる。

依子が心で発した小説の最後の一行が、象徴的だ。必死にやってきた人らしい前向きさだが、冗談とも思える短い言葉。意図的か偶然か、これは宮崎《みやざき》駿《はやお》監督の映画『風立ちぬ』のキャッチコピーと同じだ。似たコピーは同監督の『もののけ姫』でも使われていた。だが、さかのぼれば、国民的人気映画『風の谷のナウシカ』の原作で宮崎監督自身による同名マンガの最後において、主人公が同じ言葉をいっていた。あの優しく凜々しいナウシカと猥雑《わいざつ》な世界に暮らす依子は、まるで違うキャラクターである。だが、『風の谷のナウシカ』は、腐《ふ》海《かい》という汚染された森が広がり続ける遠い未来の人類が、いつ世界が清浄になるのか、なる時がくるのか、わからない状況におかれた物語だった。汚濁をサバイバルする点で依子は、ナウシカに通じるところがある。いずれにせよ魅力的なキャラクターである。

呉勝浩は、第六十一回江戸川乱歩賞を受賞した『道徳の時間』で二〇一五年にデビューした。以後は犯罪小説、警察小説などを中心に執筆し社会派的なテーマを扱いつつ、奇妙な謎や推理など、デビュー前に愛読した本格ミステリの要素を盛りこんだ作品も発表している。そのなかで『雛口依子の最低な落下とやけくそキャノンボール』は、従来になかった軽い語り口と暴力描写の組みあわせから呉勝浩の異色作といった印象だった。

同じ著者の他の作品で本作のごときスピード感を求めるなら、ヤクザから荷物運びを命じられた若者二人が額《ひたい》に穴が空いた三人の死体に出くわす『バッドビート』(二〇一九年)がいいかもしれない。笑いを求めるなら、金をよこせ、でなければコンビニ強盗するぞ、と十三歳の息子に父親が脅される短編「論リー・チャップリン」(二〇一八年。後に日本推理作家協会編『喧騒の夜想曲《ノクターン》 最新ベスト・ミステリー』所収）を薦めたい。
また、本作については、書評家・若林踏《わかばやしふみ》編『新世代ミステリ作家探訪』の対談（二〇二〇年収録）で呉が次のように語ったのが注目される。

理不尽な暴力というものを自分自身が明確に意識して、言語化出来るかな、と感じたのは『雛口〜』を書く直前くらいなんですよ、実は。

呉は、監禁虐待される状況に抵抗する術以前に抵抗する意思を持たない依子に関し、「では、物語の中で抵抗を手に入れていく話にしてみたらどうか」と考えたという。若林との対談は、呉の『スワン』（二〇一九年。翌年、第四十一回吉川英治文学新人賞と第七十三回日本推理作家協会賞を受賞）発表後に行われており、同作の話題を中心に作家としての歩みをふり返るものだった。『スワン』では、ショッピングモールで起きた無差別銃撃の惨劇を生き延びた五人が半年後に集められ、事件を再検討する。先の対談でテーマになったのは、呉作品における「理不尽な暴力」と「事件後の人生を描く」ことだった。
事件の進行中や直後を追うのではなく、事件からある程度時間が経過した関係者をめぐる物語が、呉の作品では目立つ。デビュー作『道徳の時間』は、小学校での講演中の刺殺事件について十三年後にドキュメンタリー映画を制作する内容で、現在の方でも殺人事件が発生した。『白い衝動』（二〇一七年。翌年、第二十回大藪春彦賞受賞）では、連続暴行事件で懲役十五年になった男が出所し暮らしていることで、周囲に波紋が広がる。呉は初期から「理不尽な暴力」と「事件後の人生」を書いてきたわけだが、先に引用した言葉を読むと、『雛口依子の最低な落下とやけくそキャノンボール』は、それらのテーマをあらためて自覚し向きあう機会になったようだ。

『スワン』はこの路線の大きな達成だったわけだが、その次に書かれた『おれたちの歌をうたえ』（二〇二一年。第百六十五回直木賞候補作）は力作であるだけでなく、本作と共通点が多いのが興味深い。『おれたちの歌をうたえ』では、元刑事で今はデリヘルの運転手の河辺《かわべ》が、チンピラの茂田《しげた》から幼馴染の死を知らされる。友の遺した暗号は隠し財産を示しているらしく、二人で答えを探すなか、河辺は過去を掘り起こすことになる。彼は高校時代に殺人の瞬間を目撃したが、「栄光の五人組」と呼ばれた友だちとともに事件発生と無関係ではない立場だった。急造コンビがズレた会話を交わしながら「理不尽な暴力」のあった過去を探り、「事件後の人生」が浮かびあがる。同作と本作の枠組みには相通じるところがある。

とはいえ、依子が俗悪な「毒母VSメンヘラ娘」の愛読者だったのとは異なり、『おれたちの歌をうたえ』では「栄光の五人組」を可愛がっていた通称キョージュが永井荷風《ながいかふう》愛好家であるなど、近代文学が真相解明にかかわる。社会性の欠落した軽薄さで突っ走る『雛口〜』に比べ、左翼運動の消長など世相を織りこみ、昭和、平成、令和を行き来する構成の

『おれたちの歌をうたえ』は、時代の推移を映した重厚な内容だ。二作は似た枠組みを有していてもまるで別の作風であり、本書の読者にはぜひその違いを味わってほしい。

二作には、もう一つ共通点がある。いずれも作中で登場人物が歌うのだ。カラオケ店で河辺に「歌え。何か、おれたちの歌を」といわれた「栄光の五人組」の旧友・高翔《こうしょう》は、ゴダイゴの「イエロー・センター・ライン」を歌う。道路中央の黄色い線を見失えば道を外れてしまうと危うさを歌った同曲は、彼らの人生を象徴していた。その種の暴走を本作が先どりしていたともいえる。依子が同乗する葵の車「ヒンデンブルク号」では「浦部葵スペシャルセレクション」と称してロック系の音楽が流され続ける。後に意識を失いそうになった依子は、車で聴いた曲を適当に歌って意識をつなぎとめようとする。パティ・スミス、ナンバーガール、ただしノレないニール・ヤングや厄介者の兄が好きだったナイン・インチ・ネイルズは除外。どれもサウンド、詞の内容、アーティストのたたずまいのどこかにささくれたところがある曲ばかりだ。依子はそんな曲を歌って自らを奮い立たせようとする。そして、彼女の七転八倒は、やがて読む人を元気にさせるだろう。

2018年9月　光文社刊
p.7／袋綴じデザイン：bookwall

光文社文庫

雛《ひな》口《ぐち》依《より》子《こ》の最《さい》低《てい》な落《らっ》下《か》とやけくそキャノンボール

著者　呉《ご》　勝《かつ》浩《ひろ》

2021年11月20日　初版1刷発行

発行者　鈴木広和
印刷　萩原印刷
製本　ナショナル製本

発行所　株式会社　光文社
〒112-8011　東京都文京区音羽1-16-6
電話 (03)5395-8149　編集部
8116　書籍販売部
8125　業務部

落丁本・乱丁本は業務部にご連絡くだされば、お取替えいたします。

ISBN978-4-334-79266-4　Printed in Japan

JASRAC　出 2108514-101　　組版　萩原印刷